上海辞书出版社
文学鉴赏辞典编纂中心 编



中国文学名家名作鉴赏

# 辛弃疾词

# 鉴赏辞典

上海辞书出版社

## 《辛弃疾词鉴赏辞典（珍藏本）》领衔撰稿


邓广铭　周汝昌　夏承焘
宛敏灏　霍松林　钟振振


## 撰稿人（按姓氏笔画排列）


马祖熙　马　群　王少华　王双启　王延梯
王汝澜　邓小军　邓广铭　刘　刈　刘扬忠
朱德才　孙映逵　许理绚　杨牧之　杨钟贤
吴无闻　吴功正　吴战垒　吴调公　吴　锦
何均地　邱俊鹏　余恕诚　宋　廓　沈文凡
陆永品　陆志平　陈允吉　陈祥耀　周汝昌
周啸天　罗忠族　宛敏灏　胡中行　钟振振
聂在富　夏承焘　钱仲联　徐永端　高　原
黄清士　董扶其　赖汉屏　蔡厚示　霍松林
薛祥生　魏同贤

# 前言

辛弃疾(1140—1207)　宋代词人。原字坦夫，改字幼安，号稼轩居士。历城(今山东济南)人。年少时生活于金人占领区，其祖父辛赞常携之登高望远，指画山河，思投衅而起。年二十二岁时聚众二千投耿京起义军，任掌书记。绍兴三十二年(1162)正月奉表归宋，授右承务郎。北归途中闻耿京为叛徒张安国所杀，即率五十骑，长驱山东，于五万敌众中将张安国缚归南宋斩首。南归初被任为江阴签判，乾道四年(1168)，又任建康通判。八年，出知滁州，大办荒政，使商旅毕集，上下绥泰。淳熙二年(1175)任江西提点刑狱，督捕赖文政茶商军并诱而杀之。后历知隆兴府兼江南西路安抚使、荆湖北路转运副使。八年遭免职，回上饶带湖闲居。绍熙三年(1192)复任福建提点刑狱，五年又被革职，定居铅山期思瓢泉。嘉泰三年(1203)，再被起知绍兴府兼浙东安抚使，其间曾往镇江策划北伐事宜，然一年后又遭罢贬，回到铅山旧宅。开禧三年(1207)，朝廷欲冉度起用，然其病已沉重，终于该年九月逝世。平生以气节自负，以功业自许，一生力主抗战，曾上《美芹十论》(即《御戎十论》)与《九议》，条陈战守之策，显示其卓越军事才能与爱国热忱，又与南宋志士陈亮及理学家朱熹保持深厚友谊，与之砥砺气节，切磋学问，传为佳话。然其理想志趣，在南宋苟安社会环境中处处碰壁，遂将一腔忠愤均寄之于词。抗金复国是其作品之主旋律，其中不乏英雄失路的悲叹与壮士闲置的愤懑，具有鲜明的时代特色。还以生动细腻的笔触描绘江南农村四时的田园风光、世情民俗。其词题材广阔，又善化用前人典故入词。风格沉雄豪迈又不乏细腻柔媚之处。在苏轼的基础上，大大开拓了词的思想意境，提高了词的文学地位。后人遂以“苏、辛”并称。其诗文亦有足称道者，特别是其文“笔势浩荡，智略辐凑，有权书衡论之风”（刘克庄《后村先生大全集》卷九八）。著有《稼轩词》，后人辑有《辛稼轩诗文钞存》。

本书是本社中国文学名家鉴赏辞典系列之一。精选辛弃疾代表作品82篇，其中词80篇、诗1篇、文1篇，另请当代研究专家为每篇作品撰写鉴赏文章。其中诠词释句，发明妙旨，有助于了解辛弃疾名篇之堂奥，使读者尝鼎一脔，更好地领略辛弃疾志在恢复，兴寄无端，沉郁豪放，比肩苏轼的文学成就。另外，书末还附有《辛弃疾生平与文学创作年表》，供读者参考。不当之处，尚祈指正。

上海辞书出版社文学鉴赏辞典编纂中心

2020·10

# 目录

## 词

## 目录

目录

# 词

ci

# 摸鱼儿

原文

淳熙己亥，自湖北漕移湖南，同官王正之置酒小山亭，为赋。

更能消、几番风雨？匆匆春又归去。惜春长怕花开早，何况落红无数。春且住。见说道、天涯芳草无归路。怨春不语。算只有殷勤，画檐蛛网，尽日惹飞絮。

长门事，准拟佳期又误。蛾眉曾有人妒。千金纵买相如赋，脉脉此情谁诉？君莫舞，君不见、玉环飞燕皆尘土！闲愁最苦。休去倚危栏，斜阳正在、烟柳断肠处。

鉴赏

这是辛弃疾四十岁时，也就是宋孝宗淳熙六年(1179)暮春写的词。辛弃疾自绍兴三十二年(1162)渡淮水来归南宋，十七年中，他的抗击金军、恢复中原的主张，始终没有被南宋朝廷所采纳。朝廷不把他放在抗战前线的重要位置上，只是任命他作闲职官员和地方官吏。这一次，又把他从荆湖北路转运副使任上调到荆湖南路继续当转运副使。转运使亦称“漕”，主要掌管一路财赋，对辛弃疾来说，当然不能尽情施展他的才能和抱负。何况如今又把他从湖北调往距离前线更远的湖南去，更加使他失望。他意识到：这是朝廷不让抗战派抬头的一种表现。当同僚置酒为他饯行的时候，他写了这首词，抒发胸中的郁闷和感慨。

上片起句“更能消、几番风雨？匆匆春又归去”，说如今已是暮春天气，禁不起再有几番风雨的袭击，春便要真的去了。这显然不是单纯地谈春光的流逝，而是另有所指。“惜春长怕花开早”二句，揭示自己惜春的心理活动：由于怕春去花落，他甚至于害怕春天的花开得太早，因为开得早也就谢得早，这是对惜春心理的深入一层的描写。“春且住”三句，由于怕春去，他对它招手，对它呼喊：春啊，你且止步吧，听说芳草已经长满到天涯海角，遮断了你的归去之路！但是春不答话，依旧悄悄地溜走了。“怨春不语”，表达了无可奈何的怅惘之情。人既无计留春，倒是那檐下的蜘蛛，一天到晚不停地抽丝结网，去粘惹住那象征残春景象的柳絮。以此留春，其情亦太可悯了。

下片开始用汉武帝陈皇后失宠的典故，来比拟自己的失意。自“长门事”至“脉脉此情谁诉”一段文字，说明“蛾眉见妒”，自古就有先例。陈皇后之被打入冷宫——长门宫，是因为有人在妒忌她。她后来拿出黄金，买得司马相如的一篇《长门赋》，希望用它来打动汉武帝的心。但是她所期待的“佳期”，仍属渺茫。这种复杂痛苦的心情，对什么人去诉说呢？“君莫舞”二句的“舞”字，包含着高兴的意思。“君”，指那些妒忌、排挤别人且时下正得宠于皇上的人。意思是说：你们不要太得意忘形了，你们没见杨玉环和赵飞燕后来都死于非命吗?“皆尘土”,用《赵飞燕外传》附《伶玄自叙》中的语意。伶玄妾樊通德能讲赵飞燕姊妹故事,伶玄对她说:“斯人俱灰灭矣,当时疲精力驰骛嗜欲蛊惑之事,宁知终归荒田野草乎!”“闲愁最苦”三句是结句。闲愁,作者指自己精神上的郁闷。危栏,是高处的栏杆。词人说:不要用凭高望远的方法来排除郁闷,因为那快要落山的斜阳,正照着那被暮霭笼罩着的杨柳,远远望去,一片迷蒙。这样的景象只会使人伤情,以至于销魂断肠的。

这首词上片主要写春意阑珊,下片主要写美人迟暮。有些选本以为这首词是作者借春意阑珊来衬托自己的哀怨。这恐怕理解得还不完全对。这首词中当然有作者个人遭遇的感慨,但更重要的,是他以含蓄的笔墨,写出了他对南宋朝廷暗淡前途的担忧。作者把个人感慨纳入国事之中。春意阑珊,实兼指国家大事,并非像一般词人作品中常常出现的绮怨和闲愁。

上片第二句“匆匆春又归去”的“春”字,可以说是这首词中的“词眼”。接下去作者以春去作为这首词的主题和总线,精密地安排上、下片的内容,把他那满怀感慨曲折地表达出来。他写“风雨”,写“落红”,写“草迷归路”,对照当时的政治现实,金军多次进犯,南宋朝廷在外交、军事各方面都遭到了失败,国势处于风雨飘摇之中。而朝政昏暗,奸佞当权,蔽塞贤路,志士无路请缨,上述春事阑珊的诸种描写不是很富有象征意味吗?作者以蜘蛛自比。蜘蛛是微小的动物,它为了要挽留春光,施展出全部力量。在“画檐蛛网”句上,加“算只有殷勤”一句,意义更加突出。这正如晋朝的著名画家顾恺之为裴楷画像,像画好后,画家又在颊上添几根毛,观者顿觉画像神情显得格外生动。尤其是“殷勤”二字，突出地表达作者对国家的耿耿忠心。这两句还说明，辛弃疾虽有殷勤的报国之心，无奈位低权小，不能起重大的作用。

上片以写眼前的景物为主。下片则都是写古代的历史事实。两者看起来好像不相连续，其实不然，作者用古代宫中几个女子的事迹，来比自己的遭遇，进一步抒发其“蛾眉见妒”的感慨。这不只是辛弃疾个人仕途得失的问题，更重要的是关系到宋室兴衰的前途，它和春去的主题不是脱节，而是相辅相成的。作者在过片处推开来写，在艺术技巧上说，正起峰断云连的作用。

下片的结句甩开咏史，又回到写景上来。“休去倚危栏，斜阳正在、烟柳断肠处”二句，以景语作结，含有不尽的韵味。除此之外，这两句结语还有以下的作用：

第一，刻画出暮春景色的特点。李清照曾用“绿肥红瘦”四字刻画它的特色，“红瘦”，是说花谢；“绿肥”，是说树阴浓密。辛弃疾在这首词里，他不说斜阳正照在花枝上，却说正照在烟柳上，这是用另一种笔法来写“绿肥红瘦”的暮春景色。而且“烟柳断肠”，还和上片的“落红无数”、春意阑珊相呼应。如果说，上片的“更能消几番风雨？匆匆春又归去”是开，是纵；那么下片结句的“斜阳正在、烟柳断肠处”是合，是收。一开一合，一纵一收之间，显得结构严密，章法井然。

第二，“斜阳正在、烟柳断肠处”，是暮色苍茫中的景象。这是作者在词的结尾处着意运用的重笔，旨在点出南宋朝廷日薄西山、前途暗淡的趋势。它和这首词春去的主题也是紧密相连的。宋人罗大经在《鹤林玉露》中说：“辛幼安晚春词：‘更能消几番风雨’云云，词意殊怨。‘斜阳烟柳’之句，其与‘未须愁日暮，天际乍轻阴’者异矣。……闻寿皇（指宋孝宗）见此词颇不悦。”可见这首词流露出来的对国事、对朝廷的担忧怨望之情是很强烈的。

辛弃疾另一首代表作《破阵子》(醉里挑灯看剑)是抒写作者对抗战的理想与愿望的。和这首《摸鱼儿》比较,两者内容相似,而在表现手法上,又有区别。《破阵子》比较显,《摸鱼儿》比较隐;《破阵子》比较直,《摸鱼儿》比较曲。《摸鱼儿》的表现手法,比较接近婉约派。它完全运用比、兴的手法来表达词的内容。在读这首《摸鱼儿》时,感觉到在那一层婉约含蓄的外衣之内,有一颗火热的心在跳动,这就是辛弃疾学蜘蛛那样,为国家殷勤织网的一颗耿耿忠心。似乎可以用"肝肠似火,色貌如花"八个字,来作为这首词的评语。

(夏承焘　吴无闻)

# 沁园春

原文

## 带湖新居将成

三径初成，鹤怨猿惊，稼轩未来。甚云山自许，平生意气；衣冠人笑，抵死尘埃。意倦须还，身闲贵早，岂为莼羹鲈脍哉？秋江上，看惊弦雁避，骇浪船回。

东冈更葺茅斋。好都把轩窗临水开。要小舟行钓，先应种柳；疏篱护竹，莫碍观梅。秋菊堪餐，春兰可佩，留待先生手自栽。沉吟久，怕君恩未许，此意徘徊。

鉴赏

辛弃疾力主抗金，收复中原，但壮志难酬，一生屡遭贬斥。由于不能见容于苟且偷安的南宋统治集团，他感到前途险恶，早晚必被逐出官场。为后事计，他任江西安抚使时，预先在上饶城北带湖之畔，修建了一所新居，作为将来引退之处。并用稼轩名之，自称稼轩居士，以示去官务农之志。此词即为退隐前一年，即淳熙八年(1181)新居将落成时之作,抒发了他当时感慨万端的复杂感情。

上片主要写何以萌发弃政归田之念。首句开门见山。自从西汉蒋诩隐居时在门前开了三条小路之后,“三径”即成了隐士居处的代称,陶渊明《归去来辞》中就有“三径就荒,松菊犹存”的句子。“三径初成”,日后栖身有所,词人于失意之中亦露几分欣喜之情。不过这层意思,作者并没有用直白的方式一下子道出。他先说“鹤怨猿惊,稼轩未来”,以带湖的仙鹤老猿埋怨惊怪其主人的迟迟不至,曲曲吐露。“鹤怨猿惊”出于南齐孔稚珪《北山移文》:“蕙帐空兮夜鹤怨,山人去兮晓猿惊。”不同的是,孔稚珪是以昔日朝夕相处的鹤猿怨周颙隐而复仕,辛弃疾是用典,假设即将友好相伴的鹤猿怨自己仕而不归。这两句是从新居方面落墨,说那里盼望自己回去;“甚云山”四句,是从自己方面讲,既然我的平生志趣是以“云山自许”,为什么还老是待在尘世里当官,惹人嘲笑呢!显然,这只不过是辛弃疾在遭到投降派一连串打击之后,且这种打击目前又可能随时再次降临之情况下的一种自嘲而已。谁不知道,辛弃疾的“平生意气”是抗金复国,岂能以“云山自许”!然而现在乾坤难转,事不由己,有什么办法呢?所以千思万想,考虑的结果是:“意倦须还,身闲贵早,岂为莼羹鲈脍哉?”词人不愿做违心之事,他认为既然厌恶这丑恶的官场,就该急流勇退,愈早愈好,不要等被人家赶下了台才离开;再说自己也不是像西晋张翰那样因想起了家乡味美的鲈鱼脍、莼菜羹而弃官还乡,于心无愧,又何苦“抵死尘埃”呢?这里,暗示了作者同南宋统治集团之间的矛盾难以调和,并表明了自己的磊落胸怀。“意倦”句说明他不愿为朝廷的苟安政策效劳;“岂为”句说明他之退隐并不是为贪图个人安逸；最值得体味的是“身闲贵早”里的“贵早”二字。固然，这是呼应前文曲露的对新居的向往之意、欲归之情，不过主要还是说明，词人不堪统治集团内部对他的毁谤和打击，而且可能预感到了一场新的迫害正在等待着他（就在写这首词的年底，作者果被弹劾落职）。因而自然逗出了后面“秋江上”三句，表明了自己欲离政归田的真正原因是避祸，就像鸿雁听到了弦响而逃，航船见到了恶浪而避一样，别无他途，不得不然的。

下片主要写对未来生活的设想。词意仍缘“新居将成”生发。“将成”者，初具规模之谓也，说明还有待于进一步完善。“东冈”二句，先就建筑方面说，再修一幢茅屋作为书斋，斋设东冈，并把窗户全部面水而开，既随手点逗了题中“带湖”二字，又照应了“平生意气”，即“云山自许”的情怀。“要小舟行钓”，正说明词人对纷乱的官场感到“意倦”，欲过一种忘情世事的生活。而“行钓”同“种柳”联系起来，表明词人向往的是“小舟撑出柳阴来”的画境。下面写竹、梅、菊、兰，不仅表现了词人的生活情趣，更反映出词人的为人节操。竹、梅，是“岁寒三友”之二物，竹经冬而不凋，梅凌寒而花放。从既要“疏篱护竹”，又要“莫碍观梅”中，可以看出他对竹、梅坚贞品质的热忱赞颂和向往。至于菊、兰，都是伟大爱国诗人屈原喜爱的高洁的花草。他在《离骚》中有“餐秋菊之落英”“纫秋兰以为佩”等句，表示自己所食之素洁和所服之芬芳。辛弃疾说，既然古人认为菊花可餐，兰花可佩，那我一定要亲手栽种。显然，“秋菊”两句，明讲种花，实言心志，说明词人决心要像屈原那样对自己的理想坚贞不移。然而屈原餐菊佩兰是在被楚王放逐以后，而辛弃疾当时还是在职之臣。坚持理想节操固然可以由己决定，但未来道路命运岂能擅自安排。所以他接着说：“沉吟久，怕君恩未许，此意徘徊。”这三句初看与前文完全不属，但细想，恰是当时作者心理矛盾含蓄而真实的流露。他本不愿意离政，但形诸文字却说“怕君恩未许”。因此，这一方面固然暴露了作为统治集团一员的辛弃疾仍对皇帝存有不切实际的幻想；另一方面，更可以说，这是他始终不忘复国、积极从政、赤诚用世之心的流露。全词就在这种不得不隐、然又欲隐不能的“徘徊”心境中结束。

这首词，自始至终描写心理活动。但上下两片，各具面目。前片写欲隐缘由，感情渐进，由微喜而怅然，而气恼，而愤慨。读之，如观大河涨潮，流速由慢而疾，潮声也由小而大。后片写未来打算，读之似在潮已涨足的河中泛舟，水流徐缓而平稳，再不闻澎湃呼啸之声，所见只是波光粼粼。及设想完毕，若游程已终，突然转出“沉吟久”几句，又给人以“林断山更续，洲尽江复开”之感。不过，尽管两片情趣迥别，风貌各异，由于通篇皆以“新居将成”一线相贯，因此并无割裂之嫌，却有浑成之致。

（刘　刈）

# 水龙吟

原文

## 甲辰岁寿韩南涧尚书

渡江天马南来①，几人真是经纶手？长安父老②，新亭风景③，可怜依旧。夷甫诸人，神州沉陆④，几曾回首！算平戎万里，功名本是，真儒事，公知否？

况有文章山斗⑤，对桐阴⑥、满庭清昼。当年堕地，而今试看，风云奔走。绿野风烟⑦，平泉草木⑧，东山歌酒⑨。待他年，整顿乾坤事了，为先生寿。

〔注〕

① “渡江”句：《晋书·元帝纪》：“太安之际，童谣云：‘五马浮渡江，一马化为龙。’”又：“王室沦覆，帝与西阳、汝南、南顿、彭城五王获济，而帝竟登大位焉。”

② 长安父老：《晋书·桓温传》：“温进至灞上，(苻)健以五千人深沟自固，人皆安堵复业，持牛酒迎温于路者十八九，耆老感泣曰：‘不图今日复见官军！’”

③ 新亭风景：《世说新语·言语》：“过江诸人，每至美日，辄相邀新亭，藉卉饮宴。周侯(顗)中坐而叹曰：‘风景不殊，正自有山河之异！’皆相视流泪。唯王丞相(导)愀然变色曰：‘当共戮力王室，克复神州，何至作楚囚相对！’”

④ 夷甫诸人：夷甫，西晋宰相王衍之字，他好清谈，不理政事。《晋书·桓温传》："（温）过淮、泗，践北境，与诸寮属登平乘楼眺瞩中原，慨然曰：'遂使神州陆沉，百年丘墟，王夷甫诸人不得不任其责！'"

⑤ 文章山斗：《新唐书·韩愈传》："自愈之没，其言大行，学者仰之如泰山北斗云。"

⑥ 桐阴：北宋时汴京有二韩氏，皆故家。一为韩亿家，"居京师，庭有桐木，都人以桐树目之，以别相韩也"（宋王明清《挥麈前录》卷二）。一为韩琦家，琦，相州安阳人。韩元吉为韩亿五世孙，著有《桐阴旧话》十卷，"记其家世旧事，以京师第门有桐木，故云"（宋陈振孙《直斋书录解题》卷七）。

⑦ 绿野风烟：《旧唐书·裴度传》："时阉竖擅威，天子拥虚器，搢绅道丧，度不复有经济意，乃治第东都集贤里，沼石林丛，岑缭幽胜，午桥作别墅，其燠馆凉台，号绿野堂。"

⑧ 平泉草木：《旧唐书·李德裕传》："东都于伊阙南置平泉别墅，清流翠篆，树石幽奇。"

⑨ 东山歌酒：《晋书·谢安传》："安虽放情丘壑，然每游赏，必以妓女从。"又："安虽受朝寄，然东山之志，始末不渝。"

鉴赏

宋孝宗淳熙八年（1181），辛弃疾被劾，落职退居上饶之带湖。曾任吏部尚书的韩元吉（字无咎，号南涧），致仕后亦侨寓此地。由于他们都有抗金雪耻的强烈愿望，所以过从甚密。这时距宋金"隆兴和议"的签订已十七年，南宋朝廷文恬武嬉，不以国事为念。又三年，岁次甲辰（1184），正逢韩元吉六十七岁生日，辛弃疾填了上录一词申祝。

一起两句，劈空而下，笔力万钧。作者蔑视南渡以来的当政者，“几人”云云，真有杜诗“一洗万古凡马空”之概。既谓朝士无才，则隐然以有才者推崇韩元吉，并以之自许，亦即“天下英雄唯使君与操”之意。按辛弃疾曾作《美芹十论》《九议》向皇帝、宰相献策；韩元吉亦有《论淮甸札子》《十月末乞备御白札子》向朝廷进言。故谋国长才，韩、辛两人都当之无愧。承接六句，分为二层：一则借往昔旧京父老颙望王师之情，和东晋士大夫痛洒新亭之泪，慨叹今日偏安之局仍未改观；二则引用桓温登平乘楼眺望之言，指责中原沦胥，为朝臣误国的结果。由于这六句都针对当时世事而发，故情绪转为低沉，笔调也随之挫落。歇拍四句，谓御敌靖边，才是吾辈儒者应尽的职责。这是抒发自己的豪情壮志，并勖勉韩氏，故笔锋重新振起。下片都是向着韩元吉说的。过片三句，称颂韩氏有卓越的文才和清贵的家世。他把韩元吉比做韩愈，是当代文坛上的泰山北斗。诗文词中惯用同姓的古人比今人。按韩元吉有《南涧甲乙稿》传世，黄昇称他“政事文学为一代冠冕”（见《花庵词选》）。如此比拟，不为太过。他赞美北宋年间“桐木韩家”人才辈出，足见韩元吉有优良的家风可以承继。接三句，谓韩氏呱呱坠地，已自不凡，风云际会，更露头角。上述五句都属颂扬之词，故意气仍然风发，笔调仍然轩朗。再下三句，把韩氏比做裴度、李德裕和谢安。这三位都是前代的贤相。韩氏先世曾任显职，韩元吉的勋业和位望虽不能与他们相提并论，可是在政治舞台上失意而退归林下的境遇，彼此是相仿佛的。“怅望千秋一洒泪，萧条异代不同时”（杜甫《咏怀古迹》其二），为此，笔调再次挫落。最后三句，用瑰辞壮语激励韩氏投袂而起，共同完成恢复中原的夙愿。上下片之结尾，笔力气势，铢两悉称，立意遣辞，前后照应甚密。

这是一阕别开生面的寿词。一般寿词多祝贺语，所谓善颂善祷。此词一反故常，除下片有些颂祷意味外，其他都是借题发挥，因忧伤国事而抒发愤慨。最使作者愤慨不平的，乃是在朝者无才无志，而有胆识、有志节之士，却赋闲在野，无权无位。在朝者无才无志，酿成赤县神州陆沉之祸，辜负中原父老喁喁之望，难禁渡江士人新亭之泪，国势颓衰至此，秉政者难辞其咎。以上是上片的要领，也是全阕的主旨。

下片从抒发对国事的愤慨，转而称颂韩元吉，看似另立机杼，其实乃上片的有机组合。因为对韩氏的称颂，就是证实上片所说的"经纶手"世有其人，其人非他，即驰骋文坛而又曾腾踔政海的韩元吉。设或韩氏在朝秉政，得行其志，国事尚有可为，匡复仍然有望。可是现今呢？韩氏和自己都像历史上三位贤相一般投闲置散，啸傲烟霞，寄情林莽，对国家大事竟无置喙的余地，于此，作者愤慨之情可以想见。最难得的是，作者于愤慨之余，对国事仍未失去信念，于是发出"待他年，整顿乾坤事了，为先生寿"的豪言，换言之，即国耻未雪，无以称寿，这与霍去病"匈奴未灭，无以家为"，堪称异代同调，又与上片"算平戎万里，功名本是，真儒事，公知否"紧密契合。

本词除运笔布局，峰峦起伏，颇具匠心外，引用史乘，比拟今人今事，也很成功。如上片连用"五马渡江""长安父老""新亭风景""神州陆沉"四则东晋典故比拟南宋之事，贴切无伦，移用不得。由于在中国历史上，受非汉族侵凌而南渡偏安的只有东晋和南宋两个朝代，故国情世局不无相似之处。下片以韩元吉比东晋谢安，唐代裴度、李德裕，不但因为韩氏当时的处境，与谢、裴、李三人的某一时期相似，而且还涵蕴着更深一层意思：谢安淝水大破苻坚军，裴度平淮西吴元济之乱，李德裕平泽潞刘稹之乱，这三位古人，都建立了不世之功勋。而韩元吉呢？则长才未及施展即致仕家居，故作者为之惋惜。以此下接激励韩氏的“待他年”三句，便很自然而不突兀。

（黄清士）

# 水龙吟

原文

## 登建康赏心亭

楚天千里清秋，水随天去秋无际。遥岑远目，献愁供恨，玉簪螺髻。落日楼头，断鸿声里，江南游子。把吴钩看了，栏干拍遍，无人会、登临意。

休说鲈鱼堪脍，尽西风、季鹰归未？求田问舍，怕应羞见，刘郎才气。可惜流年，忧愁风雨，树犹如此！倩何人唤取，红巾翠袖，揾英雄泪！

鉴赏

这首词作于乾道四年至六年（1168—1170）间建康通判任上。这时作者南归已八九年了，却投闲置散，不得一遂报国之愿。值此登临周览之际，一抒郁结心头的悲愤之情。

建康（今江苏南京）是东吴、东晋、宋、齐、梁、陈六个朝代的都城。赏心亭是南宋建康城上的亭子。据《景定建康志》记载："赏心亭在（城西）下水门城上，下临秦淮，尽观赏之胜。"

这首词，上片大段写景：由水写到山，由无情之景写到有情之景，很有层次。开头两句，"楚天千里清秋，水随天去秋无际"，是作者在赏心亭上所见的江景。楚天千里,辽远空阔,秋色无边无际。大江流向天边,也不知何处是它的尽头。写得气象阔大,笔力遒劲。"楚天"的"楚",泛指长江中下游一带,这里战国时曾属楚国。"水随天去"的"水",指浩浩荡荡奔流不息的长江。"千里清秋"和"秋无际",写出江南秋季的特点。南方常年多雨多雾,只有秋季,天高气爽,才可能极目远望,看见大江向无穷无尽的天边流去。

下面"遥岑远目,献愁供恨,玉簪螺髻"三句,是写山。"遥岑"即远山。放眼望去,那一层层、一叠叠的远山,有的很像美人头上插戴的玉簪,有的很像美人头上螺旋形的发髻,可是这些都只能引起词人的忧愁和愤恨。皮日休《缥缈峰》诗"似将青螺髻,撒在明月中",韩愈《送桂州严大夫》诗有"山如碧玉篸"之句(篸即簪),是此句用语所本。人心中有愁有恨,所见之远山也似乎在"献愁供恨"。这是移情及物的手法。至于愁恨为何,又何因而至,词中没有正面交代,但结合登临时情景,可以意会得到。北望是江淮前线,效力无由;再远即中原旧疆,收复无日;南望则山河虽好,无奈仅存半壁;朝廷主和,志士不得其位,即思进取,也限于国力。以上种种,是恨之深者,愁之大者。借言远山之献供,一写内心的担负,而总束在此片结句"登临意"三字内。开头两句,是纯粹写景,至"献愁供恨"三句,已进了一步,点出"愁""恨"两字,由纯粹写景而开始抒情,由客观而及主观,感情也由平淡而渐趋强烈。"落日楼头"六句意思说,夕阳快要西沉,孤雁的声声哀鸣不时传到赏心亭上,更加引起了作者对远在北方的故乡的思念。他看着腰间空自佩着的宝刀,悲愤地拍打着亭子上的栏杆,可是又有谁能领会他这时的心情呢?

这里“落日楼头，断鸿声里，江南游子”三句，虽然仍是写景，但同时也是喻情。落日，本是自然景物，辛弃疾用“落日”二字，含有比喻南宋国势衰颓的意思。“断鸿”，是失群的孤雁，比喻自己飘零的身世和孤寂的心境。“游子”，指自己。辛弃疾渡江淮归南宋，原是以宋朝为自己的故国，以江南为自己的家乡的。可是南宋统治集团不把辛弃疾看作自己人，对他一直采取猜忌排挤的态度，致使辛弃疾觉得他在江南真的成了游子了。

“把吴钩看了，栏干拍遍，无人会、登临意”三句，是直抒胸臆，但作者不是直接用语言来渲染，而是选用具有典型意义的动作，淋漓尽致地抒发自己报国无路、壮志难酬的悲愤之情。第一个动作是“把吴钩看了”（“吴钩”是吴地所造的钩形刀）。杜甫《后出塞》诗中就有“少年别有赠，含笑看吴钩”的句子。“吴钩”，本是战场上杀敌的锐利武器，但现在却闲置身旁，无处用武，这就把作者虽有沙场立功的雄心壮志、却是英雄无用武之地的苦闷也烘托出来了。以物比人，这怎能不引起辛弃疾的无限感慨呢！第二个动作“栏干拍遍”。据宋王辟之《渑水燕谈录》记载，一个“与世相龃龉”的刘孟节，他常常凭栏静立，怀想世事，吁唏独语，或以手拍栏杆。尝有诗曰：“读书误我四十年，几回醉把栏干拍。”栏杆拍遍是表示胸中那说不出来抑郁苦闷之气，借拍打栏杆来发泄的意思，用在这里，就把作者雄心壮志无处施展的急切悲愤的情态宛然显现在读者面前。另外，“把吴钩看了，栏干拍遍”，除了典型的动作描写外，还由于采用了运密入疏的手法，把强烈的思想感情寓于平淡的笔墨之中，内涵非常丰厚，十分耐人寻味。“无人会、登临意”，慨叹自己空有恢复中原的抱负，而南宋统治集团中没有人是他的知音。

上片写景抒情，下片则是直接言志。下片十一句，分四层意思：

“休说鲈鱼堪脍，尽西风、季鹰归未？”尽管西风起来了，季鹰归来没有呢？这里引用了一个典故：晋朝人张翰（字季鹰），在洛阳作官，见秋风起，想到家乡苏州味美的鲈鱼，便弃官回乡（见《晋书·张翰传》）。现在深秋时令又到了，连大雁都知道寻踪飞回旧地，何况我这个漂泊江南的游子呢？然而自己的家乡如今还在金人统治之下，想回去也回去不了！“尽西风、季鹰归未？”既写了有家难归的乡思，又抒发了对金人、对南宋朝廷的激愤，确实收到了一石三鸟的效果。乡思，与前面的“游子”呼应，是“落日”“断鸿”背景里“游子”的真情流露。“求田问舍，怕应羞见，刘郎才气”，是第二层意思。求田问舍就是买地置屋。刘郎，指三国时刘备，这里泛指有大志之人。这也是用了一个典故。三国时许汜去看望陈登，陈登对他很冷淡，独自睡在大床上，叫他睡下床。后来许汜把这事告诉刘备，刘备说：天下大乱，你忘怀国事，求田问舍，陈登当然瞧不起你。如果碰上我，我将睡在百尺高楼，叫你睡在地下，岂止相差上下床呢？（见《三国志·陈登传》）这二层的大意是说，既不学为吃鲈鱼脍而还乡的张季鹰，也不学求田问舍的许汜。“怕应羞见”的“怕应”二字，是辛弃疾为许汜设想，表示怀疑：像你（指许汜）那样的琐屑小人，自己有何面目去见像刘备那样的英雄人物？

“可惜流年，忧愁风雨，树犹如此”，是第三层意思。流年，即年光如流；风雨，指国家在风雨飘摇之中，“树犹如此”也有一个典故，据《世说新语·言语》，桓温北征，经过金城，见自己过去种的柳树已长到几围粗，便感叹地说：“木犹如此，人何以堪？”树已长得这么高大了，人怎么能不老大呢！这三句词包含的意思是：我所忧惧的，只是国事飘摇，时光流逝，北伐无期，恢复中原的宿愿不能实现，辜负了平生的雄心壮志，如此而已。这三句，是全首词的核心。到这里，作者的感情经过层层推进已经发展到最高点。下面就自然地过渡到词的结尾了，也就是第四层意思："倩何人唤取，红巾翠袖，揾英雄泪。"倩，是请求，"红巾翠袖"，是少女的装束，这里就是少女的代名词。在宋代，一般游宴娱乐的场合，都有歌妓在旁唱歌侑酒。这三句是写辛弃疾自伤抱负不能实现，时无知己，得不到同情与慰藉的悲叹。亦与上片"无人会、登临意"相呼应。

这首词，是辛词名作之一，它不仅对辛弃疾生活着的那个时代的矛盾有所反映，有比较深厚的现实内容，而且，运用圆熟精到的艺术手法把内容完美地表达出来，直到今天仍然具有极其强烈的感染力量，使人们百读不厌。

（夏承焘　吴无闻）

# 满江红

原文

## 江行和杨济翁韵

过眼溪山，怪都似、旧时曾识。还记得、梦中行遍，江南江北。佳处径须携杖去，能消几两平生屐？笑尘劳、三十九年非，长为客。

吴楚地，东南坼。英雄事，曹刘敌。被西风吹尽，了无陈迹。楼观才成人已去，旌旗未卷头先白。叹人间、哀乐转相寻，今犹昔。

鉴赏

此词与《水调歌头》（落日塞尘起）为同时先后所作。题一作“江行，简杨济翁、周显先”，乃作者离开扬州溯江上行，途中抒怀的作品。今存杨炎正（济翁）《满江红》数首，其中“典尽春衣”一首有“功名事，云霄隔；英雄伴，东南坼”，“问渔樵、学作老生涯，从今日”等语，与这首词虽用韵不同，而情调相同，意气相通。

此词可分三层。

上片为第一层，由江行沿途所见山川引起感怀昔游，痛惜年华之意。长江中下游地区山川秀美。辛弃疾南归之初，自乾道元年至三年，曾漫游吴楚，行踪及于大江南北，对这一带山水是熟悉的。乾道四年通判建康府，此后出任地方官，调动频繁，告别山水长达十年。无怪眼中山川“都似旧时相识”了。“溪山”曰“过眼”，看山却似走来迎，确是江行的感觉。“怪”是不能认定的惊疑感，是久违重逢的最初的感触。往事虽“还记得”，却漫漶模糊、记不真切，真像一场旧梦。“还记得、梦中行遍，江南江北”，“梦中”云者不仅有烘虚托实之妙，也是心理感受的实际写照，这种恍惚的神思，乃是多年来希望落空、业已倦于宦游的结果。反复玩味以上数句，实已暗伏“尘劳”、觉非之意。这个忽来的记忆，同时也就成了一种强有力的召唤，来自大自然的召唤。所以，紧接二句写道：“佳处径须携杖去，能消几两平生屐？”要探山川之胜，就得登攀，“携杖”、着“屐”（一种木底鞋）是少不了的。《世说新语·雅量》载阮孚好屐，尝曰：“未知一生当着几量（两）屐？”意谓人生短暂无常，话却说得豁达幽默。此处用来稍变其意，谓山川佳处常在险远，不免多穿几双鞋，可这又算得了什么呢！所以结尾几句就对照说来，“笑尘劳、三十九年非”乃套用蘧伯玉（春秋时卫国大夫）年五十而知四十九年之非的话（语出《淮南子·原道训》），作者当时四十岁，故这样说。表面看，这是因虚度年华而自嘲，其实，命运又岂是自己主宰得了的呢。“长为客”三字深怀忧愤，语意旷达中包含沉郁。

过片六句另起一意为第二层，由山川形胜而引起对古代英雄事迹的追怀。扬州上游的豫章之地，向称吴头楚尾。“吴楚地，东南坼”化用杜诗（《登岳阳楼》：“吴楚东南坼”），表现江行所见东南一带景象之壮阔。山川形胜，使作者想到三国鼎立时代的英雄，尤其是立足东南北拒强敌的孙权，最令他钦佩景仰。曹操曾对刘备说:“今天下英雄,唯使君与操耳。”(《三国志·先主传》)而堪与曹刘匹敌的唯有孙权。此处四句写地灵人杰,声情激昂,其中隐含作者满腔豪情。因而“被西风吹尽,了无陈迹”二句有慨叹,亦有追慕。恨不能起古人于九泉而从之的意味,亦隐然句中。

结尾数句为第三层,是将以上两层意思汇合起来,发为更愤激的感慨。“楼观才成人已去”承上怀古,用苏轼诗“楼成君已去,人事固多乖”(《送郑户曹》)意,譬言吴国基业始成而孙权就匆匆离开人间。“旌旗未卷头先白”承前感旧,由人及己,“旌旗”指战旗,意言北伐事业未成,自己的头发却先花白了。综此二者,于是词人得出一个无可奈何的结论:人间哀乐从来循环不已(“转相寻”),“今犹昔”。这结论颇带宿命色彩,乃是作者对命运无法解释的解释。

词中一方面表示倦于宦游——“笑尘劳、三十九年非”,另一方面又追怀古代英雄业绩,深以“旌旗未卷头先白”为憾,反映出作者失意矛盾的心情。虽是因江行兴感,词中却没有写景,始终直抒胸臆;虽然寄慨很深,却不用比兴手法,纯属直赋。这种手法与词重婉约、比兴的传统是完全不同的。但由于作者能将现实政治感慨与怀古之情结合起来,指点江山,纵横议论,驱使古人诗文于笔端,颇觉笔力健峭,感情弥满。所谓“满心而发,肆口而成”,自具兴发感人力量。

(周啸天)

# 水调歌头

原文

## 盟鸥

带湖吾甚爱，千丈翠奁开。先生杖屦无事，一日走千回。凡我同盟鸥鹭，今日既盟之后，来往莫相猜。白鹤在何处？尝试与偕来。

破青萍，排翠藻，立苍苔。窥鱼笑汝痴计，不解举吾杯。废沼荒丘畴昔，明月清风此夜，人世几欢哀？东岸绿阴少，杨柳更须栽。

鉴赏

此词写于宋孝宗淳熙九年(1182)，作者被劾落职闲居带湖之初。词题“盟鸥”，是活用《列子·黄帝》狎鸥鸟不惊的典故，指与鸥鸟约盟为友，永在水国云乡一起栖隐之意，但实际所写并非闲适情趣。

上阕以首句中“甚爱”二字统摄。次句用“千丈翠奁开”之比喻，盛赞带湖景色之胜，说明“甚爱”原因。原来这里太美了：放眼千丈宽阔的湖水，宛如打开翠绿色的镜匣一样，一片晶莹清澈。面对如此美景，难怪“先生杖屦无事，一日走千回”了。这是用夸张写法来说明“甚爱”程度，句格同杜诗“一日上树能千回”：闲居无事，拄杖着屦，徜徉湖畔，竟一日而千回。下面写因爱湖之“甚”，而及湖中之鸟，自然产生与其结盟之想——这是用拟人法。“凡我”三句，是写对眼前鸥鸟之愿：希望既结盟好之后，就应常来常往，不要再相猜疑了。《左传·僖公九年》：“齐侯盟诸侯于葵丘曰：‘凡我同盟之人，既盟之后，言归于好。’”词里这几句显然是从《左传》化来，纯是散文句法。“白鹤”二句，是写对眼前鸥鸟之嘱：托其试将白鹤也一起邀来。由爱所见之鸥鹭，而兼及未见之白鹤，其“爱”更进一层。

以上极写带湖之美及对带湖之爱，固然表露了词人摆脱了对黑暗官场尔虞我诈的烦恼和明枪暗箭的惊恐以后心情之宁静，但在这宁静之中又透露出几分孤寂之情。一个“壮岁旌旗拥万夫”（作者《鹧鸪天》中语）的沙场将帅，竟然落到了这步田地——只能终日与鸥鸟为伍，其心境之凄凉，可想而知。妙在词中表面上却与“愁”字无涉，全用轻松之笔出之，这大概就是词人后来所说的“而今识尽愁滋味，欲说还休；欲说还休，却道天凉好个秋”（《丑奴儿》）的手法吧？

过片紧承上阕遐想。作者一片赤诚，与鸥鸟结盟为友，然而鸥鸟如何呢？这就是“破青萍”三句所写：它们立于水边苍苔之上，时而拨动浮萍，时而排开绿藻，对词人的美意不理不睬。其意何在？从下句“窥鱼笑汝痴计”中可以看出。原来他们“立苍苔”，“为有求鱼心，不是恋湖水”（出自唐崔道融《江鸥》诗），与词人“同居而异梦”。专心“窥鱼”，伺机而啄，在词人看来，只是一种“痴计”，一份傻心思而已。对此，他当然只能付之一“笑”了。这“笑”，既是对鸥鸟“何时忘却营营”的讽笑，也是因自己目不识人、“多情却被无情恼”的苦笑。看来，鸥鸟亦非知己，并不懂得词人此时的情怀，所以他怅然发出了“不解举吾杯”之叹。盟友纵在身旁，孤寂之心依旧，无人能释分毫。可见，词人所举之杯，哪里能为永结盟好作贺，只能浇胸中块垒罢了。虽然人们常说“举杯销愁愁更愁”，但词人并没有被愁所压倒。“废沼荒丘畴昔，明月清风此夜”，他从自己新居的今昔变化中，似乎悟出了社会沧桑和个人沉浮的哲理——“人世几欢哀”。今天朝廷命官，明日山乡野老，除此之外，岂有他哉！词人似乎已经将红尘看破，变得益发旷达开朗，因而对隐居之所带湖也更加喜爱了。“东岸绿阴少，杨柳更须栽。”看来，其爱还并非出于一时，而要作久居长栖之计了。词到此处完篇，对开首恰成回应。

上阕旨意全在不写之中写出，下阕其语愈缓，其意愈切，感情十分强烈，较上阕又进一层。天地之大，知己何在？孑然一身，情何以堪！

可见，这首词并不是写什么优游之趣，闲适之情；分明是抒被迫隐居、不能用世的落寞之叹，孤愤之慨。清代刘熙载《艺概·词曲概》云：“词之妙莫妙于以不言言之，非不言也，寄言也。”细玩稼轩此作，确有“不言言之”之妙。

（刘　刈）

# 水调歌头

原文

汤朝美司谏见和，用韵为谢。

白日射金阙，虎豹九关开。见君谏疏频上，谈笑挽天回。千古忠肝义胆，万里蛮烟瘴雨，往事莫惊猜。政恐不免耳，消息日边来。

笑吾庐，门掩草，径封苔。未应两手无用，要把蟹螯杯。说剑论诗余事，醉舞狂歌欲倒，老子颇堪哀。白发宁有种？一一醒时栽！

鉴赏

辛弃疾四十二岁那年，为监察御史王蔺所劾，削职回上饶带湖闲居。有曾任司谏的汤邦彦（字朝美）自广东新州贬所量移江西信州（今上饶），得以相识。二人志同道合，且同样受着打击，有相濡以沫之情。先是，辛赋《水调歌头》（盟鸥），汤以韵相和；辛又用原韵，赋此阕谢答。

“白日射金阙，虎豹九关开。”“金阙”“九关”均喻指宫廷，十字写的是皇宫富丽堂皇、禁卫森严气象。在那里，朝美“谏疏频上，谈笑挽天回”。四句两层,一张一弛,中间作一暗转。据《稼轩词编年笺注》引《京口耆旧传·汤邦彦传》:“时孝宗锐意远略,邦彦自负功名,议论英发,上心倾向之,除秘书丞,起居舍人,兼中书舍人,擢左司谏兼侍读。论事风生,权幸侧目。上手书以赐,称其‘以身许国,志若金石,协济大计,始终不移’。及其他圣意所疑,辄以诹问。”那时候的宋孝宗还有些进取之意。淳熙二年八月派汤朝美使金,向金讨还河南北宋诸帝陵寝所在之地。不料汤朝美有辱使命,回来后触皇帝之怒,流贬新州,尝尽“蛮烟瘴雨”滋味。这中间先前对他“侧目”的“权幸”们起了什么作用,可以想见。“千古”“万里”两句中间再作一暗转。前车堪鉴,辛弃疾该劝他改弦易辙,求自全之道吧?——不!他却安慰朝美“往事莫惊猜”(惊猜,惊疑)。因为,新的机运一定会到来。眼前你不是已经量移了吗?恐怕还会有消息从皇帝身边下来,对你重新起用①。“日边”这里用以比喻帝王左右,“恐”字是拟想之辞,却又像深有把握似的,这是稼轩用典的妙处。从“蛮烟瘴雨”的黯淡凄惶到日边消息之希望复起,中间再作一暗转。上片凡三暗转,大起大落,忽而荣宠有加,忽而忧患毕至;忽而蛮烟瘴雨,忽而日边春来,乍喜乍悲,亦远亦近,变化错综,极激昂排宕之势。

下片转叙一己乡居生活情怀。“门掩草,径封苔”,本是冷落景象,词人但以一笑置之。不难看出,这笑,是强作旷达的苦笑,是傲岸不平的蔑笑。下片无限幽愤,都被这领起换头的一个“笑”字染上了不协调的色彩,于拗折中加深了感情的层次。接下去仍是正言反出:未必我这双手就没有用处,不是可以“一手持蟹螯,一手持酒杯”②吗?试想,当国步蜩螗之际,他那双屠鲸剸虎的巨手,不能用来旋乾转坤,却去执杯持蟹,这是人间何等不平事!而此等不平事，稼轩但以“未应两手无用”的反语轻轻挑出，愈见沉哀茹痛。循此一念，又找足“说剑”一层。说剑论诗，概言武备文事。辛弃疾“壮岁旌旗拥万夫”，后来又曾上《十论》《九议》，慷慨国事。现在看来，这文韬武略都是多余的闲事了。剩下的，只有终日痛饮长醉。这“醉舞狂歌欲倒”六字，写尽词人悲愤心怀，潦倒情态，然后束以“老子颇堪哀”。“堪哀”是堪怜念之意，此句语出《后汉书·马援传》③，意思是说自己如此狂歌醉舞，放浪形骸，这心情应该是故人所理解、怜恤的。歇拍“白发宁有种？一一醒时栽”，将一腔幽愤推向一个高潮。“白发”写愁，本近俗滥，但稼轩用一“栽”字化腐朽为神奇，翻出了新意。这两句有几层意思。我春秋正富，本不是衰老的时候；无非忧能伤人，添我满头霜雪，可见白发何尝有种？这是一层。国事不堪寓目，醉中尚可暂忘，醒来则不胜烦忧，此白发乃“一一醒时栽”也，又翻进一层。再说，白发并不是自然生出来的，而是“栽”上去的，可见此星星者乃外力强加于我身。这样，就从根根白发上显示出词人人生道路上的风风雨雨，隐然现出广阔的社会背景，这又是一层。且“栽”字齿音平韵，于声则无限延长，于情则芊绵不尽。这下片一路蓄意蓄势，急管繁弦，最终结在这个警句上，激昂排宕，感慨深沉。千载下读之，犹觉满腔不平之气，夹风雨霜雪以俱来。

这首词，上片节节暗转，于无字处为曲折，极掩抑动荡之美；下片却一气奔注，牢骚苦闷，倾泻而来，却又累出反语，在一气奔注中故作幽塞，掀起波澜，豪放中仍不失顿挫曲折，词的构局可谓错综多变。

全词核心在下片，但上下两片，对比映衬，增强了表现力。上片一起，白日金阙，虎豹九关，何等高华气象；下片一转，门为草掩，径被苔封，又何等荒凉寂寞！这是一层对比。上片赞美汤朝美，誉其巨手可以“谈笑挽天回”；下片写自己，则两手只堪把蟹持杯，又是一层对比。上片写对方，仿佛日边消息，咄嗟可待；下片说自己，则满头白发，势将潦倒以终，再加一层对比。通过客主强烈对比，益见“斯人独憔悴”的不平之情，这是此词的另一个艺术特色。

上片激劝对方，意气飞扬；下片抒一己之愤，形象潦倒。乍读之下，上下片的思想感情，似涉矛盾。其实，此等矛盾之处，正是显示稼轩的伟大之处。稼轩是虽身处闲散而时时不忘忧乐天下的血性男儿。他既不能不为一己之遭际而愤然不平，又不忍以一己之遭际挫尽天下志士仁人之壮志。因此，他总是本着“知其不可而为之”的顽强精神，鼓舞同道，力挽既倒的狂澜。故上片激劝再三，下片却沉忧抑郁。此矛盾虬结之处，正见出词人一片孤臣孽子之苦心，这正是此词的思想光辉之所在。善乎谢章铤《赌棋山庄词话》之评曰：“读苏辛词，知词中有人，词中有品。”

〔注〕

① 《世说新语·排调篇》：“初，谢安在东山居布衣时，兄弟已有富贵者，翕集家门，倾动人物。刘夫人戏谓安曰：‘大丈夫不当如此乎？’谢乃捉鼻曰：‘但恐不免耳。’”

② 《世说新语·任诞篇》：“毕茂世云：‘一手持蟹螯，一手持酒杯，拍浮酒池中，便足了一生。’”

③ 《后汉书·马援传》：“拜援陇西太守。……援务开恩信，宽以待下。任吏以职，但总大体而已。宾客故人日满其门。诸曹时白外事，援辄曰：‘此丞掾之任，何足相烦。颇哀老子，使得遨游。……’”

（赖汉屏）

# 水调歌头

原文

舟次扬州，和杨济翁、周显先韵。

落日塞尘起，胡骑猎清秋。汉家组练十万，列舰耸层楼。谁道投鞭飞渡，忆昔鸣髇血污，风雨佛狸愁。季子正年少，匹马黑貂裘。

今老矣，搔白首，过扬州。倦游欲去江上，手种橘千头。二客东南名胜，万卷诗书事业，尝试与君谋。莫射南山虎，直觅富民侯。

鉴赏

此词约作于淳熙五年(1178)，时作者由大理少卿出领湖北转运副使，溯江西行。舟次扬州时，与友人杨济翁(炎正)、周显先有词作唱和，此词即其一。周生平未详。杨为有名词人，其原唱《水调歌头》(登多景楼)存于《西樵语业》中，为忧愤时局，感慨“报国无路”之作。作者在南归之前，曾在山东、河北地区从事抗金活动，重过扬州，又读到友人伤时的词章，他心潮澎湃，遂写下这一首抚今追昔的和韵词作。

词的上片是“追昔”。作者的抗金生涯开始于金主完颜亮发动南侵时期，词亦从此写起。古代北方少数民族统治者常在秋高马肥的时节犯扰中原，“胡骑猎清秋”即指完颜亮 1161 年率军南进事（“猎”，借指战争）。前一句“落日塞尘起”则先造气氛。从意象看：战尘遮天，本来无光的落日，便显得更其惨淡。这就渲染出敌寇甚嚣尘上的气焰。紧接二句则写宋方抗金部队坚守大江。以“汉家”与前二句“胡骑”对举，自然造成两军即将接仗，一触即发的战争气氛。写对方行动以“起”“猎”等字，属于动态的；写宋方部署以“列”“耸”等字，是偏于静态的。相形之下，益见前者嚣张，后者镇定。“组练（组甲练袍，指军队）十万”“列舰”“层楼”，均极形宋军阵容盛大，有一种决胜的信心感。前四句对比有力，同时酿足感情，使人感觉正义战争前途光明，以下三句进一步回忆当年完颜亮南进溃败被杀事。

完颜亮南进期间，金上层统治集团内部分裂，军事上复受挫折，士气动摇。当完颜亮迫令金军三日内渡江南下时，却被部下所杀，结束了这次战争。“谁道投鞭飞渡”三句即书其事。句中隐含三个故实：《晋书·苻坚载记》载前秦苻坚南侵东晋，曾不可一世地说“以吾之众，投鞭于江，足断其流”，结果却一败涂地，丧师北还。《史记·匈奴传》载匈奴头曼单于之太子冒顿作鸣镝（即“鸣髇”，响箭），命令部下说：“鸣镝所射而不悉射者斩之。”后在一次出猎时，冒顿以鸣镝射头曼，他的部下也跟着发箭，头曼遂被射杀。“佛狸”，为北魏太武帝拓跋焘的小字。他南侵中原受挫，被太监杀死。作者融此三事以写完颜亮发动南侵，丧于内乱，事与愿违的史实，不仅贴切，又出以问答，更觉有化用自然之妙。

宋朝军民敌忾同仇，而金国外强中干且有“离合之衅”可乘，在作者看来这是恢复河山的大好时机。当年，这位二十出头的义军掌书记就策马南来，使义军与南宋政府取得联系，以期协同作战，大举反击。“季子正年少，匹马黑貂裘”，正是作者当年飒爽英姿的写照。苏秦字“季子”，乃战国时著名策士，以合纵政策游说诸侯佩六国相印。他年轻时曾着“黑貂裘”西入秦。作者以“季子”自拟，乃是突出自己以天下为己任的少年锐进之气。于是，在战争风云的时代背景上，这样一个“锦襜突骑渡江初”（《鹧鸪天》）的少年英雄亮相，显得虎虎有生气，与下片搔白首而长叹的今“我”判若两人。

过片即转为“抚今”。上片结句才说到“年少”，这里却继以“今老矣”一声长叹，其间掠过了近二十年的时间跨度。这里的叹老又不同一般文人喜欢叹老嗟卑的心理，而是类乎“时易失，心徒壮，岁将零”（张孝祥《六州歌头》），属于深忧时不我待、老大无成的志士之苦。南渡以来，作者长期被投闲置散，志不得伸，此时翘首西北，“望中犹记、烽火扬州路”（《永遇乐》），真有不胜今昔之感。

过片三短句，情绪够悲怆的，似乎就要言及政局国事，但却没有，是“欲说还休”。此下只讲对来日的安排，分两层。一层说自己，因为倦于宦游，想要归隐田园，种树置产。三国时吴丹阳太守李衡在龙阳县氾洲种柑橘，临死时对儿子说：“吾州里有千头木奴，不责汝衣食，岁上一匹绢，亦可足用耳。”（见《三国志·吴书·孙休传》注引《襄阳记》）此处化用李衡语，既饶风趣，又故意表现出一种善治产业、谋衣食的精明人口吻。只要联想作者“求田问舍，怕应羞见，刘郎才气”（《水龙吟》）的词句，不难体味这里隐含的无奈、自嘲及悲愤的复杂情绪。说“欲去”而未去，正表现出作者内心的矛盾。

二层是劝友人。杨济翁原唱云："忽醒然，成感慨，望神州。可怜报国无路，空白一分头。都把平生意气，只做如今憔悴，岁晚若为谋？"其彷徨苦闷，可谓与弃疾相通。作者故而劝道：你们二位（"二客"）乃东南名流，腹藏万卷，胸怀大志，自不应打算归隐如我。但有一言还想与君等商议一下：且莫效李广那样南山习射，只可直取"富民侯"而已。《史记・李将军列传》载，李广曾"屏野居蓝田南山中射猎"，"广所居郡闻有虎，尝自射之"。《汉书・食货志》："武帝末年悔征伐之事，乃封丞相为富民侯。"李广生不逢高祖之世，未尽其才，未得封侯；而"富民侯"却能不以战功而取。二句谓朝廷"偃武修文"，放弃北伐，致使英雄无用武之地，其意不言自明。要之，无论说自己"倦游欲去江上，手种橘千头"也好，劝友人"莫射南山虎，直觅富民侯"也好，都属激愤语。如果说前一层讲得较为平淡隐约，后一层"莫射""直觅"云云，语意则相当激烈明显。分两步走，便把一腔愤懑尽情发泄出来。

词前半颇类英雄史诗的开端，然而其壮词到后半却全无着落，反添落寞之感，通过这种跳跃性很强的分片，有力表现出作者失意和对时政不满的心情。下片写壮志消磨，全推在"今老矣"三字上，行文腾挪，用意含蓄，个中酸楚愤激，耐人寻味，词情尤觉沉着。愤语、反语的运用，也有强化感情色彩的作用。此词与作者《鹧鸪天》（壮岁旌旗拥万夫）从内容到分片结构上都很相近，可以参读。

（周啸天）

# 念奴娇

原文

登建康赏心亭①,呈史留守致道②。

我来吊古,上危楼,赢得闲愁千斛③。虎踞龙蟠何处是?只有兴亡满目。柳外斜阳,水边归鸟,陇上吹乔木。片帆西去,一声谁喷霜竹④?

却忆安石风流,东山岁晚⑤,泪落哀筝曲⑥。儿辈功名都付与,长日惟消棋局。宝镜难寻,碧云将暮,谁劝杯中绿⑦?江头风怒,朝来波浪翻屋。

〔注〕

① 赏心亭:《景定建康志》:"赏心亭在下水门之城上,下临秦淮,尽观览之胜。丁晋公谓建。"

② 史致道:名正志,扬州人,当时正任建康行宫留守、建康知府兼沿江水军制置使,与辛弃疾志同道合。

③ 斛:量器名,亦容量单位。古代以十斗为一斛,南宋末改五斗为一斛。

④ 喷:喷发,指吹奏。黄庭坚《念奴娇》词:"孙郎微笑,坐来声喷霜竹。"霜竹:竹笛,由霜后竹子做成,故云。

⑤ 东山:谢安曾高卧东山(即会稽山),放情丘壑。

⑥ 筝曲：指桓伊弹奏的《怨诗》："为君既不易，为臣良独难。忠信事不显，乃有见疑患……"

⑦ 绿：代指酒。

鉴赏

宋孝宗乾道四年(1168)，辛弃疾任建康(今江苏南京)通判，当时他南归已经七个年头，而他向往的抗金救国事业，却毫无进展，而且还遭到朝中议和派的打击。词人在一次登建康赏心亭时，触景生情，感慨万千，便写了此作，呈送建康行宫留守史致道，以表达对国家前途的忧虑，对议和派排斥爱国志士的愤懑。全词采用吊古伤今的手法，来表现主题。写景时，寓情于景，感情色彩极其浓郁；抒情时，吊古伤今，笔调极为深沉悲凉。

这首词从以下几方面着笔：建康古来的地理形势、如今的败落景象，并用东晋名相谢安的遭遇自况，表达自己缺乏知音的苦闷，最后用长江风浪险恶，暗喻南宋的危局。

开头三句，开门见山，直接点明主题，然后再围绕主题，一层一曲地舒展开来。"上危楼，赢得闲愁千斛"，是说自己登上高楼，触景生情，引起无限感慨。"闲愁千斛"，是形容愁苦极多。所谓"闲愁"，是作者故作轻松之笔，其实是他关心国事的深深忧愁。

四、五两句，采用自问自答的方式，把"吊古伤今"落到实处。"虎踞龙蟠何处是"，这一发问，极为悲凉。据《金陵图经》说："石头城在建康府上元县西五里。诸葛亮谓吴大帝曰：'秣陵地形，钟山龙蟠，石城虎踞，真帝王之都也。'"正因为如此，建康曾经成为六朝的国都。但在辛弃疾看来，而今却徒有空名，留下来的只是一片败亡的历史陈迹。言外之意，是谴责南宋朝廷不利用建康的有利地形抗击金兵、收复中原。这里异常生动地凸现出词人大声疾呼、痛苦欲绝、义愤填膺的形象。“兴亡满目”，“兴亡”二字是偏义词，侧重于“亡”字。

“柳外斜阳”五句，描写建康如今的景象，把“兴亡满目”落到实处，渲染一种悲凉凄楚的气氛：夕阳斜照在迷茫的柳树上；水边觅食的鸟儿，在急促地飞回窝巢；垅上的乔木，被狂风吹打，飘落下片片黄叶；一只孤零零的小船，漂泊在秦淮河中，匆匆地向西边驶去；不知何人，吹奏起悲凉的笛声。映入词人眼帘的，都是这种迷茫凄楚、怆惶急促、孤寂悲凉的景象，这与作者当时的心境有关。从构思而言，上片三个层次，采用层层递进、环环紧扣的笔法，衔接极为严密。而各个层次，又都从不同的角度，加深和强化主题。

上片十句侧重于吊古伤今。下片十句则侧重于表现词人志不得伸、无法实现抗金救国理想的愁苦，及其对国家前途的忧虑。下片亦分三个层次，前五句为一个层次，是曲笔。次三句为一个层次，是直抒胸臆。最后两句为一个层次，是比喻。各层次的笔法虽不相同，但能相辅相成，各得其妙。

“却忆安石风流”五句，用谢安（安石）受谗被疏的典故。前三句写谢安早年寓居会稽，与王羲之等知名文人“渔弋山水”，“言咏属文”，无处世之意。晋孝武帝司马曜执政，他出任宰相，后来受谗被疏。“泪落哀筝曲”，写谢安被疏后，孝武帝有次设宴招待大将桓伊，谢安在座。桓伊擅长弹筝，他为孝武帝弹一曲《怨诗》，借以表白谢安对皇帝的忠心，和忠而见疑的委屈，声节慷慨，谢安深受感动，泪下沾襟。孝武帝亦颇有愧色。词人在此借古人之酒杯，浇自己之块垒，曲折隐晦地表达志不得伸的情怀。“儿辈”两句，写谢安出任宰相未被疏前，派弟弟谢石和侄儿谢玄领兵八万，在淝水大败前秦苻坚九十万大军的事。当捷报传来时，谢安正在和别人下棋。他了无喜色，仍下棋如故。别人问他战况时，他才漫不经心地答道：“小儿辈遂已破贼。”这段历史，本来说明谢安处理国事沉着矜持。可是，辛弃疾改变了它的原意，把词意变成：建立功名的事，让给小儿辈干吧，我只有整天下棋消磨岁月！不难看出，这里包含着词人壮志未酬、虚度年华的愁苦，同时也给予议和派以极大的讽刺。

“宝镜”三句，笔锋又从历史镜头转到现实，词人用寻觅不到“宝镜”、夜幕降临、无人劝酒，暗喻壮志忠心不为人知、美人迟暮、缺乏知音的苦闷。“宝镜”，唐李濬《松窗杂录》载秦淮河有渔人网得宝镜，能照见五脏六腑，渔人大惊，失手落水，后遂不能再得。这里借用此典，意在说明自己的忠心无人鉴察。刘熙载说：“稼轩词龙腾虎掷，任古书中理语、廋语，一经运用，便得风流，天姿是何夐异！”(《艺概·词曲概》)的确，“宝镜”三句，格调虽然悲愤沉郁，但词句却含蓄蕴藉，优美动人。

最后两句，境界幽远，寓意颇深。写自己眺望江面，看到狂风怒号，便预感到风势将会愈来愈大，可能明朝长江卷起的巨浪，会把岸上的房屋推翻。这两句不仅写出江上波涛的险恶，也暗示对时局的忧虑。

“吊古”之作，大都借以抒发感慨或鸣不平。辛弃疾这首吊古伤今的词作，写得尤其成功，感人至深。《宋史》本传称其“雅善长短句，悲壮激烈”，即说明辛词此类作品的豪放风格。

（陆永品）

# 念奴娇

原文

## 书东流村壁

野棠花落，又匆匆过了，清明时节。刬地东风欺客梦，一枕云屏寒怯。曲岸持觞，垂杨系马，此地曾轻别。楼空人去，旧游飞燕能说。

闻道绮陌东头，行人长见，帘底纤纤月。旧恨春江流不断，新恨云山千叠。料得明朝，尊前重见，镜里花难折。也应惊问：近来多少华发？

鉴赏

辛弃疾绝少写自己的爱情经历，偶一为之，迥异诸家，带着一种击节高歌的悲凉气息。此词即是其例。

据邓广铭《稼轩词编年笺注》，此词或是淳熙五年(1178)自江西帅召为大理少卿时作。览其词意，当是作者年轻时路过池州东流县，结识一位女子，这回经过此地，重访不遇，而有此作。

开头五句："野棠花落，又匆匆过了，清明时节。刬地东风欺客梦，一枕云屏寒怯。"清明时节，春冷似秋，东风惊梦，触感悲凉。"又"字点出前次来此，也是这个季节。暗合于唐人崔护春日郊游，邂逅村女的情事。“客梦”暗关旧游之梦，“一枕”之孤单又暗示前回在此地的欢会。果然，下边逼出了对往事的追忆：“曲岸持觞，垂杨系马，此地曾轻别。楼空人去，旧游飞燕能说。”曲岸、垂杨，宛然如旧，而人去楼空了；只有似曾相识之飞燕，在呢喃地向人诉说，为人惋惜而已。末句化用东坡《永遇乐》“燕子楼空，佳人何在，空锁楼中燕”词意，却能翻出新意，而又毫不费力。

歇拍处意脉不断，一气流注而入下片：“闻道绮陌东头，行人长见，帘底纤纤月。”“绮陌”，犹言烟花巷。纤纤月出于帘底，指美人足，典出窅娘。据龙沐勋《东坡乐府笺》，此又是从东坡《江城子》词“门外行人，立马看弓弯”句脱化而出。极艳处，落笔却清雅脱俗，此亦稼轩之难及处。（或云“纤纤月”是美人眉，却何能于帘底见之？而且隔帘也难窥见纤眉。）至此，知此女是风尘女子。这里说不仅“飞燕”知之；向行人打听，也知确有此美人，但如今不知去向了。更增惆怅，故叹曰：“旧恨春江流不断，新恨云山千叠。”去年惜别的旧恨，已如流水之难尽；那堪更添重访不见的新恨，其恨真如乱山重叠。皖南江边山多，将眼前景信手拈来，作为妙喻。当然，这两句里已经有意无意地渗透进了家国恨，身世恨，报国无门之恨。因为稼轩遭遇的人间事无不可痛可恨，故融合而难分了。陈廷焯评为“矫首高歌，淋漓悲壮”，领会了其中的深意。意思本来到此已完，不料词人借助想象，又转出一层意思来：“料得明朝，尊前重见，镜里花难折。”即使还有重逢的机会，只恐已属他人，终如镜花水月，不复可得，永抱杜牧《叹花》诗“绿叶成阴子满枝”之憾了。用意一唱三叹，造语一波三折，到此意思已尽，已成镜花水月，还有何言？不料他又推进一层，造成了余意不尽的结尾：“也应惊问：近来多少华发？”那时，想来她也该会吃惊地、关切地问我:“你怎么添了这么多的白发啊!”只能如此罢了! 以想象中的普通应酬话,写出双方的深挚之情与身世之感。这白头,既意味着“为伊消得人憔悴”的深情,又饱含着“老却英雄似等闲”的悲愤,真可谓感慨无限。写到此,恋旧之情、身世之感已浑然一气,大有“倩何人唤取,红巾翠袖,揾英雄泪”(《水龙吟》)的意味,实为借恋情之酒杯,浇胸中感时伤事之块垒。因为有此一结,再返观全词,只觉得无处不悲凉。这结尾,也照应了开头的岁月如流,于是归结到萧萧华发上,就此顿住。

如上缕析,这篇作品并非没有其他言情佳作曲折宛转的内含,然而辛稼轩不以“犹抱琵琶半遮面”的委婉的风致来抒写,不用“香衾”“银烛”“玉筯”“红泪”那些字眼。而以“大踏步出来”的面貌来表现,他笔下挥洒的是东风欺梦、惊见华发,其间仅以“纤纤月”略作点染,一现即隐。格调悲凉慷慨,《白雨斋词话》评为“悲而壮,是陈其年之祖”。

此词更重要的不在其外表,而在其气质不同,骨子里有悲凉味。它虽写情事,却不专为寄情而作,作者的思想感情里本来就浸透了英雄投闲、报国无门的悲愤,不免触处皆发,使得这首爱情词从头到尾也染上了悲凉色彩。到后来,就亦此亦彼,难解难分了。同时,对于情,稼轩所表现的也不是缠绵得无法摆脱,而是把其一往情深归之于感慨无限的喟叹之中。其音调也不是低回的,悠扬的;而是急促的,击案赴节、一喷而出的。看来,这样的言情词,就是配合着“铜琵琶、铁绰板”来唱,也使得的。这样的新境界,只能于稼轩词中见之。

周邦彦《瑞龙吟》,写的也是“桃花人面”的“旧曲翻新”(周济《宋四家词选》评)。同一题材,在稼轩手里是敲唾壶尽缺的悲歌,在清真笔下却是传统情词的“浅斟低唱”。周词是回环吞吐，惟恐不尽；辛词却是郁积如山，欲说还休。清真所为是笔触纤细、笔笔勾勒的工笔仕女图；稼轩作成的却是洒脱爽健、一挥而就的泼墨写意画。这艺术风格上的差异，是词人个性与气质的差异而造成的。

（孙映逵）

# 鹧鸪天

原文

## 代 人 赋

晚日寒鸦一片愁，柳塘新绿却温柔。若教眼底无离恨，不信人间有白头。

肠已断，泪难收，相思重上小红楼。情知已被山遮断，频倚阑干不自由。

鉴赏

稼轩词六百余阕，用调一百以上。在这些词调中，利用频率最高的为《鹧鸪天》，凡六十三阕，占总数百分之十强。述怀、抒愤、言愁、叹老、酬答、赠别、祝寿、即事、咏物、写景、议论……无不用之。恐怕正是由于运用此调多而得心应手的缘故吧，所以"代人赋"便自然地也选择了此调。词题"代人赋"，今天已无法弄清所代者为谁了。词中主人公是一位内心充满"离恨"与"相思"的女性。

上片先从写景下笔："晚日寒鸦一片愁，柳塘新绿却温柔。""柳塘新绿"，点明季节为早春；"晚日寒鸦"，点明时间是傍晚。这景，是为情而设的。太阳即将落山，寒鸦正在归巢，极易引起怀人之思、孤寂之感，而光线暗淡的"晚日"，又极易引起迟暮之想、不快之情，叫声聒噪的“寒鸦”，又极易令人精神不安、心情烦躁，所以在“晚日寒鸦”之后，用“一片愁”三字以抒其情。“柳塘新绿”，是美好的景色，当是勾起了女主人公心底的一缕“温柔”之情，从而在她眼里看出了景色的“温柔”。但是，“细柳新蒲为谁绿”呢？无限“温柔”为谁存在呢？王夫之在《姜斋诗话》中说：“以乐景写哀，以哀景写乐，一倍增其哀乐。”这“温柔”的“柳塘新绿”之景，也只能起反衬作用，只能使“一片愁”增浓。“温柔”之前着一“却”字，旨在挑明乐景与哀情的不一致。接下来的“若教眼底无离恨，不信人间有白头”，紧承上文的“一片愁”，是假设，是愿望，是深沉的感叹。假设能使“眼底无离恨”，正说明实际上是“眼底”充满了“离恨”，而无可奈何。这“眼底”的“离恨”，联系上文，又是“一片愁”之原因的展现。“不信人间有白头”，是以“眼底无离恨”为条件的，现在既是“眼底”充满了“离恨”，那么“人间”就只能“有白头”了。这是以婉曲的方式来强调“离恨”之伤人，指出“离恨”是“人间有白头”的祸根。“人间有白头”，“干卿底事”？实质上是在叹她自己“白了少年头”。这“白头”，联系上文，又是对“一片愁”之恶果的揭示。这两句，若直言之，就是《古诗十九首》中的“思君令人老”。这两句的言外之意，是殷切地希望“眼底”真的“无离恨”，“人间”永远无“白头”。

过片以下，仍是“一片愁”的表现，但另是一个层次，即由概括地说“一片愁”，变为通过具体行为来写“相思”之情，深化“一片愁”。“肠已断，泪难收，相思重上小红楼”，是一个行为，极写女主人公离别之恨、相思之深。为了离恨，为了相思，她内里已是柔肠寸断，外表则是盈盈粉泪难收，而且并非出于理智地“重上小红楼”。“重上”，是说曾经上过，并非第一次。“小红楼”，当是她与自己心上人曾经共同生活在一起的地方。今天“重上”这“小红楼”，恐怕是为了要重温昔日携手并肩、恩恩爱爱的欢乐，幻想着心上人可能仍在楼上。真是“离别肠应断，相思骨合销”（陈后主《寄碧玉诗》）。这女主人公的感情，是多么缠绵悱恻，多么凄楚动人啊！结尾的“情知已被山遮断，频倚阑干不自由”，是又一个行为，进一步表现女主人公的痴情。她理智上清清楚楚地知道，视线已被青山遮断，心上人是看不到的，正如欧阳修在《踏莎行》中所说的那样：“平芜尽处是春山，行人更在春山外。”然而她的理智管束不住自己的感情，自己不能作主地一而再、再而三地去倚靠着楼上的阑干远望。明知倚靠阑干远望而不会有所获，仍要一次又一次地倚靠阑干而远望，其情多么痴绝啊！以“频倚阑干不自由”这句作结，实有“神余言外”之妙。

这阕词虽然是“代人赋”，但在封建社会里，思妇是普遍存在的，思妇诗亦有深厚的传统，因此稼轩对所代的这位女性之苦闷能感同身受，写来其情不虚，其意不隔，“情真景真，与空中语自别”（许昂霄《词综偶评》）。再深入一步推想，也极有可能是以“代人赋”为障眼法，借闺情之什以自写情怀，如李义山之《代赠》、苏东坡之《少年游·润州作代人寄远》之类。

（何均地）

# 鹧鸪天

原文

## 送　　人

唱彻《阳关》泪未干，功名余事且加餐。浮天水送无穷树，带雨云埋一半山。

今古恨，几千般，只应离合是悲欢？江头未是风波恶，别有人间行路难。

鉴赏

这首词见于四卷本《稼轩词》甲集，是辛弃疾中年的作品。这时候，他在仕途上已是经过不少挫折，所以词虽为送人而作，而所写的多是世路艰难之感。

起二句："唱彻《阳关》泪未干，功名余事且加餐。"上句言送别。《阳关三叠》是唐人送别歌曲，加上"唱彻""泪未干"五字，便觉伤感无限。从作者性格看，送别绝不会带给他这样的伤感。他平日对仕途、世事的感慨，郁积胸中，遇上送别之事的触动，一涌而发，故有此情状。下句忽然宕开说到"功名"之事，便觉来路分明。辛弃疾和陆游一样，本来都是重视为国家的恢复事业建立功名的。他的《水龙吟》词说："算平戎万里，功名本是，真儒事，公知否？"认为建立功名是分内的事；《水调歌头》词说："功名事，身未老，几时休？诗书万卷，致身须到古伊周。”认为对功名应该执着追求，并且目标很大。这里却把功名看成身外“余事”，乃是不满朝廷对金屈膝求和，自己报国壮志难酬，被迫退隐，被迫消极的愤激之辞；“且加餐”，运用《古诗十九首》“弃捐勿复道，努力加餐饭”之句，也是愤激反语。“浮天水送无穷树，带雨云埋一半山。”写送别时翘首遥望之景，景显得生动，用笔却很浑厚。而且天边流水远送无穷的树色，和设想行人别后的行程有关；雨中阴云埋掉一半青山，和联想正人君子被奸邪小人遮蔽、压制有关。景句关联词中的两种不同的思想感情，都很紧密，而且含蓄不露，富有余韵。

换头：“今古恨，几千般，只应离合是悲欢？”这里的“离合”和“悲欢”是偏义复词。由于题目“送人”与下片首句“今古恨”的情景规定，“离合”就只取“离”字义，“悲欢”就只取“悲”字义。上片写送别，下片抒情也应该是“别恨”为主调了，但是作者笔锋拗转，说今古恨事有几千般，岂只离别一事才是堪悲的？用反问语气，比之作正面的判断语气更含激情。作词送人而居然说离别并不是唯一可悲可恨的事，显示词的思想感情将有进一步的开拓。下文便又似呼喊又似吞咽地道出他的心声：“江头未是风波恶，别有人间行路难。”行人走上旅途，“江湖多风波，舟楫恐失坠”（杜甫《梦李白》），但作者认为此去的遭遇还有比它更险恶的，是存在于人们心中、存在于人事斗争上的无形的“风波”；它使人畏，使人恨，有甚于一般的离别之恨和行旅之悲。“瞿塘嘈嘈十二滩，人言道路古来难；长恨人心不如水，等闲平地起波澜。”（刘禹锡《竹枝词》）个中滋味，古人已先言之。辛弃疾在此并非简单地运用前人诗意，而自有他切身的体会。他一生志在恢复事业，做官时喜欢筹款练兵，又执法严厉，多得罪投降派，得罪豪强富家，几次被劾去官。如在湖南安抚使任内，筹建“飞虎军”，后来在两浙西路提点刑狱公事任内，即以此事被劾为“奸贪凶暴”“虐害田里”而罢官。这真是人事上的“风波恶”的明显例证。作者写出词的最后两句，包含了更多的伤心经历，展示了更广阔、更令人惊心动魄的艺术境界，情已淋漓，语仍含蓄。李白《行路难》的“欲渡黄河冰塞川，将登太行雪满山”，同此悲愤；白居易《太行路》的“行路难，不在水，不在山，只在人情反覆间”，正可说明悲愤的原因和实质。

这首小令，篇幅短小，而思想感情包含广阔深厚，笔调浑成含蓄，举重若轻，不见用力之迹而力透纸背，显示辛词的大家气度。

（陈祥耀）

# 鹧鸪天

原文

## 东阳道中

扑面征尘去路遥，香篝渐觉水沉销。山无重数周遭碧，花不知名分外娇。

人历历，马萧萧，旌旗又过小红桥。愁边剩有相思句，摇断吟鞭碧玉梢。

鉴赏

此作，南宋黄昇《花庵词选》题为“东阳道中”作。“东阳”，即今浙江省东阳市。据词题来看，词作大约写于淳熙五年(1178)，作者在京都临安大理少卿时期，因事赴东阳途中。词人因何事奔赴东阳，史无可考。从作品的内容和情调而言，洋溢着喜悦欢畅的情绪，在辛词中是不多见的。看来，此词是即景抒情之作，写得诗情画意，五彩缤纷：有碧绿的青山、娇艳的花朵、行人历历、征马萧萧、旌旗小桥，呈现一派生气勃勃的景象。读完此作，好像随同词人进行一次春天旅游，令人耳目一新。

开头两句，是点明地点，交代行踪。它写词人一行，远离京城临安，乘马向东阳进发。“香篝”，是薰笼。“水沉”，是一种香料，即沉香。“香篝渐觉水沉销”，是借薰笼里的香料逐渐燃烧殆尽，写行路时间之长，从而暗示行程遥远。前后两句，相辅相成，对应有致。三、四两句，以欢悦抒情的笔调，描写碧绿的山峰，盛开的花朵，特别令人喜爱。这是词人举目所见，并非有意捕捉，即把途中初春的自然风光，逼真地描写出来。笔法自然，不假装点，颇有“清水出芙蓉，天然去雕饰”之妙。“山无重数周遭碧”，当从刘禹锡“山围故国周遭在”（《石头城》）的诗句脱化而来。“山无重数”，是重重叠叠的山峰。四周群山郁郁葱葱，绿得可爱。“花不知名分外娇”，谓野外不知名的野花格外娇娆。词人在另一首词里说：“城中桃李愁风雨，春在溪头荠菜花。”（《鹧鸪天·代人赋》）可见，词人喜爱自然美，不喜爱矫揉造作之态。这里透露出词人的审美情趣。

上片是写自然景色，下片是描写生活画面，笔调越发悠扬，画面更加生动形象。“人历历，马萧萧，旌旗又过小红桥”三句，表现词人一行，催马加鞭，向前行进的镜头。“人历历，马萧萧”两句，由于使用两对叠字，就大大加强了词作的生动和韵味。“人历历”，行进在道路上的一行人，历历在目。“马萧萧”，写骏马嘶叫之声。“旌旗又过小红桥”一句，是描写动景。词人一行打着旗号，一路浩浩荡荡，颇为引人注目。最后两句抒情，表现词人由于喜悦，便一边吟诗，一边催马加鞭地向前进发。青山绿水之间，一路吟声鞭声，那情韵真是令人神往。可想而知，词人此行，是值得高兴的事，否则，他怎么能如此神采奕奕呢？这里用“愁边”二字，与词人另一首《丑奴儿》里“都将今古无穷事，放在愁边，放在愁边”中的“愁边”二字不同。“愁边剩有相思句”，是说词人心中除了“愁”外还有“相思”，并要把这种情感形诸吟咏。“摇断吟鞭碧玉梢”，写得更是有声有色，把词人扬鞭吟哦、疾速前进的神情，逼真地再现出来了。“碧玉梢”，指马鞭用碧玉宝石饰成，喻马鞭的华贵，以增添字面的美感。

总之，这首词画面优美，意境开朗，自然景色与生活画面密切结合，静景与动景浑然一体，犹如一幅笔触明快的彩绘，令人赏心悦目，玩味不已。

（陆永品）

# 鹧鸪天

原文

鹅湖[1]归,病起作。

枕簟溪堂[2]冷欲秋,断云依水晚来收。红莲相倚浑如醉,白鸟无言定自愁。

书咄咄,且休休,一丘一壑也风流。不知筋力衰多少,但觉新来懒上楼。

〔注〕

① 鹅湖:山名,在江西铅山县东北。原名荷湖,因山中有湖,多生荷。晋人龚氏居山,养鹅湖中,乃更名鹅湖。
② 溪堂:筑在溪流边上的楼阁。溪指玉溪,即信江,在信州(今江西上饶)境内。

鉴赏

此词是辛弃疾罢官闲居上饶期间(四十三岁至五十三岁)的作品。从题语和词意可知:作者游罢鹅湖归来,曾患过一场疾病,病后登楼观赏江村晚景,忽惊流光暗逝而筋力潜衰,转念平生，万感横集，因歌此阕以抒悲愤。

词的结构是上片写景，下片抒情。但景语亦皆有情，只是含蓄甚深，须细察始能体会。“枕簟”句写气候变化：枕簟初凉，溪堂乍冷，虽未入秋时，已袭来秋意。这种清冷的感觉，既是自然环境的反映，也是词人心绪的外射。“断云”句写江上风光：飘浮水面的片断烟云在落日余晖中渐渐消散，眼前出现了水远天长、苍茫无际的画面。这景象给词人带来一种开阔的美感，也引起了他的空虚落寞的惆怅。“红莲”“白鸟”二句转写近前景物：池塘里红莲盛开，互相偎倚，宛若喝醉了酒的美人。堤岸上的白鹭却静静地兀立着，它一定正在发愁罢！“醉”字由莲脸之红引出，“愁”字由鸟头之白生发，造意遣辞，俱尽其妙。红莲白鸟互相映衬，境界虽美，但“醉”“愁”二字则透出了词人内心的苦闷。以上景物描写，不但隐含着词人忧伤抑郁的意绪，而且为下片抒情创造了一种清冷、空虚而又沉闷的氛围。

换头三句即承上述氛围和意绪而来，但在情感的表现上却有显著变化：变含蓄为明朗，变抑郁为旷达。这三句连用三个典故。“书咄咄”句用殷浩事，《晋书·殷浩传》载殷浩热中富贵，罢官后终日以手书空作“咄咄怪事”四字（意为“哎哎，这真是怪事！”）。“且休休”用司空图事，《旧唐书·司空图传》载司空图淡于名利，隐居中条山，作《休休亭记》云：“休，休也，美也，既休而具美存焉。”（按司空图的解释，“休”字有二义，一指闲退，一为安适。“休休”即闲适之意。）“一丘一壑也风流”用班嗣语。《汉书·叙传》载班嗣书简云：“渔钓于一壑，则万物不奸其志；栖迟于一丘，则天下不易其乐。”三句连起来的意思是：罢官就罢官吧，隐居亦自有乐趣。看起来词人好像真的乐意当隐士了，实际上这是悲愤而故作旷达之辞，比直抒悲愤更觉悲愤之深。三个典故用在一起，不但气势连贯，而且意思曲折。结末二句在情感表现上又有显著变化：变坦率为微婉，变旷达为悲凉。“不知筋力衰多少，但觉新来懒上楼”，化用刘禹锡《秋日书怀寄白宾客》诗“筋力上楼知”句意。看似写病后衰弱的寻常感觉，实则含有“英雄江左老”（辛词《满江红》）的悲愤。辛弃疾一生志在恢复中原，虽遭谗毁摈斥而坚持如故，因此表现在这里的便不是一般惊衰叹老的感伤，而是深恐功业难成的忧虑。刘辰翁说他“英雄感怆，有在常情之外”（《辛稼轩词序》），乃是深知作者人格与词心之言。

依上所述，此词含蕴的情感是异常深沉的。但词人使用的语言却又异常平淡。上片描述气候的清冷，云水的舒卷和花鸟的静默，都无奇险之处，但寂寞沉闷的气氛已足使人愁苦；换头后，出语十分旷达，但政治失意的情绪愈觉令人凄断；结末二语尤其淡朴浅近，直如野叟闲谈，略不经意，而“烈士暮年，壮心不已”的感慨却表现得极其厚重。这种以淡语写深情的艺术，正如刘熙载说的“极炼如不炼，出色而本色，人籁悉归天籁”（《艺概·词曲概》），是一种更为精湛的艺术。

（罗忠族）

# 丑奴儿近

原文

## 博山道中效李易安体

千峰云起，骤雨一霎儿价。更远树斜阳，风景怎生图画？青旗卖酒，山那畔别有人家。只消山水光中，无事过这一夏。

午醉醒时，松窗竹户，万千潇洒。野鸟飞来，又是一般闲暇。却怪白鸥，觑着人欲下未下。旧盟都在，新来莫是，别有说话？

鉴赏

宋孝宗淳熙八年（1181），辛弃疾被劾去官，次年于江西上饶地区的带湖卜筑闲居，直至光宗绍熙三年（1192）再度起用，其间长达十年。这首词正是作于此时。

词的上下片都是见景抒情，情景相生，写得明白如话而清新幽默。上片写的是博山道中的外景。博山在江西上饶广丰区西南，“南临溪流，远望如庐山之香炉峰”，足见风景之秀美。开首三句，写得颇有季节特点，特别是“骤雨一霎儿价”，非常形象地写出了夏日阵雨的特点。阵雨过后，斜阳复出，山水林木经过一番滋润,愈加显得清新秀美。“风景怎生图画”一句,以虚代实,给人留下充分的想象余地,同时又达到了情景交融的效果。“青旗”二句,点出酒店,交代了作者的去处,与下片“午醉醒时”相呼应,同时也点出作者闲居生活的百无聊赖。从词的意境上说,这二句又把画面推向更深一层,别具一番风致。七、八两句是抒情,说只须在山色水光中度过这个清闲的夏天。句中流露着一点无可奈何的心绪。

下片开首也是写景,写的是酒家周围的环境。“午醉”一句,同上片“青旗”相应,“松窗竹户”当为酒家景致。作者酒醉之后,在这里美美地睡了一觉,醒来但见窗外松竹环绕,气度潇洒脱俗,十分幽雅。这首词的上下片在时间上有个跳跃,由“午醉”加以过渡,从而增强了上下两片的有机联系。“野鸟”二句,语出贾谊《鹏鸟赋》:鹏鸟“止于座隅,貌甚闲暇”。同时,又是运用传统的动中取静写法,唯其动而愈见静。如王维的《栾家濑》:“飒飒秋雨中,浅浅石溜泻。跳波自相溅,白鹭惊复下。”全篇皆动,却是静境。辛弃疾正是运用了这种手法,把酒家的环境写得十分幽静。但正是“静”,却又反衬出他心中的不平静来。紧接着由“野鸟”带出白鸥,由景入情,写得十分自然。在这里,作者用了“鸥盟”的典故。所谓鸥盟,即是“言隐居者与鸥为伴侣也”。如黄庭坚诗:“万里归船弄长笛,此心吾与白鸥盟。”辛弃疾在落职之后,初到带湖卜筑,就曾写过一首《水调歌头》,题为“盟鸥”,其中写道:“凡我同盟鸥鹭,今日既盟之后,来往莫相猜”,意在表白自己决心归隐,寄迹江湖,永与鸥鹭为伍。“却怪”二句语极诙谐,旧友白鸥怎么啦?觑着我欲下不下,若即若离。所以结三句接着问,莫非是新来变了旧约?《列子·黄帝》说海上有人与鸥鸟相狎熟,一日其父命他取来玩玩，明日至海上，“鸥鸟舞而不下”。结三句向白鸥提问，十分幽默，同时也表现出自己的襟怀，透露出自己孤独寂寞的况味。而笔势奇矫，语极新异，令人玩味无已。

辛弃疾隐居带湖，主要是由于投降派的排挤打击，多少带着一点无可奈何。这种浪迹江湖的生活，并非他所追求的。因此，他在表现一种超脱的闲适之情时，仍然不时地流露出内心的不平静来。从这首词来看，有些句子看来悠闲自得，实质上是百无聊赖而自作宽解。一种希冀用世的心绪，还是时隐时现的。

在这首词的小序中，作者标明“效李易安体”，李易安即李清照，是宋代婉约词的大宗，这说明，辛弃疾虽为豪放派的代表人物，但在“龙腾虎掷”之外，又不乏深婉悱恻的情调。他的这首“效李易安体”之作，着重是学易安“用浅俗之语，发清新之思”（《金粟词话》）的特色。其中诙谐幽默的成分，则纯为稼轩自己的个性。这正为我们提供了一个伟大作家“博取”的例证。

（陈允吉　胡中行）

# 蝶恋花

原文

## 月下醉书雨岩[1]石浪

九畹芳菲兰佩好。空谷无人，自怨蛾眉巧。宝瑟泠泠千古调，朱丝弦断知音少。

冉冉年华吾自老。水满汀洲，何处寻芳草？唤起湘累[2]歌未了，石龙舞罢松风晓。

〔注〕

① 雨岩：地名，在江西永丰县西博山中。石浪：雨岩的一块巨石，长三十余丈，状甚怪；篇末“石龙”指此。
② 湘累：指屈原。无罪冤屈而死叫“累”(léi)，屈原是投湖南汨罗江而死的，所以前人称他为湘累。

鉴赏

稼轩词，广泛地吸取了前人的文学成果，所得于屈原作品者尤多。他那坚韧执着往而不返的爱国主义精神，与屈原所谓“亦余心之所善兮，虽九死其犹未悔”(《离骚》)极为相似；在词的表达艺术上，他也成功地学习了屈原借香草美人发抒政治感愤的手法，写出了一首首《离骚》似的优美词章。本阕虽非稼轩词中的名篇，却也是深得屈赋神髓的佳作。

词的主题，是抒写自己不得志与少知音的牢骚情怀。作者并不直说心中之事，而以比兴寄托之法，用香草美人自喻，曲折有致地表达出满腹的幽愤。词作于稼轩隐居信州（上饶）带湖别墅的前期。这正是稼轩遭受诬陷、被弹劾落职之后的一段精神极度苦闷的时期。政治上的孤独感和失意感促使他经常离开带湖去上饶的群山之中寻幽探胜，以开释愁怀，转移精力，然而独游山水时的幽寂空虚的环境又使他时时跌回到更加孤独和失意的深渊之中。此词就是这样一种精神状态之下的产物。上片，写自己多年来受打击、受压抑和缺少政治知音的处境。作者连用兰佩芳菲、蛾眉空好、宝瑟弦断这三个极富象征意义的意象描写，来表明自己虽有高尚的品质和过人的才干，却备受南宋朝廷当权的主和派嫉妒和排挤，长期投闲置散，无用武之地，而且知音寥寥，无人理解自己。不如意的处境使他首先想到的是"萧条异代不同时"的千古知音屈原，所以一上来三句就化用屈原《离骚》与杜甫《佳人》诗意来表达自己与之相类的幽怨之怀。《离骚》云："余既滋兰之九畹兮，又树蕙之百亩。"又云："纫秋兰以为佩。"作者也满怀深情地采撷兰花为佩，以显示自己出污泥而不染的高洁操守；《离骚》云："众女嫉余之蛾眉兮，谣诼谓余以善淫。"《佳人》云："绝代有佳人，幽居在空谷。"作者也在无人的空谷自怨"蛾眉巧"而招嫉。屈原、杜甫、辛弃疾同样生活在一种国家不幸、小人横行的黑暗时代里。在那样的环境中，木秀于林，风必摧之，所以他们都遭到中伤毁谤，难以在人世存身。而要保持高洁，不向恶势力低头屈服，就必然会遭到更大的打击和非难。因正直而遭打击，因遭打击而生“怨”，这只是上片的第一层意思。因为，遭到群小打击，还不是最可悲的事。最可悲的是寻遍天下，知音稀少，似乎没有人能够理解和赞助自己的政治理想与抗战主张。这是处在那个不能发现人民力量的时代的一切爱国士大夫和将领们的共同悲剧。年辈早于辛弃疾的民族英雄岳飞在他的《小重山》词的结尾感叹说：“欲将心事付瑶琴，知音少，弦断有谁听？”本阕上片末二句即用岳飞之意，以宝瑟清音，弹得弦断也无人会意为喻，表达了与岳飞同样的怨抑之情。这，是上片的第二层意思，而且是更要紧的一层意思。通过这样两个层次的抒写，作者不得志和无知音的悲剧性遭遇给充分地展现出来了。

词的下片，承上片牢骚之意而又把抒情的意蕴进一步深化，感叹自己虚度此生，不能再在政治上有所作为。换头之处，化用《离骚》“老冉冉其将至兮，恐修名之不立”两句，意极沉痛。接下来“水满汀洲，何处寻芳草”二句，用芳洲水涨，芳草难觅喻示理想难以实现的可悲处境。结拍二句“唤起湘累歌未了，石龙舞罢松风晓”，可算全篇的最后一个层次。其用意在于呼应开篇“空谷无人”之境界，再次诉说在人世难寻知音的苦恼。你看，词人大醉之中唤起屈原来一起唱歌，人世无同调，只得求之于冥冥之中的千载冤魂，作者的精神痛苦有多深不是可想而知吗？他与想象中的屈原之魂合唱的是什么歌呢？这显然是催人泪下的失意哀歌，是千载同悲的凄厉之歌！这个深夜悲歌的境界是太幽峭凄冷了，使我们读到这里不能不为这位爱国志士扼腕痛惜，并一洒同情之泪！然而就连这幻想之中的求得异代知音共歌舞的场面也终于不能长久，在阵阵松风中，东方破晓，词人酒醒梦消，一下子又跌回现实世界中。词的最末一句以景结情，更加浓了全篇的幽婉沉郁的气氛。此词不尚铺陈，专用比兴，托意高远，意象深婉，是一篇韵味悠长的抒情短章。

（刘扬忠）

# 菩萨蛮

原文

## 书江西造口壁

郁孤台下清江水，中间多少行人泪。西北望长安，可怜无数山。

青山遮不住，毕竟东流去。江晚正愁余，山深闻鹧鸪。

鉴赏

辛弃疾此首《菩萨蛮》，用极高明之比兴艺术，写极深沉之爱国情思，无愧为词中瑰宝。

词题“书江西造口壁”，起写郁孤台与清江。造口一名皂口，在万安县西南六十里（《万安县志》）。郁孤台在赣州城西北角（《嘉靖赣州府志图》），因“隆阜郁然，孤起平地数丈”得名。“唐李勉为虔州（即赣州）刺史，登临北望，慨然曰：‘余虽不及子牟，而心在魏阙一也。’改郁孤为望阙。”（《方舆胜览》）清江即赣江。章、贡二水抱赣州城而流，至郁孤台下汇为赣江北流，经造口、万安、太和、吉州（治庐陵，今吉安）、隆兴府（即洪州，今南昌市），入鄱阳湖注入长江。淳熙二、三年间（1175—1176），词人提点江西刑狱，驻节赣州，书此词于造口壁，当在此时。

南宋罗大经《鹤林玉露·辛幼安词》条云："其题江西造口壁词云云。盖南渡之初，虏人追隆祐太后（哲宗孟后，高宗伯母）御舟至造口，不及而还，幼安因此起兴。"此一记载对体认本词意蕴，实有重要意义。《宋史》高宗纪及后妃传载：建炎三年（1129）八月，"会防秋迫，命刘宁止制置江浙，卫太后往洪州，滕康、刘珏权知三省枢密院事从行"。闰八月，高宗亦离建康（今南京市）赴浙西。时金兵分两路大举南侵，十月，西路金兵自黄州（今湖北黄冈）渡江，直奔洪州追隆祐太后。"康、珏奉太后行次吉州，金人追急，太后乘舟夜行"。《三朝北盟会编》十一月二十三日载："质明至太和县（去吉州八十里。《太和县志》），又进至万安县（去太和一百里。《万安县志》），兵卫不满百人，滕康、刘珏皆窜山谷中。金人追至太和县，太后乃自万安县至皂口，舍舟而陆，遂幸虔州（去万安凡二百四十里。《赣州府志》）。"《宋史·后妃传》："太后及潘妃以农夫肩舆而行。"《宋史·胡铨传》："铨募乡兵助官军捍御金兵，太后得脱幸虔。"史书所记金兵追至太和，与罗氏所记追至造口稍有不合。但罗氏为南宋庐陵人，又曾任江西抚州军事推官，其所记此一细节信实与否，尚不妨存疑。且金兵既至太和，其前锋追至南一百六十里之造口，亦未始无此可能。无论金兵是否追至造口，隆祐被追至造口时情势危急，致舍舟以农夫肩舆而行，此是铁案，史无异辞。尤要者，应知隆祐其人并建炎年间形势。当靖康二年（1127）金兵入汴掳徽钦二宗北去，北宋灭亡之际，隆祐以废后幸免，垂帘听政，迎立康王，是为高宗。有人请立皇太子，隆祐拒之。《宋史·后妃传》记其言曰："今强敌在外，我以妇人抱三岁小儿听政，将何以令天下？"其告天下手诏曰："虽举族有北辕之衅，而敷天同左袒之心。"又曰："汉家之厄十世，宜光武之中兴；献公之子九人，唯重耳之独在。”《鹤林玉露·建炎登极》条云：“事词的切，读之感动，盖中兴之一助也。”陈寅恪《论再生缘》亦谓：“维系人心，抵御外侮”，“所以为当时及后世所传诵。”故史称隆祐：“国有事变，必此人当之。”建炎三年，西路金兵穷追隆祐，东路则渡江陷建康、陷临安，高宗被迫浮舟海上。此诚南宋政权存亡危急之秋也。故当稼轩身临造口，怀想隆祐被追至此，“因此感兴”，题词于壁，实情理之所必然。罗氏所记大体可信。词题六字即为本证。

“郁孤台下清江水”，起笔横绝。由于汉字形、声、义具体可感之特质，尤其郁有郁勃、沉郁之意，孤有巍巍独立之感，郁孤台三字劈面便突起一座郁然孤峙之高台。词人调动此三字打头阵，显然有满腔磅礴之激愤，势不能不用此突兀之笔也。进而更写出台下之清江水。《万安县志》云：“赣水入万安境，初落平广，奔激响溜。”写出此一江激流，词境遂从百余里外之郁孤台，顺势收至眼前之造口。造口，词境之核心也。故又纵笔写出：“中间多少行人泪。”“行人泪”三字，直点造口当年事。词人身临隆祐太后被追之地，痛感建炎国脉如缕之危，愤金兵之猖狂，羞国耻之未雪，乃将满怀之悲愤，化为此悲凉之句。在词人之心魂中，此一江流水，竟为行人流不尽之伤心泪。行人泪意蕴自广，不必专言隆祐。当建炎年间四海南奔之际，自中原而江淮而江南，不知有多少行人流下多少伤心泪呵。由此想来，便觉隆祐被追至造口，又正是那一存亡危急之秋之象征。无疑此一江行人泪中，也有词人之悲泪呵。“西北望长安，可怜无数山。”长安指汴京，西北望犹言东北望。词人因怀想隆祐被追而念及神州陆沉，独立造口仰望汴京，亦犹杜老之独立夔州仰望长安。抬望眼，遥望长安，境界顿时无限高远。然而，可惜无数青山重重遮拦，望不见也，境界遂一变而为具有封闭式之意味，顿挫极有力。歇拍虽暗用李勉登郁孤台望阙之故实，却写出自己之满怀忠愤。卓人月《词统》云："忠愤之气，拂拂指端。"极是。

"青山遮不住，毕竟东流去。"赣江北流，此言东流，词人写胸怀，正不必拘泥。无数青山虽可遮住长安，终究遮不住一江之水向东流。换头是写眼前景。若言有寄托，则难以指实。若言无寄托，则遮不住与毕竟二语，又明明带有感情色彩。周济《宋四家词选》云："借水怨山。"可谓具眼。此词句句不离山水。试体味遮不住三字，将青山周匝围堵之感一笔推去，"毕竟"二字更见深沉有力。返观上片，清江水既为行人泪之象喻，则东流去之江水如有所喻，当喻祖国一方。无数青山，词人既叹其遮住长安，更道出其遮不住东流，则其所喻当指敌人。在词人潜意识中，当并指投降派。"东流去"三字尤可体味。《尚书·禹贡》云："江汉朝宗于海。"在中国文化传统中，江河行地与日月经天同为"天行健"之体现，故"君子以自强不息"(《易·系辞》)。杜老《长江二首》云："朝宗人共挹，盗贼尔谁尊?""浩浩终不息，乃知东极深。众流归海意，万国奉君心。"故必言寄托，则换头托意，当以江水东流喻正义所向也。然而时局究未可乐观，词人心情并不轻松。"江晚正愁余，山深闻鹧鸪。"词情词境又作一大顿挫。江晚山深，此一暮色苍茫又具封闭式意味之境界，无异为词人沉郁苦闷之孤怀写照，而暗应合起笔之郁孤台意象。正愁余，语本《楚辞·九歌·湘夫人》："目眇眇兮愁予。"然实自词人肺腑中流出。楚骚哀怨要眇之色调，愈添意境沉郁凄迷之氛围。更那堪又闻乱山深处鹧鸪声声："行不得也哥哥。"《禽经》张华注："鹧鸪飞必南向，其志怀南，不徂北也。”白居易《山鹧鸪》则云：“啼到晓，唯能愁北人，南人惯闻如不闻。”鹧鸪声声，其呼唤词人莫忘南归之怀抱耶？抑勾起其志业未就之忠愤耶？或如山那畔中原父老同胞之哀告耶？实难作一指实。但结笔写出一怀愁苦则可断言，而此一怀愁苦，实朝廷一味妥协，中原久未光复有以致之，亦可断言。一结悲凉无已。

梁启超云：“《菩萨蛮》如此大声镗鞳，未曾有也。”（《艺蘅馆词选》）此词发抒对建炎年间国事艰危之沉痛追怀，对靖康以来失去国土之深情萦念，故此一习用已久陶写儿女柔情之小令，竟为稼轩爱国精神深沉凝聚之绝唱。词中运用比兴，以眼前景道心上事，达到比兴传统意内言外之极高境界。其眼前景不过清江水无数山，心上事则包举家国之悲今昔之感种种意念，而一并托诸眼前景写出。显有寄托，又难以一一指实。但其主要寓托则可体认，其一怀襟抱亦可领会。此种以全幅意境寓写整个襟抱、运用比兴寄托又未必一一指实之艺术造诣，实为中国美学理想之一体现。全词一片神行又潜气内转，兼有神理高绝与沉郁顿挫之美，在词史上完全可与李太白同调词相媲美。

（邓小军）

# 菩萨蛮

原文

## 金陵赏心亭为叶丞相赋

青山欲共高人语，联翩万马来无数。烟雨却低回，望来终不来。

人言头上发，总向愁中白。拍手笑沙鸥，一身都是愁。

鉴赏

这首词作于淳熙元年（1174）初春。当时叶衡在建康任江东安抚使，辛弃疾任江东安抚司参议官。据《景定建康志》，叶衡于淳熙元年正月帅建康，二月即召赴行在，后拜右丞相兼枢密使。词里称“丞相”，是后来加上去的。这年辛弃疾三十五岁，归国已经十二年了。岁月淹留，壮志难酬，登高望远，自然感慨万端。

上片写赏心亭所见所感。赏心亭，据《景定建康志》，“在（城西）下水门之城上，下临秦淮，尽观览之胜”。起头两句写山即所以写人，一开始就扣住了题目。高人即叶衡。青山有情，高人难遇。如今斯人一登上赏心亭，那逶迤的青山有多少心里话要向他倾诉呵。其势如万马奔腾，接连不断而来。不说人之眺山，而说山之就人，这就把静景写活了。不仅如此，而且对突出人物起了很好的映衬作用。词里为什么对叶衡有如此高大形象的描绘呢？原来叶衡是一位主战派，很有才干。《宋史·叶衡传》说他“得治兵之要”。叶衡对于辛弃疾极为赏识，辛弃疾之任江东安抚司参议官，即叶衡所推荐，以后还向朝廷极力推荐他“慷慨有大略”。对于这样一位“经纶手”，又有知己之恩，词人怎能不讴歌感激，情见乎词呢？三、四两句借烟雨之景，转突兀奇崛之笔而为低回宛转之波，充分表现了无边的怅惘，无穷的感慨，寄托遥深。叶衡主战，不能不受到主和派的反对，收复失地的大计遇到了极大的阻力，词人也就由希望变成了失望。那逶迤的青山既然像万马奔腾而来，那么它们又何尝不像冲锋陷阵的铁骑呢？词人是多么渴望挥戈跃马驰骋疆场呵！可惜，转眼之间又烟雨迷蒙，把青山遮断了，而无数青山也只好像万马在烟雨中低回不前。“望来终不来”写盼望之切而失望之深。不说愁，而愁极深；虽极感慨，仍以蕴藉出之。

下片宕开，由眺望青山之怅惘陡转而为揶揄沙鸥之诙谐，但曲断意不断，其脉络仍历历可见。虽着笔轻快，实则发自积郁。人们都说头发总是在愁中变白，如果是这样的话，那水上的沙鸥通体皆白，岂不是一身都是愁吗？词人故意发此痴想，而且拍手笑之，似乎把上片歇拍低回沉郁的气氛一扫而空了；然而仔细玩味，就会察觉到那贯穿全词的“愁”字并未因之消失，或者说词人在极力排遣这如烟雨一般的无际的愁思，是感情上的挣扎，而非心灵上的解脱。人之发白并不完全由于人心之愁；而沙鸥通体皆白，是其自然特征，与愁何干？词人故意造成逻辑上的错误，越是说得幽默洒脱，反而越使人感到强自解愁而又不能自解的痛苦。因为说鸟与愁之无涉，即说愁之与人甚切。人愁是实，鸟愁是虚，

“一身都是愁”的是鸟还是人，固不必拘泥于字句的解释而自晓。故“拍手笑沙鸥”，一纵即逝；而“一身都是愁”，却如电影上的“慢镜头”在观众视野里由快放慢了。实际上“一身都是愁”是与“烟雨却低回，望来终不来”暗中息息相关的。尽管词笔回荡曲折，然而透过层澜，仍可以看清它的底来。白居易《白鹭诗》云：“人生四十未全衰，我为愁多白发垂。何故水边双白鹭，无愁头上也垂丝。”辛词盖本于此。白诗言己之愁显，辛词言己之愁晦，其言己之愁一也。但辛词多了“拍手笑”一层意思。不过就其形象来看，辛词较之白诗更加绘声绘影；就其感情来说，则更加挚浓深切。参阅辛弃疾同年在建康所作的《水龙吟·登建康赏心亭》，何其激愤，何其忧愁，以至于说“倩何人唤取，红巾翠袖，揾英雄泪”！胸中积郁如此，则登赏心亭之所见所感都无非“献愁供恨”而已。由此可见，在《菩萨蛮》之中亦饱含着词人之愁，英雄之泪。某些喜剧会使有心的观众在笑声中情不自禁地掉下热泪。笑和眼泪，岂不是仿佛矛盾却又融合无间吗？

（宋　廓）

# 木兰花慢

原文

## 席上送张仲固帅兴元

汉中开汉业，问此地，是耶非？想剑指三秦，君王得意，一战东归。追亡事，今不见；但山川满目泪沾衣。落日胡尘未断，西风塞马空肥。

一编书是帝王师，小试去征西。更草草离筵，匆匆去路，愁满旌旗。君思我，回首处，正江涵秋影雁初飞。安得车轮四角，不堪带减腰围。

鉴赏

张仲固名坚，是镇江人，于宋孝宗淳熙七年（1180）秋受命知兴元府（治所在今陕西汉中）兼利州东路安抚使，当时辛稼轩任知潭州（今湖南长沙）兼荆湖南路安抚使，虽已接受改任知隆兴府（今江西南昌）兼江南西路安抚使之命，而尚未赴任。故此词题中之“席上”，当是在张仲固卸江西转运判官任后，取道湖南赴汉中时，稼轩设宴相送的。

辛稼轩毕生志存湔洗民族耻辱，光复故物。因他饯送的人要去汉中，而由汉中到关中，正是宋高宗即位之初，李纲等人主张在那里建立行都，出击金军之地，他很自然地联想到汉朝基业的建立，正是从这里开始的，就以“汉中开汉业，问此地，是耶非?”为此词的起笔。接着追忆了刘邦当年从汉中率军出发，直指关中，把踞守关中的秦的三将章邯、司马欣和董翳相继击溃，那是多么高明的战略决策，多么令人欣羡的战果，而那又全都是多谋善战的汉初三杰作出的贡献。无奈“追亡事，今不见”，即令有韩信那样的战将，也不可能为时所用，以致出现了文恬武嬉、萎靡不振之局。绿水青山，枉自如故；壮志难酬，宏才莫展。南宋政府徒然养着那么许多兵马，敌骑却经常恣意驰骋，如入无人之境，怎能不长使英雄泪满襟呢!

下阕因被饯送者为张姓，故用张良受书为帝王师的故事，以相赞颂，说他这次之出帅兴元，只是小试其才。此下全部转入离情的抒发。其中需要稍加解释的是：当作者饯别张仲固时，他本人也已奉调江西并即将赴任。一俟张仲固抵达任所，回首思念饯送者时，他当已到了“襟三江而带五湖”的南昌故郡了，所以有“君思我，回首处，正江涵秋影雁初飞”之句。“车轮四角”是化用了陆龟蒙《古意》诗“君心莫淡薄，妾意正栖托。愿得双车轮，一夜生四角”的句意，表明他也幻想一夜之间车轮生出四角，使张仲固无法即刻乘车远行，而再住几时，但这又怎么可能呢！满怀离愁，无法消解，别后当因忆念之苦而致身体消瘦，“带减腰围”了。

这首词中的“山川满目泪沾衣”（李峤《汾阴行》），“江涵秋影雁初飞”（杜牧《九日齐山登高》），均运用了古人原诗句而浑融自然，毫无斧凿痕迹。这是稼轩艺术手法的擅场，而在这首词中表现得更为典型。

（邓广铭　王汝澜）

# 木兰花慢

原文

## 滁州送范倅[1]

老来情味减，对别酒，怯流年。况屈指中秋，十分好月，不照人圆。无情水都不管，共西风、只管送归船。秋晚莼鲈[2]江上，夜深儿女灯前[3]。

征衫，便好去朝天，玉殿正思贤。想夜半承明，留教视草，却遣筹边。长安故人问我，道愁肠殢酒只依然。目断秋霄落雁，醉来时响空弦。

〔注〕

① 范倅：即范昂，滁州通判。倅，通判的习称。乾道八年稼轩为滁州守。是年中秋范氏去任。

② 莼鲈：《晋书・张翰传》："翰因见秋风起，乃思吴中菰菜、莼羹、鲈鱼脍，曰：'人生贵得适志，何能羁宦数千里，以要名爵乎？'遂命驾而归。"

③ 黄庭坚《寄上叔父夷仲》诗："弓刀陌上望行色，儿女灯前语夜深。"

鉴赏

这首词作于宋孝宗乾道八年(1172)。辛稼轩词率多感时抚事之作,词情豪放。即或是送别词,亦多尚慷慨悲吟,不效昵昵儿女语。本词即其一。作者以送别为发端,倾吐自己满腹忧国深情。在激励友人奋进之中,又抒泄了自己壮志难酬的苦闷。慷慨悲凉之情,磊落不平之气,层见叠出。

“老来情味减,对别酒,怯流年。”发端数语陡然而起,直抒胸臆,以建瓴之势笼罩全篇。苏轼有“对尊前,惜流年”(《江城子·冬景》),此处化用其句,却更深沉悲慨。词人意有所郁结,面对别酒随事触发。本意虽含而未露,探其幽眇,“老来”两字神貌可鉴。词人未老,作此词时正在壮年,何以自居老迈,心情萧索如此呢?词人二十三岁“突骑渡江”,率众南归后,正拟做一番旋转乾坤的事业,不意竟沉沦下僚,辗转宦海。乾道八年他出任滁州知州,仍是大材小用,且朝廷苟安,北伐无期,旌旗未展头先白,怎能不“对别酒、怯流年”?

“况屈指中秋,十分好月,不照人圆。”在政治逆境中,对于寒暑易节,素魄盈亏,特别敏感,又眼看友人高蹈而去,惜别而外,另有衷曲,于是浮想联翩,情思奔涌。“无情水都不管,共西风、只管送归船。”“都不管”和“只管”道尽“水”与“西风”之无情,一语双关。既设想了友人别后归途情景,又暗喻范氏离任乃朝中局势所致。以西风喻恶势力,辛词中不乏其例。如:“吴楚地,东南坼。英雄事,曹刘敌。被西风吹尽,了无尘迹。”(《满江红》)归船何处去?联想又追入一层。“秋晚莼鲈江上,夜深儿女灯前。”笔锋陡转,摧刚为柔,一种浑厚超脱的意境悠然展现。前句用张翰故事,后句用黄庭坚诗意,使人读之翕然而有“归欤”之念。此二句当是悬想范倅离任后入朝前返家的天伦之乐。

下片，转到送别主旨。“征衫，便好去朝天，玉殿正思贤。”过片由上片结句衬跌而出，格调转亢，与上面“归欤”之境构成迥然异趣的画面。词人有意用积极精神，昂扬语调，为友人入朝壮色。上二句言友人入朝之勤劳忠奋，下句言朝廷之求贤若渴。“想夜半承明，留教视草，却遣筹边”，好一派君臣相得，振邦兴国的气象！夜里正在承明庐修改诏书，又奉命去筹划边事，极言恩遇之深。承明，庐名，是汉代朝官直宿（犹后代的值班）之地，词里借指宫廷。这三句是恭维范氏，想象他有可能得到重用。下面再一转折，将滔滔思潮訇然闸住。“长安故人问我，道愁肠殢酒只依然”，一变奋激昂扬为纡徐低沉。倘友人去到京城，遇到老朋友，可以告诉他们，自己仍然是借酒销愁，为酒所困。长安，这里代指南宋都城临安。“愁肠殢（tì）酒”乃化用唐末韩偓《有忆》诗“愁肠殢酒人千里”句，“殢”是困扰之意。言外已透出自己报国无门的无限悲慨。

前面几经翻跌，蓄意蓄势，至结句，突然振拔：“目断秋霄落雁，醉来时响空弦。”词人醉中弓开满月，空弦虚射，惊落了秋雁。真乃奇思妙想，“目断”两字极有神韵，其实是翻用《战国策》“虚弓落病雁”的典故，不着痕迹。一个壮怀激烈、无用武之地的英雄形象通过这两句显现出来，他的情怀只能借醉后来发泄。正如清陈廷焯说：“稼轩有吞吐八荒之慨而机会不来……故词极豪雄而意极悲郁。”（《白雨斋词话》）

此词在艺术手法上的高妙之处全在联想与造境功夫。丰富的联想与跌宕起伏的笔法相结合，使跳跃性的结构显得整齐严密。全词的别情从联想展开。“老来情味减”一句实写，以下笔笔含虚，以虚衬实。从“别酒”想到“西风”，“归船”；由“西风”“归船”想到“江上”“灯前”，下边转到朝廷思贤，再转到托愁肠殢酒，最后落到醉中壮举。由此及彼，由近及远；由反而正，感情亦如江上波涛大起大落，通篇形成开阖顿挫、腾挪跌宕的气势，与沉郁雄放的风格相一致。

（许理绚）

# 祝英台近

原文

## 晚　春

宝钗分[①]，桃叶渡[②]，烟柳暗南浦[③]。怕上层楼，十日九风雨。断肠片片飞红，都无人管，更谁劝啼莺声住？

鬓边觑。试把花卜心期，才簪又重数。罗帐灯昏，哽咽梦中语：是他春带愁来，春归何处？却不解带将愁去。

〔注〕

① 宝钗分：梁陆罩《闺怨》："偏恨分钗时。"唐白居易《长恨歌》："钗留一股合一扇，钗擘黄金合分钿。"

② 桃叶渡：在南京秦淮河与青溪合流处。《隋书·五行志》：陈时盛歌王献之桃叶之词曰："桃叶复桃叶，渡江不用楫。但渡无所苦，我自迎接汝。"按桃叶，献之妾名。

③ 南浦：泛指送别之处。《楚辞·九歌·河伯》："送美人兮南浦。"

鉴赏

清陈廷焯说："稼轩最不工绮语。"(《白雨斋词话》卷一)此说不确。这首《祝英台近·晚春》抒发闺中少妇惜春怀人的缠绵悱恻之情，写得词丽情柔，妩媚风流，与他纵横郁勃的豪放词迥然异趣。

发端三句巧妙地化用前人诗意，追忆与恋人送别时的眷眷深情。"宝钗分"，前人每以分钗作为别时留赠之物；"桃叶渡"，指送别之地；"烟柳暗南浦"，渲染暮春时节送别，埠头烟柳迷蒙之景。三句中连用了三个有关送别的典故，融会成一幅情致缠绵的离别图景，烘托出凄苦怅惘的心境。自与亲人分袂之后，恰值雨横风狂，乱红离披，为此怕上层楼，不忍观睹。伤心春去，片片落红乱飞，都无人管束得住，用一个"都"字对"无人"作了强调。江南三月，群莺乱飞，人们敏感到莺啼则春将归去。所以寇准说"春色将阑，莺声渐老"(《踏莎行》)。显示春归的莺声更有谁劝止得来？这里的"更"字也下得好。"都无人管"与"更谁劝"，进一步渲染了怨春怀人之情。

过片笔触一转，由渲染气氛烘托心情，转为描摹情态。其意虽转，其情却与上片连绵不断。"鬓边觑"三句，刻画少妇的心理状态细腻密致，惟妙惟肖。一个"觑"字，闺中女子娇懒慵倦的细微动态和百无聊赖的神情，分明可见。"试把"两句是觑的结果。飞红垂尽，莺声不止，春归之势不可阻拦，怀人之情如何表达。鬓边的花使她萌发出一丝侥幸的念头：数花瓣卜归期。明知占卜并不足信，而"才簪又重数"。一瓣一瓣数过了，戴上去，又拔下来，再一瓣一瓣地重头数。这种单调的反复动作可笑又令人心酸。作者在此用白描手法，对人物的动作进行细腻的描写，充分表现出思妇的痴情。但她的心情仍不能宁贴，接着深入一笔，以梦呓作结。"哽咽梦中语：是他春带愁来，春归何处，却不解带将愁去。"这三句融化李邴《洞仙歌》词："归来了，装点离愁无数。……蓦地和春带将归去。"和赵彦端《鹊桥仙》词："春愁原自逐春来，却不肯随春归去。"可是辛词较李、赵两作更流转，更深婉。出之以责问，托之于梦呓，更显得波谲云诡，绵邈飘忽。虽然这种责问是极其无理的，但越无理却越有情。痴者的思虑总是出自无端，而无端之思又往往发自情深而不能自已者。因此这恰恰是满腹怨语痴情的少妇内心世界的反映，"绵邈飘忽之音最为感人深至"（郭麐《灵芬馆词话》卷二）。

沈祥龙《论词随笔》云"词贵愈转愈深"，本篇巧得此胜。从南浦赠别，怕上层楼，花卜归期到哽咽梦中语，纡曲递转，逐层迭出新意。上片断肠三句，一波三折。从"飞红"到"啼莺"，从惜春到怀人层层推进。下片由"占卜"到"梦呓"，动作跳跃，由实转虚。表现出痴情人为春愁所苦、无可奈何的心理。全词转折特多，愈转愈缠绵，愈转愈凄恻。一片怨语痴情全在转折之中，充分显示了婉约词绸缪宛转的艺术风格。

描写人物的典型动作，从而表现人物的心理活动，是这首词又一成功的艺术手法。寥寥几笔，"占卜"的全过程历历呈现；只一句梦话，痴情人的内心和盘托出。透过这些，可以清晰地感到人物跳动着的脉搏，人物形象呼之欲出。此词章法绵密，以春归人未还绾合上下片，词面上不着一"怨"字，却笔笔含"怨"，欲图弭怨而怨仍萦绕不休。沈谦《填词杂说》曰："稼轩词以激扬奋厉为工，至'宝钗分，桃叶渡'一曲，昵狎温柔，魂销意尽，才人伎俩，真不可测。"

张炎《词源》："辛稼轩《祝英台近》……皆景中带情而存骚

雅。”黄苏《蓼园词选》也认为此词必有所托，说：“史称稼轩人材大类温峤、陶侃，周益公等抑之，为之惜。此必有所托，而借闺怨以抒其志乎！”这话是有道理的。辛弃疾从到南宋之后，受到压抑，不被重用。他的恢复的壮志难以伸展，故假托闺怨之词以抒发胸中的郁闷，和他的另一首名作《摸鱼儿》(更能消几番风雨)是同一情调，同一抒情手法。不能确指为因某一事而发。宋人张端义《贵耳集》说这首词是辛弃疾为去妾吕氏而作，不足凭信。

（许理绚）

# 青玉案

原文

东风夜放花千树。更吹落，星如雨。宝马雕车香满路。凤箫声动，玉壶光转，一夜鱼龙舞。

蛾儿雪柳黄金缕，笑语盈盈暗香去。众里寻他千百度，蓦然回首，那人却在，灯火阑珊处。

鉴赏

写上元灯节的词，不计其数，稼轩的这一首，却谁也不能视为可有可无，即此亦可谓豪杰了。然究其实际，上片也不过渲染那一片热闹景况，并无特异独出之处。看他写火树，固定的灯彩也。写“星雨”，流动的烟火也。若说好，就好在想象：是东风还未催开百花，却先吹放了元宵的火树银花。它不但吹开地上的灯花，而且还又从天上吹落了如雨的彩星——燃放烟火，先冲上云霄，复自空而落，真似陨星雨。然后写车马，写鼓乐，写灯月交辉的人间仙境——“玉壶”，写那民间艺人们的载歌载舞、鱼龙曼衍的“社火”百戏，好不繁华热闹，令人目不暇接。其间“宝”也，“雕”也，“凤”也，“玉”也，种种丽字，总是为了给那灯宵的气氛来传神来写境，盖那境界本非笔墨所能传写，幸亏还有这些美好的字眼，聊为助意而已。总之，我说稼轩此词，前半实无独到之胜可以大书特书。其精彩之笔，全在后半始见。

后片之笔，置景于后，不复赘述了，专门写人。看他先从头上写起：这些游女们，一个个雾鬓云鬟，戴满了元宵特有的闹蛾儿、雪柳，这些盛妆的游女们，行走之间说笑个不停，纷纷走过去了，只有衣香犹在暗中飘散。这么些丽者，都非我意中关切之人，在百千群中只寻找一个——却总是踪影皆无。已经是没有什么希望了。……忽然，眼光一亮，在那一角残灯旁侧，分明看见了，是她！是她！没有错，她原来在这冷落的地方，还未归去，似有所待！

这发现那人的一瞬间，是人生的精神的凝结和升华，是悲喜莫名的感激铭篆，词人都如此本领，竟把它变成了笔痕墨影，永志弗灭！——读到末幅煞拍，才恍然彻悟：那上片的灯、月、烟火、笙笛、社舞交织成的元夕欢腾，那下片的惹人眼花缭乱的一队队的丽人群女，原来都只是为了那一个意中之人而设，而写，倘无此人在，那一切又有何意义与趣味呢！多情的读者，至此不禁涔涔泪落。

此词原不可讲，一讲便成画蛇，破坏了那万金无价的人生幸福而又辛酸的一瞬的美好境界。然而画蛇既成，还思添足：学文者莫忘留意，上片临末，已出“一夜”二字，这是何故？盖早已为寻他千百度说明了多少时光的苦心痴意，所以到得下片而出“灯火阑珊”，方才前早呼而后遥应，笔墨之细，文心之苦，至矣尽矣。可叹世之评者动辄谓稼轩“豪放”，“豪放”，好像将他看作一个粗人壮士之流，岂不是贻误学人乎？

王静安《人间词话》曾举此词，以为人之成大事业者，必皆经历三个境界，而稼轩此词之境界为第三即最终最高境。此特借词喻事，与文学赏析已无交涉，王先生早已先自表明，吾人可以无劳纠葛。

从词调来讲，《青玉案》十分别致，它原是双调，上下片相同，只上片第二句变成三字一断的叠句，跌宕生姿。下片则无此断叠，一连三个七字排句，可排比，可变幻，总随词人之意，但排句之势是一气呵成的，单单等到排比完了，才逼出煞拍的警策句。北宋另有贺铸一首，此义正可参看。

（周汝昌）

# 阮郎归

原文

## 耒阳道中为张处父推官赋

山前灯火欲黄昏，山头来去云。鹧鸪声里数家村，潇湘逢故人①。

挥羽扇，整纶巾，少年鞍马尘。如今憔悴赋招魂，儒冠多误身。

〔注〕

① 潇湘：潇水和湘水，在湖南省永州市零陵区汇合之后称潇湘，这里指耒阳地区。

鉴赏

词题为“耒阳道中为张处父推官赋”。耒阳，即今湖南省耒阳市。张处父，生平不详，为词人好友。推官，是州郡的属官。据考，淳熙六年(1179)或七年，辛弃疾任湖南转运副使和安抚使，词作大约写于此时。此作的特点是写景与心理状态密切关合，用典自然巧妙，表现词人屡遭排斥，频繁调任，无法施展抱负的牢愁。

开头两句，用昏暗浮动的景象，衬托作者飘然不定的心理状态。淳熙三年(1176)，作者由江西提点刑狱调任京西转运判官，次年又调任江陵知府兼湖北安抚使，辗转又调任江西、湖北、湖南。南宋议和派当权，词人抗金救国理想，难以实现。因此他在另一首词中写道："聚散匆匆不偶然，二年历遍楚山川。"(《鹧鸪天·离豫章别司马汉章大监》)而这两句，用昏暗的夜色，与山头飘来飘去的浮云，构成一种暗淡浮动的意境，巧妙地与词人的心理状态密切关合。首句"欲"字，用得绝妙，写出了夕阳似落非落、夜幕似降非降的景象。这两句笔法纯熟，自然天成，把山村景象和盘托出。

第三句，是陈述句，在心理描写上，比前两句又深化一步。古人认为，鹧鸪的叫声，好似"行不得也哥哥"，令人寒心。作者写他在黄昏的山村，听见"鹧鸪声"，是在表现对前途的忧虑，衬托他的凄凉心境。第四句笔锋陡然一转，写遇见老友，立即转忧为喜，气氛也随着由沉闷转为轻松愉快。"潇湘逢故人"，化用梁代柳恽诗句"洞庭有归客，潇湘逢故人"(《江南曲》)，承上启下，紧扣"为张处父推官赋"的词题。"故人"，指张处父。

下片全用典故，上承"潇湘逢故人"句一路写来。见到友人，不免要倾诉衷肠，回首往事。下片前三句，是回忆镜头，作者借三国时诸葛亮手持羽扇、头戴纶巾、指挥三军的潇洒形象，巧妙地比喻他当年抗击金兵时的潇洒风度。"鞍马尘"，谓跃马扬戈，驰骋在烟尘滚滚的沙场。词人抚今思昔，心潮澎湃，不胜感慨。他当年渡淮南归，正是为了干一番轰轰烈烈的恢复事业。不料如今屡遭排斥，频繁调任，抗金的奏策，如同废纸，无人问津。所以，他发出"英雄千古，荒草没残碑"(《满庭芳·和洪丞相景伯韵》)的悲鸣。

“如今憔悴赋招魂，儒冠多误身”两句，是词人蘸着血和泪的笔触，向南宋议和派的强烈控诉，表现出痛苦和复杂的心情。词人认为，他之所以会弄到如今丧魂落魄、疲惫不堪的境地，大概由于是个儒生的原因吧？似乎，他百思不解，找不出答案来。“招魂”，是《楚辞》的篇名，词人使用此典，表明自己满腹哀怨牢骚。“儒冠多误身”，是借用杜甫的诗句“纨袴不饿死，儒冠多误身”(《奉赠韦左丞丈二十二韵》)，表现自己一身落魄蹉跎的遭遇。最后两句，语调低沉，感情凄怆，读之令人垂泪，引起对词人的无限同情。

（陆永品）

# 清平乐

原文

## 博山道中即事

柳边飞鞚[①]，露湿征衣重。宿鹭窥沙孤影动，应有鱼虾入梦。

一川明月疏星，浣纱人影娉婷[②]。笑背行人归去，门前稚子啼声。

〔注〕

① 飞鞚：鞚是马勒，飞鞚即纵马疾驰。
② 娉婷：形容女子姿态轻盈美好。

鉴赏

江西永丰县西二十里有座博山，山中泉石清奇，林谷苍翠，还有雨岩、博山寺等名胜古迹，是个风景绝佳的地方。辛弃疾闲居上饶时，曾多次去此山游览，并写了多首脍炙人口的纪游词。这首《清平乐》即其中之一。题作《博山道中即事》，所写皆沿途夜景。词的篇幅虽然很短，但意境清新，语言淡朴，别见幽情奇趣，具有很高的审美价值。

开篇二句描写夜行山道的情景：驱马从柳树旁边疾驰而过，柳枝上的露水拂落在行人身上，衣衫都沾湿变重了。这里既表现出途中柳密露浓，景色很美；也表现出行人心情畅快，虽觉衣衫湿重，游兴仍然很高。

接下二句描写行经河滩旁边时看到的一个饶有幽趣的画面：一只白鹭栖宿在沙滩上，不时眯着眼睛向沙面窥视，映在沙上的身影也轻轻摇晃。它准是在梦中见到鱼虾了吧！看到宿鹭目眯影动，便断定它正在做梦，又因鹭鸟以鱼虾为食，进而断定它梦见了鱼虾，虽是想象之辞，却又近情近理。词人观物既极细致，体物又极深微，所以写来如此生动而多趣。

换头二句描写行经溪流附近的村庄时看到的一个更富有诗意的画面：夜深人静，一片溪山都沐浴在疏星明月的清光中；年轻的妇女在溪边浣纱，月光又在水中和沙上映出她那美丽轻盈的身影。词人使用的语句极其简淡，却把环境和人物写得清雅秀洁，风韵悠然。

结末二句又在前边的画面上绘出新的情采：宁静的村舍门前忽然响起孩子的哭声，正在溪边浣纱的母亲立即起身往家走，路上遇见陌生的行人，则羞怯地低头一笑，随即背转身来匆匆归去。这一笔真实而自然的描绘，不但给画面增添了浓厚的生活情味，而且生动地表现了山村妇女淳朴温良的心性和略带几分羞涩的天真。

总观此词，全篇都是写景，没有一句抒情，但又处处融情景中，寄意言外。从他描写月光柳露的文字中，可以感知他对清新淡雅的自然风光的喜爱；从他描写浣纱妇女的文字中，可以感知他对淳厚朴实的民情风俗的赞赏。况周颐说：“词有淡远取神，只描取景物，而神致自在言外，此为高手。”（《蕙风词话续编》卷一）词人正是这样的高手。

在风景和人物的具体描写上，此词亦深得动静相生、形神俱到之妙。柳密露浓原是静景，但词人却借露湿征衣的动象来表现，遂比直写其静态之美更觉真实而多彩。沙滩宿鹭亦在静中，但词人却写其睡中之动态，并写其梦中之幻影，使读者不仅可见其形之动，而且可感其神之动，因而别生奇趣。篇末写浣纱妇女亦能遗貌取神，用“笑背行人归去”的动态美，表现其温良淳朴的情性美，因而栩栩如生，呼之可出。

此词在结构上的特点是外以词人的行程为次序，内以词人的情感为核心。一切景观都从词人眼中看出，一切景观都从词人心上映出。词人从沿途所见的众多景观中选取自己感受最深的几个片断，略加点染，绘成一幅情采俱胜的溪山夜景长卷，表现出一种清幽淡远而又生机蓬勃的意境，使人读之宛若身随词人夜行，目击诸种景观，而获得“俯拾即得，不取诸邻。俱道适往，著手成春。如逢花开，如瞻岁新”（司空图《诗品·自然》）的特殊美感。因此，前后景观虽异，结构还是完整的。

（罗忠族）

# 清平乐

原文

## 村　　居

茅檐低小，溪上青青草。醉里吴音相媚好，白发谁家翁媪。

大儿锄豆溪东，中儿正织鸡笼。最喜小儿无赖，溪头卧剥莲蓬。

鉴赏

辛弃疾写了不少描写农村生活的有名词作，这首词是其中的优秀作品之一。刘熙载说，“词要清新”，“澹语要有味”(《艺概·词曲概》)。辛弃疾此作正具有“澹语清新”、充满诗情画意的特点。它表现在描写手法、结构和构思三个方面。

在描写手法上，这首小令，并没有一句使用浓笔艳墨，只是用纯粹白描手法，描绘农村某处的环境和一个老小五口之家的生活画面。作者能够把这家老小五人的不同面貌和表现情态，描写得惟妙惟肖，活灵活现，具有浓厚的生活气息，如若不是大手笔，是难能达到此等艺术意境的。

上片开头两句，写这个老小五口之家，有一所低小的茅草房屋，紧靠着一条流水淙淙、清澈照人的小溪。溪边长满了碧绿的青草。在这里，作者只用淡淡的两笔，就把由茅屋、小溪、青草组成的清新秀丽的环境勾画出来了。不难看出，这两句词在全首词中，还兼有点明环境和地点的重要使命。

三、四两句，描写一对满头白发的翁媪，亲热地坐在一起，一边喝酒，一边聊天的悠闲自得的情态。这几句尽管写得平平淡淡，但是，它却把一对白发翁媪，乘着酒意，彼此“媚好”，亲密无间，那种和协、温暖、惬意的老年夫妻的幸福生活，真切地再现出来了。这就是无奇之中的奇妙之笔。当然，这里并不仅仅限于这对翁媪的生活，它概括了农村普遍的老年夫妻的生活乐趣，具有一定的典型意义。“吴音”，指吴地的方音。作者写这首词时，在江西上饶，此地，春秋时代属于吴国。“媪”，是对老年妇女的称呼。

下片四句，纯是大白话，采用白描手法，直陈其事，和盘托出三个儿子的不同形象。大儿子是主要劳力，担负着溪东豆地里锄草的重担。二儿子年纪尚小，只能做点辅助劳动，所以在家里编织鸡笼。三儿子不懂世事，只是任意地调皮玩耍，看他躺卧在溪边剥莲蓬吃的神态，即可想而知。这几句虽然极为通俗易懂，却刻画出鲜明的人物形象，描绘出耐人寻味的意境。尤其小儿无赖剥莲蓬吃的那种天真活泼的神情状貌，饶有情趣，栩栩如生。可谓是神来之笔，古今一绝！“无赖”，谓顽皮，是爱称，并无贬义。“卧”字的使用最妙，它使小儿天真、活泼、顽皮的劲儿，活跃纸上。所谓一字千金，即是说使用一字，恰到好处，就能给全句或全词增辉。这里的“卧”字正是如此。

而在艺术结构上，全词紧紧围绕着小溪，布置画面，展开人物活动。从词的意境来看，茅檐是靠近小溪的。另外，“溪上青青草”“大儿锄豆溪东”，“最喜小儿无赖，溪头卧剥莲蓬”四句，连用三个“溪”字，使得词作画面的布局十分紧凑。所以，“溪”字在全词结构上起着栋梁的作用。

它的构思巧妙，颇为新颖。茅檐、小溪、青草，这本来是农村司空见惯的，然而作者把它们组合在一个画面里，就显得格外清新优美。这是写景。在写人方面，写一对翁媪，身边有大、中、小三子。翁媪饮酒聊天，大儿锄草，中儿编织鸡笼，小儿卧剥莲蓬。通过这样简单的情节安排，就把充满着一片生机、和平宁静、朴素安适的农村生活景象，真实地反映出来了。诗情画意，清新悦目，给人留下难忘的印象。

这首小令题为“村居”，是作者晚年遭受议和派排斥和打击，志不得伸，归隐上饶地区闲居农村时所写。词作描写农村和平宁静、朴素安适的生活，并不能说是对现实的粉饰。从作者一生始终关心恢复大业来看，他向往农村这样的生活，从而会更加激起他抗击金兵、收复中原、统一祖国的爱国热忱。就当时来说，在远离抗金前线的村庄，这种和平宁静的生活，也是存在的，此作并非作者主观想象的产物，而是现实生活的反映。

（陆永品）

# 清平乐

原文

## 独宿博山王氏庵

绕床饥鼠，蝙蝠翻灯舞。屋上松风吹急雨，破纸窗间自语。

平生塞北江南，归来华发苍颜。布被秋宵梦觉，眼前万里江山。

鉴赏

不少专家都曾指出过辛词的多样性特点，肯定各种风格的作品往往又都达到了很高的文学成就，我们一旦细读了辛词，对此便也会有极深的感受。就拿这阕《清平乐》来说，可以讲是代表了辛词的别一种艺术风格。全词析为上下片，也仅仅用了八句话四十六个字，然而已为我们描绘了一幅萧瑟破败的风情画。你看，夜出觅食的饥鼠绕床爬行，蝙蝠居然也到室内围灯翻飞，而屋外却正逢风雨交加，破裂的糊窗纸也在呜响。“自语”二字，很自然而带着苦涩的风趣将风吹纸响拟人化、性格化了。辛弃疾所独宿的这个“王氏庵”，是久已无人居住的破屋。正是在这样的图画背景上，作者出现了——一个平生为了国事奔驰于塞北江南，失意归来后则已头发花白、容颜苍老的老人。心境如此，环境如此，“秋宵梦觉”分明指出了时令，同时也暗示了主人公的难以安睡。中夜醒来，眼前不复见饥鼠蝙蝠，残灯破窗，而是祖国的“万里江山”。很显然，他“梦中行遍，江南江北”(《满江红》)，醒后犹自流连梦境，故云“眼前万里江山”。这一句与“平生塞北江南”相呼应，而把上片“绕床饥鼠”四句推到背后。平生经历使他心怀祖国河山，形诸梦寐；眼前现实使他逆境益思奋勉，不坠壮志。全词有这一句，思想境界顿然提高。

这阕词用文字所构筑的画面和表达的感情，改用线条和色彩是完全能够表达出来的，可见作者用抽象的文字符号所捕捉、表现的景物的具象化程度了。而且，每一句话都是一件事物、一个景点，把它们拼接起来，居然连连接词都可以省略掉，便自然形成了这幅难得的风情画！

在这幅画面上，我们几乎可以触摸到作者那颗仍然激烈跳动着的凄苦的心，那颗热爱祖国大好河山的执着的心！尽管作者有意地把它掩藏了起来。

从词的格调看，近似田园派，或者归隐诗，同他的那些豪放之作相去太远了，而且算不得他的代表作。不过，这别具一格同样带给了人们以美好的艺术享受。而从创作来说，作品总反映着作家的所历、所见、所闻、所感，总反映着作家的一生和他一生的各个方面，即反映作家的全人。在这种创作上，任何作家都是从题材内容出发，去努力寻求不同的形式和风格的，他们之间的区别仅在于成就的高低而已。像辛弃疾这样，能够在继承、发展苏轼词风的基础上，形成豪放派大家的同时，还能在闲淡、细腻、婉约等格调方面取得突出成就，在文学史上倒是不多见的。正如刘克庄在序《辛稼轩集》时所说：“公所作，大声镗鞳，小声铿鍧，横绝六合，扫空万古。……其秾纤绵密者，亦不在小晏、秦郎之下。”

词序所指的博山，在江西永丰境内，古名通元峰，由于其形状像庐山香炉峰，所以改称博山。（博山炉是外表雕刻成重叠山形的香炉，见《西京杂记》。）辛弃疾在博山的题咏颇多，当他闲居上饶带湖期间，曾经多次往游。

（魏同贤）

# 清平乐

原文

检校山园，书所见。

连云松竹，万事从今足。拄杖东家分社肉，白酒床头初熟。

西风梨枣山园，儿童偷把长竿。莫遣旁人惊去，老夫静处闲看。

鉴赏

南宋孝宗淳熙八年（1181）冬十一月，稼轩四十二岁，由江西安抚使改任两浙西路提点刑狱公事，但随即便因台臣王蔺的弹劾，被免掉了职务，不得不回到在上饶灵山之隈建成不久的带湖新居过退隐的生活。这次被迫闲居，他没有因为个人的得失而苦恼，反倒获得了摆脱官场纷扰的愉悦。因此，在闲居期间，他创作了大量赞美带湖风光、歌唱村居生活的词篇。这首《清平乐》，便是其中之一。题目中的“山园”，就是他的带湖居所。洪迈的《稼轩记》说，这里“其纵千有二百三十尺，其衡八百有三十尺”，“既筑室百楹，才占地什四。乃荒左偏以立圃，稻田泱泱，居然衍十弓”。“故凭高作屋下临之，是为稼轩”。整个庄园，廊庑曲折，花木扶疏。亭台有植杖亭、集山楼、婆娑堂、信步亭、涤砚渚等。陈亮的《与辛幼安殿撰书》则说，“作室甚宏丽”，朱熹曾“潜入去看，以为耳目所未睹”。“检校”，查核的意思。

上片写闲居带湖的满足。“连云松竹，万事从今足。”上句写景，说山园的松竹绵延远上山顶，仿佛和天上的白云相连，饱含着赞赏之情，使人想见其林木葱茏，环境清幽，准确地把握住了隐居的特色。如果舍此而去描绘楼台亭阁的如何宏丽，那就不足以显示是山林的隐居，而会变为庸俗的富家翁的自夸。下句言情，表现与世无争的知足思想。这一思想，无疑是来自老子的。《老子》一书中，既从正面教诲人说“知足者富”，“知足不辱”，又从反面告诫人说“祸莫大于不知足”。稼轩这一思想，虽然是消极的，但比那些钩心斗角、贪得无厌之徒的肮脏意识却高尚得多。这两句领起全篇，确定了全篇的基调。

“拄杖东家分社肉，白酒床头初熟”，承接上文，从一个侧面来写生活之“足”。上句说同邻里的关系融洽，分享欢乐。“拄杖”，表明年老。“分社肉”，是当时仍存的古风：每当春社日和秋社日，四邻相聚，屠宰牲口以祭社神，然后分享祭社神的肉。据下文，这里所说的应是秋社分肉。陆放翁诗说：“秋衣渐制闻砧杵，社肉初分谢蕨薇。”也是写秋社分肉之事。下句说山园富有。“白酒”此指田园家酿。“床”，指酿酒的糟床。“初熟”，谓白酒刚刚酿成。李白《南陵叙别》有句云：“白酒初熟山中归，黄鸡啄麦秋正肥。”如此说富有，意近夸而不俗。因为饮酒是高人雅士的嗜好，不同于说金银多、珠宝多的带有铜臭气味。新分到了社肉，又恰值白酒刚酿成，岂不正好惬意地一醉吗？读了这两句，不禁使人想起王驾的《社日》:“鹅湖山下稻粱肥,豚栅鸡栖半掩扉。桑柘影斜春社散,家家扶得醉人归。”

下片“书所见”,表现闲适心情。“西风梨枣山园,儿童偷把长竿。”借“西风”点明时间是在秋天。“梨枣山园”,展现出庄园内梨树和枣树果实累累的景象,透露出词人面对丰收的喜悦。“儿童偷把长竿”,是词人所见的一个场面,甚似特写镜头:一群儿童,正手握长长的竹竿在偷着扑打梨、枣。“偷”字极有趣味,使人仿佛看到了这群馋嘴的儿童,一边扑打着梨、枣,一边东张西望地提防着被人发现,随时准备着拔腿逃跑的调皮相。

“莫遣旁人惊去,老夫静处闲看。”反映词人对待偷梨、枣的儿童们的保护的、欣赏的态度。这两句很容易使人联想到杜甫《又呈吴郎》的“堂前扑枣任西邻,无食无儿一妇人。不为困穷宁有此,只缘恐惧转须亲”,两首作品都是对扑打者采取保护的、关心的态度,不让他人干扰。然而却又并不尽同:杜甫是推己及人,出于对这“无食无儿一妇人”的同情,稼轩是在“万事从今足”的心态下,觉得这群顽皮的儿童有趣,要留着“老夫静处闲看”;杜甫表现出的是一颗善良的“仁”心,语言深沉,稼轩表现出的是一片万事足后的“闲”情,笔调轻快。

陆放翁乡居时曾说“身闲诗简淡”。稼轩这首词,也是因“身闲”而“简淡”的。它通篇无奇字,无丽句,不用典,不雕琢,明白如家常语,而抒情主人公的神情活现,耐人寻味,正是其“简淡”之妙。

(何均地)

# 山鬼谣

原文

雨岩有石，状怪甚，取《离骚》《九歌》，名曰“山鬼”，因赋《摸鱼儿》，改今名。

问何年、此山来此？西风落日无语。看君似是羲皇上，直作太初名汝。溪上路，算只有、红尘不到今犹古。一杯谁举？笑我醉呼君，崔嵬[1]未起，山鸟覆杯去。

须记取：昨夜龙湫风雨，门前石浪掀舞。四更山鬼吹灯[2]啸，惊倒世间儿女。依约[3]处，还问我：清游杖履公良苦。神交心许。待万里携君，鞭笞鸾凤，诵我《远游》赋。

〔注〕

① 崔嵬：山石高而不平。此处指巨石。
② 山鬼吹灯：杜甫《移居公安山馆》诗：“山鬼吹灯灭，厨人语夜阑。”
③ 依约：依稀隐约。

鉴赏

辛弃疾闲居带湖时，常到博山游览。雨岩在博山之隈，风景绝佳。据题注，“雨岩有石，状怪甚”，词人即以屈原《九歌》中的“山鬼”名之。以至于这首词的词牌名《摸鱼儿》，也因此改为《山鬼谣》了。

这首词写得诡异奇特，与石之“怪甚”十分相称。起句突兀，劈头便云“问何年，此山来此”，着一“来”字，便把偌大一座博山拟人化了。从历史长河中来看，这座山当有形成之期，但在科学知识不足的古代，谁能解答这个问题呢？提问的对象，并不确指，妙在以“西风落日无语”作答，使渺茫太古融入瑟瑟西风、奄奄落日之中，竟不可得一究诘之所。既渲染了冷峻阴森的气氛，又从而引起了日落后神秘可怖的悬想。究诘既无所得，所以紧接着便以猜度之词说：“看君似是羲皇上，直作太初名汝。”“羲皇”即“伏羲”。《白虎通·号》：“三皇者，何谓也？谓伏羲、神农、燧人也。”传说伏羲始画八卦，造书契，也就是说揭开了人类文明史的第一页。《列子·天瑞》：“太初者，气之始也。”《易》“易有太极”疏云：“天地未分之前，元气混而为一，即是太初。”说这怪石早于伏羲，天地未分之前即已存在，便把近在眼前的怪石写得超越千古，无与伦比。这是从纵的时间方面来写。“溪上路，算只有、红尘不到今犹古”，则是从眼前的景物照应远古写。空山无人，溪水清澈，缘溪而行，一尘不染。人间虽然历经了沧桑，但这儿依然“红尘不到”，只此才与太古相似。既突出了雨岩环境的无比幽静，又透露了词人对纷扰、龌龊现实的厌恶。词人独游雨岩诸作，大多抒发知音难遇的感慨。空山独酌，孤寂可知，“一杯谁举”，与之相对者唯有此一块巨石。然而“我醉呼君，崔嵬未起，山鸟覆杯去”，巨石不能与我共饮，酒杯却被山鸟打翻了。巨石不起，仍是无情之物体；而山鸟覆杯，是无意呢？还是有意呢？或许是精灵之所使吧？或真或幻，这就把“山鬼”之灵于无中写出有来。由此可见，山鸟的插曲，正是人、物交感的契机。妙在写得空灵，犹如山鸟之去，无迹可寻。

如果说上片写极静的意境，那么下片就写了极动的景象：龙潭风雨，已足惊人；长达三十余丈的巨石，竟至于被掀而舞，就更加骇人了。继之“四更山鬼吹灯啸”，能不“惊倒世间儿女”吗？如此层层渲染，步步进逼，直到“山鬼”出场，真令人惊心动魄。词人对于雨岩之夜的描绘如此笔酣墨饱，显然有快意于这种景象的思想感情在。龙潭的风雨，石浪的掀舞，山鬼的呼啸，其势足以冲破如磐夜气，其力足以震撼浑浑噩噩的心灵。从这个意义来说，“惊倒世间儿女”有什么不好！在这里，词人长期被压抑被钳制的心声，突然爆发出最激越的声响！可知以怪石为知己，不仅在于它远古荒忽，阅尽沧桑，而且更在于它惊世绝俗，能使人在精神上受到震动。词人与之相通者，大概就在这里吧？我以石为知己，石亦以我为知己，所以接着说“依约处，还问我：清游杖履公良苦。神交心许”。这个“苦”字，既是说登山涉水之劳，也是说内心之苦，可以说语意双关。知己难得，人间难求，既“神交心许”，便深合密契，难分难解，所以最后说“待万里携君，鞭笞鸾凤，诵我《远游》赋”，从横的空间又展示了广阔的天地。韩愈《酬卢给事曲江荷花引见寄》诗云：“上界真人足官府，岂如散仙鞭笞鸾凤终日相追陪。”词人要携带“山鬼”，驾驭鸾凤，云游万里了。《远游》是《楚辞》篇名。词人在这里说“诵我《远游》赋”，主要是表明他追求屈原伟大的爱国主义精神。“路曼曼其修远兮，吾将上下而求索。”（《离骚》）屈原精神的苦闷是与追求理想的渴望交织在一起的，辛词的用意亦不外乎此。

这首词写景、咏物是糅合在一起的，而总归于抒情言志。由于寓意深刻，感情炽热，形象生动，渗透着国家兴亡、个人身世的感慨，所以读后感到有扣人心弦的艺术魅力。元人刘敏中曾写过一首《沁园春·号太初石为苍然》[1]，显然模仿稼轩。这说明《山鬼谣》一词，对于后世也是有一定影响的。

〔注〕

① 刘敏中《沁园春·号太初石为苍然》："石汝来前！号汝苍然，名之太初。问太初而上，还能记否？苍然于此，为复何如？偃蹇难亲，昂藏不语，无乃于予太简乎？须臾便、唤一庭风雨，万窍号呼。　依稀似道狂夫！在一气何分我与渠？但君才见我，奇形怪状；我先知子，冷淡清虚。撑住黄垆，庄严绣水，攘斥红尘力有余。今何夕，倚长风三叫，对此魁梧。"按：此词中之"依稀"，即辛词之"依约"，问答口吻亦很相似。

（宋　廓）

# 满江红

原文

## 题冷泉亭

直节堂堂，看夹道冠缨拱立。渐翠谷、群仙东下，
珮环声急。谁信天峰飞堕地，傍湖千丈开青壁。
是当年、玉斧削方壶，无人识。

山木润，琅玕湿。秋露下，琼珠滴。向危亭横跨，
玉渊澄碧。醉舞且摇鸾凤影，浩歌莫遣鱼龙泣。
恨此中、风物本吾家，今为客。

鉴赏

辛弃疾在南归之后、隐居带湖之前，曾三度在临安做官，时间都很短。乾道六年(1170)他三十一岁时，夏五月受任司农寺主簿，至七年春出知滁州。这是三次中时间较长的一次，这一首词可能是这一次在杭州作的。

冷泉亭在杭州灵隐寺前飞来峰下，唐刺史元藇所建。白居易《冷泉亭记》说："东南山水，余杭郡为最；就郡言，灵隐寺为尤；由寺观，冷泉亭为甲。亭在山下水中央，寺西南隅，高不倍寻，广不累丈，而撮奇得要，地搜胜概，物无遁形。"因为它不但靠近灵隐寺

和飞来峰，而且就近登山，还有三天竺、韬光寺、北高峰诸名胜。词的上片写冷泉亭附近山林和飞来峰之胜；下片写游亭的活动及所感。

上片自上而下，从附近山林和流泉曲涧写起。“直节堂堂，看夹道冠缨拱立。”说山路两旁，长着高大的树木，排列整齐，像戴冠垂缨的官吏，气概堂堂地夹道拱立。这在修辞上是拟人手法；在句法上是形容句置在主句之前。“直节堂堂”，形容“拱立”树木的高大挺拔，倒戟而出，形成突兀雄伟的起势，并寄托作者的志趣；第二句绾合上句，并形容树木枝叶的茂盛垂拂。“渐翠谷、群仙东下，珮环声急。”说两旁翠绿溪谷的流泉，渐次流下，声音琤琤琮琮，像神仙衣上的珮环叮当作响一样。其意本于柳宗元《至小丘西小石潭记》：“隔篁竹，闻水声，如鸣珮环。”这也是拟人写法。上一层以列队官吏拟路旁树木，有气势，但读者不易领会，稍嫌晦涩；这一层比拟，由粗入细，形象自然、优美，又比较容易理解。辛词才气横溢，常信手拈来，不择粗细，都能灵活驱使，这里即其一例。以下四句，集中写飞来峰，由“谁信”二字直领到底。飞来峰山峰不高，而形势奇矫如灵鹫。《淳祐临安志》引晏殊《舆地记》说：“晋咸和元年，西天僧慧理登兹山，叹曰：‘此是中天竺国灵鹫山之小岭，不知何年飞来。佛在世日，多为仙灵所隐，今此亦复尔耶？’因挂锡造灵隐寺，号为飞来峰。”岩有矫龙、奔象、伏虎、惊猿等名称，故远看有高峻之感。“天峰飞堕地”，状飞来；“傍湖”，指在西湖之滨；“千丈”，状高；“青壁”，指山峰，承“天峰堕地”；“开”承“飞”字。“谁信”二句描写飞来峰，气势亦雄伟，但和起两句比较，则辞意细密，峭而不粗。“是当年、玉斧削方壶，无人识。”玉斧，泛指仙人的神斧；方壶，《列子·汤问》所写的海上五个神山之一。句中意思是：飞来峰像是仙人用“玉斧”削成的神山一样，可惜时间一久，沧桑变幻，现在已无人能认识它“当年”的来历和面貌，以补充解释、描写飞来峰作结，调子转为舒和。

下片，“山木润，琅玕湿。秋露下，琼珠滴”，写亭边木石。琅玕，美石；琼珠，即秋露。因秋露结成琼珠般的水点而下滴，所以木石都呈湿润。这四句形式平列，而前后有因果关系。“向危亭横跨，玉渊澄碧。”上句写游亭，下句写冷泉秋天流水澄清如碧玉。以上几句，调子承上片的歇拍，仍然舒和。“醉舞且摇鸾凤影，浩歌莫遣鱼龙泣。”转写自己游亭活动，触动豪兴和身世之感，调子又转为豪迈激昂。“醉舞”句写豪情，“鸾凤”自喻；“浩歌”句写感慨，“鱼龙”因泉水而联想。“恨此中、风物本吾家，今为客。”为什么醉舞还会发出悲痛的“浩歌”，怕歌声会使“鱼龙”感泣呢？这二句正可说明其内在的、复杂的原因。辛弃疾的家乡在历城（今济南），是山东的“家家泉水，户户垂杨”的胜地，原有著名的七十二泉，其中也有叫冷泉的；那里大明湖、趵突泉附近有许多著名的亭子，如历下亭、水香亭、水西亭、观澜亭等，也很有美景可观。“风物本吾家”，即谓冷泉亭周围景物，有和作者家乡相似的地方。为什么又会因此而产生“恨”呢？原因是作者南归之后，北方失地未能收复，不但素愿难酬，而且故乡永远回归不得，只能长期在南方作客，郁郁不得志，触景怀旧，自然有无限伤感。排遣这种伤感，只能凭借醉中的歌舞，事实上是排遣不了的。话说得平淡、含蓄，“恨”却是很深沉的。这个“恨”，不只是关系个人思乡之“恨”，而且是关系整个国家、民族命运之“恨”，自会引起读者强烈的同情。

这首词从西湖景物触动作者的家乡之思，从家乡之思联系着国家、民族之痛,悲愤深广,而出之以含蓄;写景形容逼肖,而开阖自然。它不是作者的刻意经营之作,却能见出作者词作的风格特点和功力。

（陈祥耀）

# 满江红

原文

## 饯郑衡州厚卿席上再赋

莫折荼蘼，且留取一分春色。还记得，青梅如豆，共伊同摘。少日对花浑醉梦，而今醒眼看风月。恨牡丹笑我倚东风，头如雪。

榆荚阵，菖蒲叶。时节换，繁华歇。算怎禁风雨，怎禁鹈鴂！老冉冉兮花共柳，是栖栖者蜂和蝶。也不因春去有闲愁，因离别。

鉴赏

这是一首别开生面的饯行词。郑厚卿要到衡州去做知州，辛弃疾设宴饯别，先作了一首《水调歌头》，而意犹未尽，又作了这首《满江红》，所以题目中用“再赋”二字。

在饯别的酒席上连作两首词送行，要各有特点而毫无雷同，这是十分困难的。辛弃疾却似乎毫不费力地克服了这个困难，因而两首词都经得起时间考验，流传至今。为了从比较中探寻艺术奥秘，不妨先看看《水调歌头》：

寒食不小住，千骑拥春衫。衡阳石鼓城下，记我旧停骖。襟以潇湘桂岭，带以洞庭青草，紫盖屹西南。文字起骚雅，刀剑化耕蚕。

看使君，于此事，定不凡。奋髯抵几堂上，尊俎自高谈。莫信君门万里，但使民歌五袴，归诏凤凰衔。君去我谁饮，明月影成三。

上半阕从描述衡州自然形胜和人文传统入手，期望郑厚卿到任之后振兴文化，发展经济，富国益民，大展经纶，从而赢得百姓的歌颂和朝廷的重视；直到结尾，才微露惜别之意。雄词健句，络绎笔端，一气舒卷，波澜壮阔，不失辛词豪放风格的本色。

有这样好的词送行，已经够朋友了。还要“再赋”一首《满江红》，又有什么必要呢？

读这首《满江红》，不难看出作者与郑厚卿交情颇深，饯别的场面拖得很久。先作《水调歌头》，从“仁者赠人以言”的角度加以勉励，这自然是必要的；但伤心人别有怀抱，于依依惜别之际虽欲不吐而终于不得不吐，因而又作了这首《满江红》。

从《诗经》开始，送别的作品不断出现，举不胜举。因而在平庸作家笔下，很难跳出前人的窠臼；而辛稼轩的这首《满江红》，却自出手眼，一空依傍，角度新颖，构想奇特。试读全篇，除结拍而外，压根儿不提饯行，自然也未写离绪，而是着重写暮春之景，并因景抒情，吐露惜春、送春、伤春的深沉慨叹。及至与结句拍合，则以前所写的一切都与离别相关；而寓意深广，又远远超出送别的范围。

开头以劝阻的口气写道:“莫折荼蘼!”好像有谁要折,而且一折就立刻引起严重后果。这真是惊人之笔!“荼蘼”,也写作“酴醾”,春末夏初开花,故苏轼《杜沂游武昌以酴醾花菩萨泉见饷二首》一开头便说:“酴醾不争春,寂寞开最晚。”而珍惜春天的人,也往往发出“开到荼蘼花事了”的慨叹。辛弃疾一开口便劝人“莫折荼蘼”,其目的正是要“留住”最后“一分春色”。企图以“莫折荼蘼”留住“春色”,这当然是痴心妄想。然而心愈痴而情愈真,也愈有感人肺腑的艺术魅力。而这,也正是文学艺术区别于自然科学乃至其他社会科学的重要特点之一。

开端未明写送人,实则点出送人的季节已是暮春,因而接着以“还记得”领起,追溯“青梅如豆、共伊同摘”的往事。冯延巳《醉桃源》云:“南园春半踏青时……青梅如豆柳如眉。”可知“青梅如豆”乃是“春半”之时的景物。而同摘青梅之后又见牡丹盛开、榆钱纷落、菖蒲吐叶,时节不断变换,如今已繁华都歇,只剩下几朵“荼蘼”了! 即使“莫折”,但风雨阵阵,鶗鴂(jué)声声,那“一分春色”,看来也是留不住的。“鶗鴂”以初夏鸣。《离骚》云:“恐鹈鴂之先鸣兮,使夫百草为之不芳。”张先《千秋岁》云:“数声鶗鴂,又报芳菲歇。”姜夔《琵琶仙》云:“春渐远,汀洲自绿,更添了、几声啼鴂。”辛弃疾在这里于“时节换,繁华歇”之后继之以:“算怎禁风雨,怎禁鹈鴂!”表现了对那仅存的“一分春色”的无限担忧。在章法上,与开端遥相呼应。

上片写“看花”,以“少日”的“醉梦”对比“而今”的“醒眼”。“而今”以“醒眼”看花,花却“笑我头如雪”,这是可“恨”的。下片写物换星移,“花”与“柳”也都“老”了,自然不再“笑我”,但“我”不用说也更加老了,又该“恨”谁呢?“老冉冉兮花共柳,是栖栖者蜂和蝶”两句，属对精工，命意新警。“花”败“柳”老，“蜂”与“蝶”还忙忙碌碌，不肯安闲，有什么用处呢？春秋末期，孔丘为兴复周室奔走忙碌，有个叫微生亩的很不理解，问道：“丘何为是栖栖者与?”辛弃疾在这里把描述孔子的词儿用到“蜂”“蝶”上，是寓有深意的。

以上所写，全未涉及饯别。直到结尾，却突然调转笔锋，写了这样两句：“也不因春去有闲愁，因离别。”即戛然而止，给读者留下一系列悬念和疑问。

全词从着意留春写到风吹雨打、留春不住，句句惊心动魄，其奥秘在于句句意兼比兴。例如“莫折荼蘼，且留取一分春色”，写得如此郑重，如此情深意切，就令人想到除本身意义之外，必另有所指。其他如“醒眼看风月”“怎禁风雨，怎禁鹈鴂”以及“是栖栖者蜂和蝶”等，也都是这样的。难道他劝人“莫折”的“荼蘼”仅仅是春末夏初开花的“荼蘼”吗？难道他要着意留住、却在风吹雨打和鹈鴂鸣叫中消逝了的“一分春色”，仅仅是表现于自然景物方面的“春色”吗？那风、那雨、那鹈鴂，难道不会使你联想起许许多多人事方面、政治方面的问题吗？这是第一层。

随着“时节换，繁华歇”，人亦头白似雪。洋溢于字里行间的似海深愁，分明是“春去”引起的，却偏偏说与“春去”无关，而只是“因离别”；又偏偏在“愁”前着一“闲”字，显得无关紧要。这就不能不引人深思。这是第二层。

辛弃疾力主抗金，提出过一整套抗金的方针和具体措施，但由于投降派把持朝政，他遭到百般打击。淳熙八年(1181)末，自江南西路安抚使任被罢官，闲居带湖(在今江西上饶)达十年之久，虽蒿目时艰，却一筹莫展。据考证，送郑厚卿赴衡州的两首词作于淳熙十五年，属于“带湖之什”。他先作《水调歌头》，鼓励郑厚卿有所作为；继而又深感朝政败坏，权奸误国，金兵侵略日益猖獗，而自己又报国无门，蹉跎白首，收复中原、统一祖国的宏愿如何能够实现！于是在百感丛生之时又写了这首《满江红》，把“春去”与“离别”绾合起来，触物起情，比兴并用，寓意高远，寄慨遥深。国家的现状与前途，个人的希望与失望，俱见于言外。“闲愁”云云，实际是说此“愁”无人理解，虽“愁”亦是徒然。愤激之情，出以平淡，而内涵愈益深广。他的那首脍炙人口的《摸鱼儿》以“更能消几番风雨，匆匆春又归去”开头，以“闲愁最苦，休去倚危栏，斜阳正在烟柳断肠处”结尾，正可与此词参看。

（霍松林）

# 满江红

原文

敲碎离愁，纱窗外、风摇翠竹。人去后、吹箫声断，倚楼人独。满眼不堪三月暮，举头已觉千山绿。但试把一纸寄来书，从头读。

相思字，空盈幅；相思意，何时足？滴罗襟点点，泪珠盈掬。芳草不迷行客路，垂杨只碍离人目。最苦是、立尽月黄昏，阑干曲。

鉴赏

这是一首怀念情人的词，语气像出于女性，看来是作者设想情人在怀念自己的。

上片，“敲碎离愁，纱窗外、风摇翠竹”，写昼长天暖之时，闺房内外，一片寂静，没有其他声息，只有窗前轻风吹过，摇动翠竹的声音，才会惊动闺中人，中断她的凝神之思，像把她的离愁敲碎一样。写出环境的幽美，也衬托出抒情主人公的孤寂、愁闷。“敲碎”体现静中之动，又以动衬静；“离”字点出词中之情的性质。这两句是景中情，以景为主，虽是开头，却是全词写得最细腻的句子。“人去后、吹箫声断，倚楼人独”，写出主人公的生活状况：所爱之人去了，自己孤独无伴，只好常常倚楼遥望；无人欣赏，所以也就无心去吹箫了。“人去”“人独”，是“倚楼”“吹箫”的原因。第一个“人”字是对方，是主人公想念的人；第二个“人”字是主人公本人。“满眼不堪三月暮，举头已觉千山绿。”承上“倚楼”，写登楼所见风景，又点出时令。“千山绿”虽然可爱，但“三月暮”却又意味着春光消逝、好花凋谢，对于爱惜青春的女性，便有“满眼不堪”之感。这表现了主人公的身份和性格特征。“但试把一纸寄来书，从头读。”上面写的，是日常的一般生活；这两句写的是一件特殊的细节。主人公不断地把情人寄来的信，从头细读，这进一步表现她的孤独无聊，也开始深入揭示她思念情人的感情的深切。这是通过行动来写情的，是事中情。

上片写景写事，未直接抒情。下片，“相思字，空盈幅；相思意，何时足？”分写两方，直接抒情。情人寄来的信，满纸写着“相思”之字，说明他没有忘记自己，这是对方；信中的字，不能安慰、满足自己的“相思”之意，也包含自己没有机会向情人充分倾吐相思、取得补偿之意，这是自己方面。思念情人，空读来信，还没法安慰自己，以致不免“滴罗襟点点，泪珠盈掬”。小珠般的点点眼泪，轻轻地、不断地滴在罗衣上，不但染衣，而且几乎“盈掬”。这两句再以事写情，也具有身份、性格特征，最可看出主人公是个女性。“芳草不迷行客路，垂杨只碍离人目”，又接着以景补充抒情。“芳草”句，意本于《楚辞·招隐士》“王孙游兮不归，芳草生兮萋萋”而又有发展。对比辛词《摸鱼儿》“春且住，见说道、天涯芳草迷归路”（或本作“无归路”，意同），则此说“不迷”者，便有盼望他能够回来和归程并不困难的意思，也分写对方；“垂杨”句，指暮春杨柳长得浓密，却碍人眼界，使人不能远望，也分写自己。二句分写两边，而意自关联。因上句有盼望游人能归意，故倚楼望其或即翩然来归；但“垂杨只碍离人目”，“只”字有怪怨的感情色彩，言无垂杨碍目则可能望得见，怪垂杨别的作用不起，“只”起碍人望远的作用。两句将楼头思妇的细微感情，曲曲传出。“最苦是、立尽月黄昏，阑干曲。”最后归结，仍从事中写情。第一句从早到晚，第二句呼应上片的“倚楼”。垂杨遮眼，望不到天涯行人去处，还是要在楼上阑干旁边，站到黄昏月上，自然得以“最苦”二字尽之；这二字不止尽此两句，也直是远尽全词之情。

范开《稼轩词序》说辛词也有“清而丽，婉而妩媚”一类作品，这首写闺情的词，正是其中之一。刘克庄《辛稼轩集序》说辛词“其秾纤绵密者，亦不在小晏、秦郎之下”。这却又不尽然。辛氏性格豪放，笔力超迈，所写艳情词，仍多哀而不伤，不像秦观、晏幾道同类词那样纤细、凄婉，各有短长，也难以轻论高下。

（陈祥耀）

# 满江红

原文

## 暮　春

家住江南，又过了、清明寒食。花径里、一番风雨，一番狼藉。红粉暗随流水去，园林渐觉清阴密。算年年、落尽刺桐花，寒无力。

庭院静，空相忆。无说处，闲愁极。怕流莺乳燕，得知消息。尺素如今何处也，绿云依旧无踪迹。谩教人、羞去上层楼，平芜碧。

鉴赏

辛稼轩词，固以豪放名家，然亦不乏含蓄蕴藉、近于婉约的篇章。盖大作家，非只一副笔墨，倚声填词之际，可据内容的不同、表达的需要，更迭变换，犹若绘事“六法”的所谓“随类傅彩”。按词谱，《满江红》用仄韵，且多穿插三字短句，故其音调繁促起伏，宜于表达慷慨激越的感情，为豪放词人所乐于采用，岳武穆“怒发冲冠”一阕可作楷模标本。然而此前，贺方回已用此调填写以“伤春曲”为题的词，抒发深婉纡曲之情，而承其传统者，则是辛稼轩。

此词题作“暮春”，抒写伤春恨别的“闲愁”，属于宋词中最常见的内容；上片重在写景，下片重在抒情，又是长调最习用的章法。既属常见、习用，则易陷于一般窠臼，然细味此词，仍可窥见其特点：委婉，但不绵软；细腻，但不平板。做到这一步，全赖骨力。具体言之，每句之中，皆有其“骨”，骨者，是含义深厚、分量沉重，足以引人注目的字面；由骨而生“力”，就足以撑住各句，振起全篇。且看“家住江南，又过了、清明寒食”，此一整句之中，“江南”二字为骨。此二字与“暮春”题目联系起来，则可引发读者的丰富联想：江南春早，风光绮丽，千里莺啼，红绿相映，水村山郭，风展酒旗，及至暮春三月，则杂花生树，草长莺飞。如此诸般景象，纷至沓来，而其引发之本源，则在“江南”二字，譬若丰腴的肌肤，其所依附，则在骨骼。引发繁衍之外，“骨”的另一作用，乃显示其“力”，由“花径里、一番风雨，一番狼藉”可见。此一整句之中，“狼藉”二字为其骨。由此二字，读者仿佛感受到一股猛烈狂暴的力量。与之相比，孟浩然所谓“夜来风雨声，花落知多少”，显得平易，李清照所谓“知否，知否，应是绿肥红瘦”，只觉婉转，而“狼藉”二字之富有骨力，则清晰可见了。“红粉暗随流水去，园林渐觉清阴密”，其骨在“暗随”与“渐觉”二处。此二处，“骨”又显示其劲韧之性，实作“筋”用。稼轩将“绿肥红瘦”景象，铺衍为十四字联语，去陈言，立新意，故特于其转折连接之处，用心着力，角胜前贤。“暗随”，未察知也；“渐觉”，已了然也。由人的感觉认识过程表示时序节令之推移，可谓匠心独运。“算年年”以下数语，拈出刺桐一花，以作补充，变泛论为实说。“寒无力”三字，颇为生新惹目，自是“骨”之所在。寒，谓花朵瘦弱，以故无力附枝，只得随风飘落，不若清阴绿叶之盛壮，得以耀威于枝头。寒花与密叶之比较，亦可引人联想，倘能结合稼轩的处境、心绪而谓其隐含君子失意与小人得势之喻，似非无稽。就章法而论，此处隐含的比喻，则是由上片写景转入下片抒情的过渡，唯其含而能隐，故尤耐人玩索。

下片，假托所思美人之不得相见而抒写内心的愁苦。“庭院静，空相忆。无说处，闲愁极”四个短句，只为点出“闲愁”二字而设。闲愁，是宋词中最常见的字眼，而其含义亦最为不确定，乃是一个“模糊性概念”。词人往往将感受极其深重，且又不易名状、难以言传的愁绪，笼统谓之闲愁。读者欲探究其具体含义，使其“模糊性”变得明晰，则须结合历史背景、作者生平以及其他有关资料进行考察，庶几可作出合乎情理的推断。稼轩此词中所谓的闲愁，约略言之，当是由于自己不为南宋朝廷重用，复国壮志无从施展，且受投降派的忌恨排挤，而产生的政治失意的愁苦。以此推衍而下，“怕流莺乳燕，得知消息”，则痛恨奸佞之蜚语流言、落井下石之意。“尺素”“绿云”一联，以美人为象征，表示对理想的渴望与追求，然而，信息不来，踪迹全无，希冀仅存一线，愁肠依然百结，而“谩教人、羞去上层楼，平芜碧”的结尾，亦自是顺理成章之语。“谩”字是语气副词，表义甚是灵活，此处与“浑”字近，犹言“简直”“真个”。“平芜碧”，可与欧阳修的词句“平芜尽处是春山，行人更在春山外”参看，意谓即便上得高楼，举目遥望，所见亦恐是满川青草而已。稼轩《摸鱼儿》有“天涯芳草无归路”之句，亦可参看，意谓归路已为平芜所阻断，意中人终于不得相见也。

比兴寄托，乃风骚之传统，宋人填词，亦多承此端绪，稼轩此篇即是。然而词人命笔之际，每托其意于若即若离之间，致使作品带有“模糊性”的特点。此种模糊性，非但无损于诗歌之艺术，有时且成为构成诗歌艺术魅力之因素，唯其模糊，唯其不确定，越是引人求索，越是耐人寻味。此种貌似奇怪的现象，正是诗歌艺术的一大特点。然就读者之求索而言，倘能得其大略，即当适可而止，思之过深，求之过实，每字每句都不放过，认定处处皆有埋藏，则又不免捕风捉影，牵强附会了。

（王双启）

# 贺新郎

原文

陈同甫自东阳来过余，留十日。与之同游鹅湖，且会朱晦庵于紫溪，不至，飘然东归。既别之明日，余意中殊恋恋，复欲追路。至鹭鸶林，则雪深泥滑，不得前矣。独饮方村，怅然久之，颇恨挽留之不遂也。夜半投宿吴氏泉湖四望楼，闻邻笛悲甚，为赋《贺新郎》以见意。又五日，同甫书来索词，心所同然者如此，可发千里一笑。

把酒长亭说。看渊明、风流酷似，卧龙诸葛。何处飞来林间鹊，蹙踏松梢微雪。要破帽多添华发。剩水残山无态度，被疏梅料理成风月。两三雁，也萧瑟。

佳人重约还轻别。怅清江、天寒不渡，水深冰合。路断车轮生四角，此地行人销骨。问谁使、君来愁绝？铸就而今相思错，料当初、费尽人间铁。长夜笛，莫吹裂。

鉴赏

辛弃疾与陈亮(字同甫)是志同道合的好友。他们始终主张抗金,恢复中原,并为此进行了不懈的努力。他们和朱熹(字元晦,又号晦庵)虽哲学观点不同,但彼此间的友谊都很深厚。淳熙十五年(1188)冬,陈亮自浙江东阳来江西上饶访辛弃疾,共商恢复大计;并寄信约朱熹到紫溪(江西铅山南)会晤。朱熹因事未能与会。辛弃疾与陈亮同游鹅湖寺(在铅山东北);到紫溪等候朱熹不至,陈亮遂东归。辛弃疾于别后次日欲追赶陈亮回来,挽留他多住几天。到鹭鸶林(在上饶东),因雪深泥滑不能再进,只好怅然返回。那天夜里,辛弃疾在投宿处写了这首词。

"把酒长亭说。看渊明、风流酷似,卧龙诸葛。"词开头回叙在驿亭饮酒话别时的情况。显然,当时双方都说了许多相互推许的话。辛弃疾在这里只举出自己对陈亮的称赞,说陈亮的才能和文采既像陶潜,又像诸葛亮。因为陈亮长期住在家乡,没有做官,故以陶渊明、诸葛亮为比。这个评价自然很高,但倒也部分符合陈亮一生言谈、行事和学问的实际,并非溢美。辛弃疾不仅理解自己的好友陈亮,而且把历史上两位著名的人物陶潜和诸葛亮(表面看,他们是多么不同!)牵在一起,相提并论,这是极有见地的。这跟朱熹对陶潜的看法也是一致的。朱熹《清邃阁论诗》说:"陶渊明诗,人皆说是平淡;据某看,他自豪放,但豪放来得不觉耳。"后来,清代诗人龚自珍在《己亥杂诗》中写"陶潜酷似卧龙豪,万古浔阳松菊高。莫信诗人竟平淡,二分《梁甫》一分《骚》",就是将辛弃疾和朱熹两人的见解融合成诗的。

"何处飞来林间鹊,蹙踏松梢微雪。要破帽多添华发。"骤看这几句像横空飞来,与上文毫不相干;细思就能理解:此乃词人挪开话题,把主题转到写个人和国家的遭遇方面。鹊踏松梢,雪落破帽(自东晋孟嘉龙山落帽传为美谈后,文人往往喜以破帽自诩),引起对满头白发的联想。这时,辛弃疾与陈亮都近五十岁了。岁月蹉跎,报国无门,怎能不触起他们的无穷感喟呢?

“剩水残山无态度,被疏梅料理成风月。两三雁,也萧瑟。”这几句表面写冬天景色:水瘠山枯,四野凄凉;仅凭稀疏的几枝梅花妆点风光,暗里比喻南宋朝廷苟且偷安,不肯锐意恢复中原,因此只落得个水剩山残。“疏梅”,暗指力主抗金的志士。但他们的力量毕竟太单薄,犹如掠过长空的两三只雁儿,不成阵队,徒给人以“萧瑟”之感。词人就这样语语双关,用景句藏情,以比兴见意,抒发出无穷的感慨,蕴涵着不尽的忧国情意。

下片又回叙别情。“佳人重约还轻别”:佳人,指陈亮;既推许他“重约”来晤,又微怨他急于告归(“轻别”)。这是全词主题,但点到即止。接下去便竭力铺陈和渲染。“怅清江、天寒不渡,水深冰合。路断车轮生四角,此地行人销骨。问谁使、君来愁绝?”清江,泛指今江西信江上游;时因天寒,水深冰合,行人已无法渡过。雪深泥滑,道路艰阻,车轮像长了角似的转动不了,语本于陆龟蒙《古意》“愿得双车轮,一夜生四角”的诗句。唐圭璋等《唐宋词选注》指出:“这是写别后景况,又是对眼前局势的影射。”这种解释是正确的。“此地行人”,即词人自谓。“销骨”,用孟郊《答韩愈李观因献张徐州》“富别愁在颜,贫别愁销骨”诗意,极言离愁的销魂蚀骨。接着又以“问谁使”的设问句式,含而不露道出友人陈亮(兼指自己)的极度愁怨。他们的愁怨,当然不仅因朋友的离别引起;而更主要的是国家的危亡形势和他们在南宋朝廷里的不幸遭遇所促成。这样,最后几句“铸就而今相思错,料当初、费尽人间铁。长夜笛,莫吹裂”,就不致使读者觉得词人在小题大做了。

这最后几句，暗用了好几个典故。前两句用《资治通鉴》卷二六五载罗绍威的故事。罗绍威联合朱温击败田承嗣后，为供应朱温的需索，把蓄积都花光了。他后悔说："合六州四十三县铁，不能为此错也。"后两句用《太平广记》卷二〇四所记独孤生的故事。唐代独孤生善吹笛，"声发入云……及入破，笛遂败裂"。又承接小序"闻邻笛悲甚"，用向秀《思旧赋》的典故。错，本指错刀，转而借指错误。料，作岂料解。诗人感叹说：哪里料得到当初费尽九牛二虎的力量，竟铸成而今的"相思错"呢？这"相思错"，当然不限于指朋友间的思念；实际上也暗寓着为国作前驱之想。"长夜"一词显然是针对时局而发，非泛指冬夜之长而言。在那样一个"长夜难明"的年代里，如龙似虎的英雄人物若辛弃疾、陈亮等，哪能不"声喷霜竹"似的发出撕裂天地的叫喊呢？

全词感情浓郁，忧愤深广。虽略嫌典故过多且僻，此辛词之病；但大都能就景叙情，或即事写景，因此形象仍很鲜明。王国维在谈到辛弃疾词的妙处时说："有性情，有境界。即以气象论，亦有'横素波，干青云'之概"（《人间词话》卷上）。这首词就是这样。词前小序，记述辛、陈二人相会、同游和别后的情思，也非常动人。

由此词倡始，辛弃疾和陈亮一连唱和了五首。这在中国文学史上，称得上是一桩胜事。

（蔡厚示）

# 贺新郎

原文

## 同甫见和再用韵答之

老大那堪说。似而今、元龙①臭味，孟公②瓜葛。我病君来高歌饮，惊散楼头飞雪。笑富贵千钧如发。硬语盘空谁来听？记当时、只有西窗月。重进酒，换鸣瑟。

事无两样人心别。问渠侬：神州毕竟，几番离合？汗血盐车③无人顾，千里空收骏骨④。正目断关河路绝。我最怜君中宵舞⑤，道“男儿到死心如铁”。看试手，补天裂。

〔注〕

① 元龙：三国时陈登的字。《三国志·魏志·陈登传》：“许汜与刘备并在荆州牧刘表坐。表与备共论天下人。汜曰：‘陈元龙湖海之士，豪气不除。’……备问汜：‘君言豪，宁有事耶？’汜曰：‘昔遭乱，过下邳，见元龙。元龙无客主之意，久不相与语，自上大床卧，使客卧下床。’备曰：‘君有国士之名，今天下大乱，帝主失所，望君忧国忘家，有救世之意，而君求田问舍，言无可采。

是元龙所讳也,何缘当与君语?如小人,欲卧百尺楼上,卧君于地,何但上下床之间耶!'"

② 孟公:陈遵字孟公。《汉书·游侠传》:"遵嗜酒。每大饮,宾客满堂。……大率常醉,然事不废。"

③ 汗血:古代一种骏马。《汉书·武帝纪》太初四年:"贰师将军(李)广利斩大宛王首,获汗血马来,作西极天马之歌。"盐车:《战国策·楚策》:"骥之齿至矣,服盐车而上太行,蹄申膝折,尾湛胕溃,漉汁洒地,白汗交流,外阪迁延,负辕而不能上。"

④ 千里空收骏骨:《战国策·燕策》载郭隗对燕王言:"臣闻古之君人,有以千金求千里马者,三年不能得。涓人言于君曰:'请求之。'君遣之。三月得千里马,马已死,买其首五百金,反以报君。君大怒曰:'所求者生马,安事死马而捐五百金!'涓人对曰:'死马且买之五百金,况生马乎?天下必以王为能市马,马今至矣。'于是不期年,千里马之至者三。"

⑤ 中宵舞:《晋书·祖逖传》:"逖与司空刘琨俱为司州主簿,情好绸缪,共被同寝。中夜,闻荒鸡鸣,蹴琨觉曰:'此非恶声也。'因起舞。"

## 鉴赏

把即事叙景与直抒胸臆巧妙结合起来,用凌云健笔抒写慷慨激越、奔放郁勃的感情,格调悲壮沉雄,发扬奋厉,是这首词在艺术上的主要特点。

文学作品的艺术力量在于以情感人。古今中外的优秀诗作,无不充溢着激情。辛弃疾的这首词也是如此。辛弃疾与陈亮,都是南宋时期著名的爱国词人,怀有恢复中原的大志。但南宋统治者不思北图,因而他们的宏愿久久不得实现。当时,辛弃疾正罢官闲居上饶,陈亮特地赶来与他共商抗战恢复大计。二人同游鹅湖，狂歌豪饮，赋词见志，成为文学史上的一则佳话。辛弃疾的这首词，就是当时相互唱和中的一篇佳作。词中，作者坚持抗战恢复大业的热情和对民族压迫者、苟安投降者的深切憎恨饱和笔端，浸透纸背，正如周济所云："稼轩不平之鸣，随处辄发，有英雄语，无学问语。"（《介存斋论词杂著》）词人的这种慷慨悲凉的感情，又是运用健笔硬语倾泻出来的，因而英气勃郁，隽壮可喜。

周济还指出："北宋词多就景叙情，……至稼轩、白石一变而为即事叙景。"（《介存斋论词杂著》）与以情为中心的就景叙情不同，即事叙景是以叙事为主干，以抒情为血脉，以写景作为叙事的烘染或铺垫。这首词的上片，便颇采用了即事叙景的艺术手法。在追忆"鹅湖之会"高歌豪饮时，以清冷孤寂的自然景物烘染环境氛围，从而深刻地抒发了词人奔放郁怒的感情。辛弃疾以忠愤填膺的抗战志士秉笔作词，其胸中沸腾的激情难以遏抑，不免直泻笔端。"老大那堪说。"开头一句便脱口而出，直写心怀，感情极为沉郁。"那堪"二字，力重千钧，意蕴极为丰富。当此之时，英雄坐老，壮志难酬，光阴虚度，还有什么可以言说！然而"老骥伏枥，志在千里；烈士暮年，壮心不已"（曹操《步出夏门行》）。以收复中原为己任的志士，胸中的烈焰是永远也不会熄灭的。因此，下面"似而今、元龙臭味，孟公瓜葛"两句，拍合与陈亮的"同志"之情，以抒壮怀。"元龙""孟公"，皆姓陈，又都是豪士，以比陈亮；"臭味"谓气味相投，"瓜葛"谓关系密切。二人友谊既深，爱国之志又复相同，词人是引为快事的。不久前两人"憩鹅湖之清阴，酌瓢泉而共饮，长歌相答，极论世事"（辛《祭陈同甫文》），是大慰平生的一次相会，故在此词中津津乐道："我病君来高歌饮，惊散楼头飞雪。笑富贵千钧如发。硬语盘空谁来听？记当时、只有西窗月。"

词人时在病中，一见好友到来，立即相与高歌痛饮，彻夜纵谈。他们都是志在恢复，心无俗念，视富贵轻如毛发，正笑世人之重它如千钧。讨论世事时硬语盘空(韩愈《荐士》诗："横空盘硬语，妥帖力排奡")，足见议论有力。这几句是他们会谈时情景的实录。因为写在词里，故顺笔插入自然景物的描写。积雪惊堕，状述二人谈吐的豪爽；孤月窥窗，衬映夜色的清寂。英雄志士一同饮酒高唱，雄壮嘹亮的歌声直冲云霄，竟惊散了楼头积雪。这种夸张的描写，把两人的英风壮概与狂放精神充分表现出来。着一"惊"字，真可谓力透纸背，入木三分。然而，当时只有清冷的明月与两人相伴，论说国家大事的"盘空硬语"又有谁来倾听！在这里，抗战志士火一样的热情和刚直狂放的性格同积雪惊堕、孤月窥窗的清寂冷漠的环境氛围，形成了尖锐的对照，形象地写出了在苟安妥协空气笼罩南宋朝堂的情势下，个别上层抗战志士孤雁难飞的艰危处境。这样把写景与叙事胶着一体，更能充分抒写出翻卷于词人胸中的愤懑之情。正因为二人志同道合，所以夜虽已很深，他们仍"重进酒，换鸣瑟"，兴致丝毫未减。

如果说，词的上片主要是即事叙景，情与事俱，寄情于事，其奔放沸腾的感情融合于叙事之中，那么，下片则主要是直接抒怀，用直泻胸臆的赋体，抒写对南宋统治集团的强烈批判和"看试手，补天裂"的壮怀。词人尽情地驰骋笔力，敷陈其事，倾诉肺腑，写来笔飞墨舞，淋漓尽致。"事无两样人心别。"展望时世，山河破碎，爱国志士方痛心疾首，而南宋统治者却偏安一隅，把家耻国难全都抛在脑后。词人用"事无两样"与"人心别"两种不同意象加以对照，极其鲜明地刻画了南宋统治者苟且偷安的庸懦丑态，深刻地抒发了郁勃胸中的万千感慨。词人禁不住义愤填膺，向统治者发出了严厉的质问："问渠侬：神州毕竟，几番离合?"神州大地，山河一统，自古已然，"合"时多而"离"时少。今当政者不思恢复，以和议确定了"离"的局面，是何居心！词语中凛然正气咄咄逼人，足以使统治者无地自容。雄健顿挫的笔力，加重了词的感情色彩，使其更富于艺术感染力。词人想到：神州大地要想得到统一，就必须重用抗战人才，可是当今社会却是"汗血盐车无人顾，千里空收骏骨"。当道诸公空说征求人才，但志士却长期受到压抑，正像拉盐车的千里马困顿不堪而无人过问，徒然去购置骏马的尸骨又有何用！词人连用三个典故，非常曲折而又贴切地表达了郁勃心头而又不便言明的不平。一个"空"字，集中表达了词人对朝中当政者打击排斥主战派种种行为的无比怨忿。笔力劲健，感情沉郁，意境极其雄浑博大。"正目断关河路绝。"词人触景生情，由大雪塞途联想到通向中原的道路久已断绝，悲怆之情油然而生。山河分裂的惨痛局面，激起了词人收复中原的热情。他想起了晋代祖逖与刘琨"闻鸡起舞"的动人故事，想起了古代神话中女娲氏炼石补天的美丽传说，更加坚定了统一祖国的必胜信念，唱出了"我最怜君中宵舞，道'男儿到死心如铁'。看试手，补天裂"这时代的最强音。笔健境阔，格调高昂。用典如水中着盐，浑化无迹，从而丰富了词的意蕴，加强了形象的深广度。全词的意境也最后推向了高潮，给人以极大的艺术感染。

（薛祥生　王少华）

# 贺新郎

原文

## 用前韵送杜叔高

细把君诗说：怅余音、钧天浩荡[①]，洞庭胶葛[②]。千丈阴崖尘不到，惟有层冰积雪。乍一见、寒生毛发。自昔佳人多薄命，对古来、一片伤心月。金屋[③]冷，夜调瑟。

去天尺五君家别。看乘空、鱼龙惨淡，风云开合。起望衣冠神州路，白日消残战骨。叹夷甫[④]诸人清绝！夜半狂歌悲风起，听铮铮、阵马檐间铁[⑤]。南共北，正分裂！

〔注〕

① 钧天浩荡：《史记·赵世家》记赵简子言："我之帝所甚乐，与百神游于钧天，广乐九奏万舞，不类三代之乐，其声动人心。"

② 洞庭胶葛：《庄子·天运》记黄帝"张《咸池》之乐于洞庭之野"。《文选》司马相如《上林赋》："张乐乎胶葛之宇。"李善注引郭璞曰："（胶葛）言旷远深貌也。"

③ 金屋：语出《汉武故事》。汉武帝幼时曾说"若得阿娇作

妇，当作金屋贮之”。阿娇即陈皇后，失宠后废居长门宫。

④ 夷甫：《晋书·王衍传》载王衍（字夷甫）唯尚清谈，不问世事，后被石勒杀死。

⑤ 檐间铁：《芸窗私志》载晋元帝用薄玉片作龙形，以线缕悬于檐间，取其因风相击之声为娱。民间仿效，以铁片作马形代之。

鉴赏

宋孝宗淳熙十六年（1189）春间，杜叔高（斿）从浙江金华到江西上饶探访辛弃疾，辛作此词送别。题云“用前韵”，乃用作者前不久寄陈亮同调词韵。杜叔高是一位很有才气的诗人，陈亮曾在《复杜仲高书》中称其诗“如干戈森立，有吞虎食牛之气，而左右发春妍以辉映于其间”。但因鼓吹抗金，遭到主和派的猜忌，虽有报国之心，竟无请缨之路。作者既爱其才华，更爱其人品，因此词中含蕴着深厚的情意。

开篇至“毛发”数句盛赞叔高诗作之奇美。首云“细把君诗说”，已见非常爱重。因为爱之深，所以说之细。“恍余音、钧天浩荡，洞庭胶葛”，言其诗气象恢宏，读之恍如听到传说中天帝和黄帝的乐工们在广大旷远的宇宙间演奏的乐章的余韵，动人心魂。“千丈阴崖尘不到，惟有层冰积雪。乍一见、寒生毛发”与唐人李咸用《览友生古风》诗“一卷冰雪言，清泠泠心骨”语意略同，言其诗风骨清峻，读之宛若突然望见尘飞不到的高崖之上的冰雪，不禁毛发生寒。如此说诗，不但说得很细，而且说得极美，比喻新颖，想象奇特，既富诗情，亦饶画意。接下至“调瑟”数句转叹叔高境况之萧索。“自昔佳人多薄命，对古来、一片伤心月”，化用苏轼《薄命佳人》诗“自古佳人多命薄，闭门春尽杨花落”，以古来美妇之多遭遗弃隐喻才士之常有沉沦；“金屋冷，夜调瑟”则借汉武帝陈皇后失宠事，进一步渲染被弃的凄苦。乐府诗《妾薄命》亦多赋陈皇后事。这里纯用比兴，虽为造境，却甚真切，艺术效果远胜于直言。

换头即因叔高之怀才不遇而转及其家门之昔盛今衰。“去天尺五君家别”乃隐括《三秦记》“城南韦杜，去天尺五”一语，谓长安杜氏本强宗大族，门望极其尊崇，但叔高一家则有异于此，虽然兄弟五人皆有才学，却因不事钻营而俱无发迹。“看乘空、鱼龙惨淡，风云开合”则变化《易・乾・九五》“云从龙，风从虎”之语，假托鱼龙纷扰、腾飞搏斗于风云开合之中的昏惨景象，隐喻朝中群小趋炎附势、为谋求权位而激烈竞争的热闹情形。一“看”字有冷眼旁观、不胜鄙薄之意。群小之疯狂奔竞，反映了朝政的黑暗腐败。叔高兄弟之不得进用，原因即在于此；北方失地之不得收复，原因亦在于此。故接下乃兴起神州陆沉的悲慨：“起望衣冠神州路，白日消残战骨。叹夷甫诸人清绝！”昔日衣冠相望的中原路上，只今唯见一片荒凉，纵横满地的战骨正在白日寒光中逐渐消损。然而当国者却只顾偏安偷乐，对中原遗民早已“一切不复关念”（陈亮《上孝宗皇帝书》），许多官僚都“微有西晋风，作王衍阿堵等语”而“讳言恢复”（李心传《建炎以来朝野杂记》乙集卷三引宋孝宗赵昚语），借以掩饰其内心的怯懦和卑劣。“叹夷甫诸人清绝”即对此辈的愤怒斥责。朝政如此昏乱，士大夫如此腐朽，词人的爱国之心却仍在激烈搏动：“夜半狂歌悲风起，听铮铮、阵马檐间铁。”中原未复，愁思难眠，夜半狂歌，悲风惊起，听檐间铁片铮铮作响,宛如千万匹冲锋陷阵的战马疾驰而过。此时词人亦仿佛在挥戈跃马,率领锦襜突骑奔赴疆场,心情异常畅快。但这只是暂时的幻觉,这幻觉一消失,那虚生的畅快也就随之消失了,代之而来的必然是加倍的痛苦。歇拍"南共北,正分裂"便是在此种幻觉消失后发出的惨痛呼号。

细读此词,乃于慰勉朋侣之中,融入忧伤时世之感,故虽送别之作,亦有悲壮之情。而其运笔之妙,则"如春云浮空,卷舒起灭,随所变态,无非可观"(范开《稼轩词序》)。说诗思之深广,则钧天洞庭,浑涵悠远;言诗格之清峻,则阴崖冰雪,奇峭高寒;状境况之萧寥,则冷月哀弦,凄凉幽怨;刺群小之奔竞,则风云鱼龙,纷纷扰扰;悲神州之陆沉,则寒日残骸,伤心惨目;抒报国之激情,则神驰战阵,铁骑铮铮;痛山河之破碎,则声发穿云,肺肝欲裂。凡此皆"有性情,有境界"(《人间词话》),故独标高格而不同凡响。

（罗忠族）

# 贺新郎

原文

## 赋琵琶

凤尾龙香拨，自开元《霓裳》曲罢，几番风月？最苦浔阳江头客，画舸亭亭待发。记出塞、黄云堆雪。马上离愁三万里，望昭阳宫殿孤鸿没，弦解语，恨难说。

辽阳驿使音尘绝，琐窗寒，轻拢慢撚，泪珠盈睫。推手含情还却手，一抹《梁州》哀彻。千古事，云飞烟灭。贺老定场无消息，想沉香亭北繁华歇。弹到此，为呜咽。

鉴赏

同一题材，在不同作家笔底，表现各异；试听“琵琶”，一到辛弃疾手里，即翻作新声，不同凡响。

此琵琶，乃檀木所制，尾刻双凤，龙香板为拨，何其精美名贵！“凤尾龙香拨”，这杨贵妃怀抱过的琵琶，它标志着一个“黄金时代”。作者在此，暗指北宋歌舞繁华盛世。而“《霓裳》曲罢”则标志国运衰微与动乱之始。借唐说宋，发端即点到主题而不露形迹，可谓引人入胜之笔。

“浔阳江头”二句，一转，用白居易《琵琶行》所叙事。白氏送客江边，“忽闻水上琵琶声，主人忘归客不发”。诗序云“是夕始有迁谪意”，是听了琵琶曲与弹奏女子自述身世之后所感。词以“最苦”二字概括之，表明作者也有同感。“画舸”句用郑文宝《柳枝词》“亭亭画舸系春潭”句意。作者以白居易的情事自比，并切琵琶，其“天涯沦落”之感亦可知。

“记出塞”接连数句又一转，作大顿挫，从个人遭遇写到国家恨事。“望昭阳宫殿”云云分明是一种特殊感情，与当日昭君出塞时去国怀乡之痛不完全是一回事。这里恐怕是在暗喻“二帝蒙尘”的靖康之变。这种写法在南宋词家中不乏其人。姜夔《疏影》词中亦有“昭君不惯胡沙远，但暗忆江南江北”之句，郑文焯亦云是“伤二帝蒙尘，诸后妃相从北辕，沦落胡地，故以昭君托喻”。

“辽阳驿使”数句转到眼前现实。词人心念北方故土，联想琐窗深处，当寒气袭人时，闺中少妇正在怀念远戍辽阳而杳无音信的征人。她想借琵琶解闷，结果愈弹愈是伤心。“推手”云云，指弹琵琶，汉刘熙《释名·释乐器》：“枇杷，本出于胡中，马上所鼓也。推手前曰枇，引手却曰杷，象其鼓时，因以为名也。”欧阳修《明妃曲》本此而有“推手为琵却手琶”之句；所弹之曲为《梁州》。《梁州》即《凉州》，唐西凉府所进边地乐曲，梁、凉二字唐人已混用。唐段安节《乐府杂录》谓贞元初康昆仑翻入琵琶。白居易诗：“《霓裳》奏罢唱《梁州》，红袖斜翻翠黛愁。”可见其声哀怨。“哀彻”两字加深了感慨悲凉意绪。“云飞烟灭”已将上文一齐结束，“贺老”

句便是尾声。这尾声与发端遥相呼应，再次强调盛时已成过去，盛事已成为历史。贺老即贺怀智，开元、天宝间琵琶高手。他一弹则全场为之安定无声。元稹《连昌宫词》云："夜半月高弦索鸣，贺老琵琶定场屋。""贺老定场"既无消息，则"沉香亭北倚栏干"（李白《清平调》）的贵妃面影当然也不可见，这"凤尾龙香拨"的琵琶亦无主矣。故作者云"弹到此"即"呜咽"不止。写国难家仇悲慨无穷。

此篇手法新颖，从章法上看与《贺新郎·别茂嘉十二弟》，可并为姊妹篇。都列举许多有关的典故，其中皆有一线相连。即所用典中情事都与词人内心情感和生活经历有关，与当时时代特点有关，故用典虽多，不为事所累，仍觉圆转流丽，正因为它抒情气氛浓郁。

由此我们联想唐时李商隐的《泪》（永巷长年怨绮罗）一诗，也是列举古来各种挥泪之事，最后归结为一事。辛词章法可能从李诗学来而有出蓝之妙。再上溯可找到江淹的《恨赋》《别赋》，李白也有《拟恨赋》等类篇章，辛弃疾用之以为词，可谓创格。

此词除用典多而能流转自如外，还显示辛词另一特色，即豪放而兼俊美，所谓"肝肠似火，面目如花"者。词中如"望昭阳宫殿孤鸿没"句，不独用昭君出塞之典，且含嵇康"目送归鸿，手挥五弦"（《四言十八首赠兄秀才入军》）的诗意，形象很美，韵味亦深长。又"轻拢慢撚"四字，不独是用白居易诗点出弹琵琶而已，好就好在将闺人愁闷无意绪、心情懒慢的神态也描画出来了。"泪珠盈睫"，令人想见那长睫毛上闪动的晶莹珠泪，悲而见美，更渲染了哀怨气氛，烘托了主题。

前人评辛词曰"大气包举"，所谓"大气"，就是指贯穿在他词中那种浓烈的爱国之情，沉郁而激越。而他的词风却并不粗犷，倒是思理细腻绵密，语言典丽高华，虽“用事多”，不嫌板滞。“情”在其中，密处见疏，实中有虚，令人读后有荡气回肠之感。

（徐永端）

# 念奴娇

原文

瓢泉酒酣，和东坡韵。

倘来轩冕，问还是、今古人间何物？旧日重城愁万里，风月而今坚壁。药笼功名，酒垆身世，可惜蒙头雪。浩歌一曲，坐中人物三杰。

休叹黄菊凋零，孤标应也有，梅花争发。醉里重揩西望眼，惟有孤鸿明灭。万事从教，浮云来去，枉了冲冠发。故人何在？长庚应伴残月。

鉴赏

辛弃疾的词，历来与苏轼的词并称，不少词论家还将苏、辛目为同派。辛词的确有得之于东坡者，这首《念奴娇》即其一例。词前小序云："瓢泉酒酣，和东坡韵。"由此可知，此词是稼轩闲居铅山瓢泉时的感兴之作。"和东坡韵"，指步东坡的《念奴娇·赤壁怀古》之韵以追和。东坡的原词，是贬官闲居黄州时的作品，在抒发政治上失意的感慨这一点上，与辛词有相似之处。辛词也以健笔写豪情，风格上极力追步东坡。但两词相较，不难发现他们心貌各别。同为"豪放"的风格，苏词之放，表现为超逸放旷；辛词之放，则表现为悲壮激越。同样是抒发政治失意的情怀，苏词的结末，以"人生如梦，一尊还酹江月"的老庄消极思想自解，显出颓放自适的倾向；辛词则金刚怒目，感愤终篇，直至结尾，仍大呼"枉了冲冠发"，毫无出世之意。下面就让我们具体来看看，稼轩是怎样借助《念奴娇》这个声情激壮的调子来自写胸怀的。

全词着意表现的，是这样一种悲剧性的英雄人物：他鄙弃世俗追求轩冕排场、荣华富贵的风尚，一心以抗金恢复的事业为怀；他日夜思念失去的北部河山，渴望以亲身的战斗来统一祖国，可却被卖国群小排斥在政府之外，不能一展宏图；他刚直不阿，疾恶如仇，向往正义，向往自由，可社会恶势力对他百般折腾，使他大半生坎坷不遇，只得屈身于田间山林！词中一唱三叹地展现了这样一个失意英雄的尴尬处境与悲愤心情。上片先写作者失意闲居的牢骚。首二句，以疑问的句式，表达了自己对宦途和功名的困惑与思考。轩，高车；冕，古代地位在大夫以上的官僚戴的礼帽。轩冕代指官位爵禄。首句典出《庄子·缮性》："轩冕在身，非性命也，物之傥来，寄者也"（官职不是一个人自身的根本之物，只是一种偶然而来寄附于人的外物）。这里借用庄子的话，表明自己在政治失意之后对功名事业感到难以捉摸。"旧日重城愁万里，风月而今坚壁"，二句承上而来，说自己丢官之后，重重愁恨无计消除；百无聊赖之余，连美好风光也像是竖起坚墙，存心不让人欣赏解闷。接下来三句，连用二典，自述身世，慨叹事业无成，人空老大，怨恨之情溢于言表。"药笼功名"，用《旧唐书·元行冲传》：元行冲劝当权的狄仁杰留意储备人才，喻之为备药攻病，并自请为"药物之末"，仁杰笑而谓之曰："此君正吾药笼中物，何可一日无也！”“酒垆身世”，用《史记·司马相如列传》：司马相如未遇时，曾与妻卓文君在临邛市场上当垆卖酒。这三句连起来，其意为：我本来当之无愧地是国家急需的人才，求取功名应是分内之事；不料遭遇坎坷，如今竟埋没于民间；最可惜的是，满头白发，来日无多，今生要实现理想大约不可能了！“浩歌”二句写歌曲抒发愁怀，并以张良、韩信、萧何“三杰”（《史记·高祖本纪》）比自己与座中友人。词情于是振起。

下片紧承上片歇拍以倔强坚毅之态出之，表明自己虽遭万千磨难，但壮志不泯。过片三句：“休叹黄菊凋零，孤标应也有，梅花争发。”以自然气候喻社会环境，以花喻人，通过黄菊凋零与红梅争发，表现爱国志士前仆后继之意，是紧承“坐中三杰”而来，而领以“休叹”二字，尤觉振奋。这是与友人共勉。“醉里重揩西望眼，惟有孤鸿明灭”。这两句以空间的意象正面突出了自己不忘中原的思想。“西望”特有所指。稼轩词中屡屡以“西北”代指沦陷的北方。这里的“西望”，应是“西北望”之省写，即遥望中原地区；《水龙吟》之“举头西北浮云”，《菩萨蛮》之“西北望长安”等，含意与此略近。醉中尚揩眼西北而望，这就表明自比寒梅的稼轩之所以壮志不衰，自我磨砺，其原因在于他意识到危难中的祖国还需要他这样的人才去解救，故尔时时提醒自己，不能忘怀北伐。但“孤鸿明灭”的象征性描写则又表明作者深知国势衰微，而志士因备受压抑打击，力量比较孤单，一时难以振兴。正是有此清醒的估计，才有了下面三句的悲愤叹息：“万事从教，浮云来去，枉了冲冠发！”岳飞《满江红》词高唱“怒发冲冠”，慨叹“三十功名尘与土，八千里路云和月”，并担心“白了少年头，空悲切”；稼轩在这里也叹息万事如浮云，空自发冲冠，可见当时的爱国志士们，面对危难的时局都有相同的感受与痛苦。词的结拍“故人何在，长庚应伴残月”，以景结情，以残月孤星的夜色来映衬自己和友人们凄凉悲怆的心境。末句盖本于韩愈《东方半明》诗：“东方半明大星没，独有太白配残月。”（太白，即金星。《史记·天官书》索隐引《韩诗》：“太白晨出东方为启明，昏见西方为长庚。”）这里虽然境界萧瑟，情调悲痛，但这个结尾与前面孤标红梅，怒发冲冠的形象结合在一起，仍然能够使人看到作者政治抱负与人生理想之执着，从而激起强烈的感情上的共鸣。此词与作者许多借助比兴而委曲言情的“潜气内转”之作不同，其主要表现方法是激情迸发，直抒胸臆。由于感情浓烈，气势凌厉，虽然较多直说，仍然具有很大的感人力量。

（刘扬忠）

# 水龙吟

原文

用些语再题瓢泉，歌以饮客，声韵甚谐，客为之釂。

听兮清珮琼瑶些。明兮镜秋毫些。君无去此，流昏涨腻，生蓬蒿些。虎豹甘人，渴而饮汝，宁猿猱些。大而流江海，覆舟如芥，君无助、狂涛些。

路险兮山高些。块予独处无聊些。冬槽春盎，归来为我，制松醪些。其外芳芬，团龙片凤，煮云膏些。古人兮既往，嗟予之乐，乐箪瓢些。

鉴赏

瓢泉在江西铅山县东二十五里，泉水清洌，风景幽美。辛弃疾有旧居在此。光宗绍熙五年（1194）七月，被解除知福州兼福建路安抚使的职务后，便又来这里“新葺茅檐”。宁宗庆元二年（1196）移居退隐。这首词大致是这个时期写的。

杜甫《佳人》诗云：“在山泉水清，出山泉水浊。”仇兆鳌注概括其意为：“此谓守贞清而改节浊也。”辛弃疾这首词在意境上同杜甫《佳人》诗有相近之处。杜甫以“佳人”作为寓体，辛弃疾则以寄言泉水的形式，寓写自己对现实环境的感受。

上片起笔二句，从视、听觉引发，对泉水表达欣赏、赞美之情。“清珮琼瑶”是以玉珮声形容泉水的优美声响；柳宗元《至小丘西小石潭记》也曾写道：“隔篁竹，闻水声，如鸣珮环。”“镜秋毫”是以可照见秋生羽毛之末来形容泉水的明净。这两句给瓢泉以定性的评价，以明在山泉水能保持其本色之可爱。以下根据泉水所处的三种不同境遇，来反映作者对泉水命运的设想、担忧及警告。这些刻画，正用以反衬起笔二句，突出“出山泉水浊”之意。首先劝阻泉水不要出山（去此）去流昏涨腻，生长蓬蒿。“流昏涨腻”是取杜牧《阿房宫赋》“渭流涨腻，弃脂水也”的字面。“虎豹”句，用《楚辞·招魂》“虎豹九关，啄害下人些”和“此皆甘人”。虎豹以人为美食，渴了要饮泉水，它岂同于猿猱（之与人无害），不要为其所用。“大而流江海”三句，反用《庄子·逍遥游》“水之积也不厚，则其负大舟也无力，覆杯水于坳堂之上，则芥为之舟”的语意，谓水积而成江海之大，可以视大舟如草叶而倾覆之，泉水不要去推波助澜，参与其事。这些都是设想泉水不能自守而主动混入恶浊之中，遭到损害而又害人的危险。以上几种描述，想象合理，恰符辛弃疾当时所处的那种社会现实。

下片作者自叙，抒写贞洁自守，愤世嫉俗之意。路险山高，块然独处，说明作者对当前所处污浊险恶环境的认识。故小隐于此，长与瓢泉为友，以期求得下文所描写的“三乐”，即“饮酒之乐”“品茶之乐”“安贫之乐”。词的上下片恰好形成对比。前者由清泉指出有“三险”，后者则由“无聊”想到有“三乐”。其实“三乐”仍是愤世嫉俗的变相发泄。瓢泉甘冽，可酿松醪（松膏所酿之酒），写饮酒之乐，实寓借杯酒浇块垒之意；瓢泉澄澈，可煮龙凤茶，品茗闲居，明显不被世用；最后写安贫之乐，古人既往，聊寻同调，则颜回的“一箪食、一瓢饮”便是同志。箪瓢之瓢与瓢泉之瓢又恰好是同字，以此相关，契合无间。

总观全词，可以用刘辰翁对辛词的评语：“逸摈销沮，白发横生，亦如刘越石。陷绝失望，花时中酒，托之陶写，淋漓慷慨”（《须溪集》卷六《辛稼轩词序》），来领略这首词的思想情调。瓢泉的闲居并未能使辛弃疾的心情平定下来，而是郁积了满腔的愤怒。对官场混浊，世运衰颓的憎恶流露出来的并不是哀婉之调，而是一种激越之声。不可以“流连光景，志业之终”视之。尽管词的上下片似乎构成了不和谐的画面（上片多激愤，下片多欢乐），但贯注一气的还是愤懑，不同流合污、贞洁自守的浩然之气。这就是刘辰翁所说的“英雄感怆，有在常情之外，其难言者未必区区妇人孺子间也”。寓悲愤于欢乐之中，益感其悲愤的沉重。“含泪的微笑”大概是最悲愤不过的。

这首词在词体中是一种特殊形式，它不同于一般以句子的最后一个字作韵脚的惯例，而是用《楚辞》语尾字“些”作为后缀的尾字，又另用平声“萧、肴、豪”韵部的字作实际的韵脚，这就是所谓长尾韵。这种格律声韵具有和谐回应的美，像是有两个韵脚在起作用。

（宛敏灏　沈文凡）

# 最高楼

原文

吾拟乞归，犬子以田产未置止我，赋此骂之。

吾衰矣，须富贵何时？富贵是危机。暂忘设醴抽身去，未曾得米弃官归。穆先生，陶县令，是吾师。

待葺个园儿名“佚老”，更作个亭儿名“亦好”，闲饮酒，醉吟诗。千年田换八百主，一人口插几张匙？便休休，更说甚，是和非！

鉴赏

词之初起，本是一种纯粹的音乐文学艺术品，但在它的发展过程中，实用功能不断扩大，许多作品已经兼备了应用文的性质。特别是到南宋，它几乎打进了人们社会交往的各个场合，可以用来谈恋爱，可以用来交朋友，可以用来孝顺父母，可以用来联络亲戚，乃至替人作寿，给人送终，祝人新婚，贺人生子，打阔佬的秋风，拍上司的马屁……真是五花八门，无施不可。然而，写词来训儿子，我们还是头一回见。如若编一本“宋词之最”，这也该算一项“纪录”罢？

此词约作于光宗绍熙五年(1194),当时词人五十五岁,在知福州兼福建安抚使任(从梁启超、邓广铭二先生说)。据词及小序可知,词人因官场失意,打算申请退休,但那不晓事的“犬子”极力反对。(家中田地、房产还未购置齐全,老头子倒想洗手不干了,一旦他老人家呜呼哀哉,叫咱哥儿们喝西北风去?)于是词人便作了这词去数落他。

由于“犬子”劝阻自己退休的充足理由是官做得还不够大,薪俸级别还不够高,一句话,还不够“富贵”,因此,词人首先抓住“富贵”这两个字来做文章,打开窗户说亮话,张口便道:我老啦,干不动了,等“富贵”要等到哪一天呢?接下去改用让步性语气,以退为进:就算能捱到“富贵”的那一天又怎样?“富贵”是好耍子的么?爬得高,跌得重,危险得很呐!起三句看似肆口而成,其实字字都有来历。“吾衰矣”出自《论语·述而》:“子(孔子)曰:‘甚矣吾衰也。’”“须富贵何时”出自《汉书·杨恽传》杨恽报孙会宗书:“人生行乐耳,须富贵何时?”“富贵是危机”则见于《晋书·诸葛长民传》。东晋末年,长民官至都督豫州扬州之六郡诸军事、豫州刺史,领淮南太守,深得实力派、太尉刘裕的信任,权倾一时。又贪婪奢侈,多聚珍宝美女,大建府第院宅。然而显赫的富贵并没有给他带来多少安乐,相反,由于时时担心遭到杀身之祸,连觉也睡不安稳,竟至一月中有十几夜做噩梦,惊起跳踉,如与人厮打。他曾叹息说:“贫贱常思富贵,富贵必履危机。”后来果然为刘裕所杀。词人袭用其语,可见对这样的历史教训感触很深。那么,怎样才是远祸全身的上上之策呢?只有急流勇退,及时辞官归隐。于是,下文便拈出一个正面典型来和诸葛长民作对比。《汉书·楚元王传》记载,汉高祖刘邦之弟刘交封楚王,以穆生、白生、申公等三人为中大夫，礼遇十分恭敬。穆生不喜欢喝酒，刘交开宴时，特地为他“设醴”（摆上度数不高的米汁甜酒）。后来刘交的孙子刘戊为王，有一次忘了为穆生设醴，穆生退而言曰：我该走了。醴酒不设，说明王爷已开始怠慢，再不走，就将获罪遭殃。穆生称病去职后，刘戊日渐淫暴，白生、申公劝谏无效，反被罚作苦役，真个应验了穆生的预言。“暂忘”句即咏此事。因说穆生，连类而及，又带出另一位先哲来，那就是在彭泽县令任上不肯为五斗米折腰、弃官而归隐田园的陶渊明。揣测词人的作意，请陶渊明到场本是为了应付格律。——此处例须对仗，故不能让“穆先生”落单，一定得给他找位“傧相”；但“陶县令”弃官的动因与“穆先生”又不尽相同，他的拂衣而去，还包含着“安能摧眉折腰事权贵，使我不得开心颜”（李白《梦游天姥吟留别》）的成分，于是，他的出场就给词意增添了一项新的内容，其作用又不仅仅是给“穆先生”当陪衬了。总而言之，词人将这两位高士悬为自己的师范，用意十分显豁：“富而可求也，虽执鞭之士，吾亦为之。如不可求，从吾所好。”（《论语·述而》）朝廷对我既不怎么信任，再干下去只怕祸不旋踵而至，还有什么“富贵”可言？更何况，牺牲自己的人格和人的尊严去博取“富贵”，代价也未免太大。这“富贵”求不得，老夫拿定主意要归隐了。

过片后四句，承接上文，谈自己退休后的打算：辟它一处花园，建它一座亭阁，闲下来作甚？喝老酒。喝醉了作甚？写诗词。优哉游哉，岂不快哉！陶然欣然，何其超然！“闲饮酒，醉吟诗”为短句流水对，只寥寥六字，两组连续性的动态画面，便写尽了理想中的隐居生活情趣，无限神往，都在言外了。然而还不可忽过“佚老”“亦好”二辞。“老”“好”相叶，是辅韵，与“时”“机”“归”“师”

"诗""匙""非"等主韵共同构成本调的平仄韵错叶格，有声情摇曳之美，此其一。其二，四字俱有出典。"佚老"见《庄子·大宗师》："夫大块载我以形，劳我以生，佚我以老，息我以死。"盖谓人生碌碌，只有老来才得安逸（"佚"，同"逸"）。"亦好"语出唐戎昱《长安秋夕》诗："远客归去来，在家贫亦好。"即今俗话所谓"金窝银窝，不如自己家的草窝"。词人要以"佚老""亦好"命名园、亭，虽不直说颐养天年、安贫乐道，而自珍桑榆、不慕金紫之意，已自曲曲传出，更有韵味深长之妙。

词人自己固然是安贫了，其奈"犬子"不"安"何？不可不给以当头棒喝。于是又折回词笔来训子：千年田换八百主！——多置田产，又有何用？适足害你们弟兄几个成为"败家子"而已！一个人长有几张嘴巴？插得下许多调羹？——家有薄田几亩，还不够你们粗茶淡饭么？呸！给我住嘴罢你，别再说三道四了！如果说上文还带有若干书卷气、不够家常的话，那么最后这一段真可谓口角生风，活脱脱是老子骂儿子的现场录音，写神了，写绝了！值得一提的是，"千年"二句虽用俚语，却仍有宋人载籍可以参证。"千年田换八百主"，见北宋释道原《景德传灯录》卷十一载五代时韶州灵树院如敏禅师语。僧问："如何是和尚家风？"师云："千年田八百主。"僧云："如何是千年田八百主？"师云："郎当屋舍勿（没）人修。"这些话头，再早些还可寻溯到王梵志诗："年老造新舍，鬼来拍手笑。身得暂时坐，死后他人卖。千年换百主，各自循环改。前死后人坐，本主何相（厢）在。""一人口插几张匙"，范成大《石湖居士诗集》卷二十六《丙午新正书怀》十首其四（穷巷闲门本阒然）："口不两匙休足谷。"自注："吴谚曰：'一口不能着两匙。'"用俗话隐括入律，且对仗工稳，尤为难得，词人伎俩，真不可测！

这首词，既具备历史的思辨，又富有人生的哲理；既充满着书斋里的睿智，又洋溢着生活中的气息；亦庄亦谐，亦雅亦俚；庄而不病于迂腐，谐而不阑入油滑；雅是通俗的雅，俚是规范的俚：在在显示出词人的胸襟之大、见识之高、性格之爽、学养之深，在在显示出词人具有驾驭各种不同类型语言艺术的非凡能力。

辛词尤善用典和化用前人成句，本篇又是一个突出的范例。“吾衰”句用《论语》，是经；“须富”句、“暂忘”句用《汉书》，“富贵”句用《晋书》，是史；“佚老”用《庄子》，是子；“亦好”用唐诗，是集。——一首之中，四部都用遍了。就时代言，从春秋、战国、汉、晋、唐、五代一直用到宋。就文体言，自诗、文一直用到和尚语录、民间谣谚。就用法言，或整用成句，或提炼文意，或增减字面，或翻换言语。词人于此道，真达到了炉火纯青、出神入化的地步！

有宋一代，封建帝王用较优厚的经济待遇来笼络武将和士大夫们，以换取他们的忠勤服务，因此，官僚地主置田庄、营第宅、蓄家妓之风盛极一时。而当时城市商业经济的发达，色情业的畸形繁荣，又大大刺激了纨绔子弟的消费欲望，把他们的胃口吊得很高。红烛呼卢，千缗买笑，在“销金锅”里荡尽祖产的不肖子孙滔滔皆是。“君子之泽”往往二世、三世而斩，不待五世了。北宋沈括《梦溪笔谈》卷九《人事》记载过一个发人深省的故事：将军郭进新建府第落成，大开筵席，不但请木工瓦匠与宴，而且让他们坐在自家子弟们的上首。有人问道：公子们怎么好同匠人为伍呢？郭进指着工匠们说：这是造房子的。又指着子弟们说：这是卖房子的，当然应该坐在下风。进死后不久，府第果然落入他人之手。郭进者流，看问题不可谓不透彻，做事情不可谓不通达，然而有先见之明如此，又奚用建府第为？既建之矣，又为何不能对子弟们严加管教，使之成器？相比之下，词人能够不措意于营置田产，且“犬子”嘟嘟囔囔时乃能赋词骂之，真算得上是一位高明的家庭教育专家了。这在封建时代固然难能可贵，即便对于今天的人们，恐怕也还有一定的教育意义吧？

（钟振振）

# 水龙吟

原文

## 过南剑双溪楼

举头西北浮云，倚天万里须长剑。人言此地，夜深长见，斗牛光焰。我觉山高，潭空水冷，月明星淡。待燃犀下看，凭栏却怕，风雷怒，鱼龙惨。

峡束苍江对起，过危楼，欲飞还敛。元龙老矣！不妨高卧，冰壶凉簟。千古兴亡，百年悲笑，一时登览。问何人又卸，片帆沙岸，系斜阳缆？

鉴赏

祖国的壮丽河山，到处呈现着不同的面貌。吴越的柔青软黛，自然是西子的化身；闽粤的万峰刺天，又仿佛像森罗的武库。古来多少诗人词客，分别为它们作了生动的写照。辛弃疾这首《过南剑双溪楼》，就属于后一类的杰作。

宋代的南剑州，即是延平，属福建。这里有剑溪和樵川二水，环带左右。双溪楼正当二水交流的险绝处。要给这样一个奇峭的名胜传神，颇非容易。作者紧紧抓住了它具有特征性的一点，作了全力的刻画，那就是“剑”，也就是“千峰似剑铓”的山。而剑和山，正好融和着作者的人在内。上片一开头，就像将军从天外飞来一样，凌云健笔，把上入青冥的高楼，千丈峥嵘的奇峰，掌握在手，写得寒芒四射，凛凛逼人。而作者生当宋室南渡，以一身支拄东南半壁进而恢复神州的怀抱，又隐然蕴藏于词句里，这是何等的笔力。“人言此地”以下三句，从延平津双剑故事①翻腾出剑气上冲斗牛的词境。又把山高、潭空、水冷、月明、星淡等清寒景色，汇集在一起，以“我觉”二字领起，给人以寒意搜毛发的感觉。然后转到要“燃犀下看”(见《晋书·温峤传》)，一探究竟。“风雷怒，鱼龙惨”，一个怒字，一个惨字，紧接着上句的怕字，从静止中进入到惊心动魄的境界，字里行间，却跳跃着虎虎的生气。

换片后三句，盘空硬语，实写峡、江、楼。词笔刚劲中带韧性，极烹炼之工。这是以柳宗元游记散文文笔写词的神技。从高峡的“欲飞还敛”，双关到词人从炽烈的民族斗争场合上被迫退下来的悲凉心情。“不妨高卧，冰壶凉簟”，以淡静之词，勉强抑遏自己飞腾的壮志。这时作者年已在五十二岁以后，任福建提点刑狱之职，是无从施展收复中原的抱负的。以下千古兴亡的感慨，低回往复，表面看来，情绪似乎低沉，但隐藏在词句背后的，又正是不能忘怀国事的忧愤。它跟江湖山林的词人们所抒写的悠闲自在心情，显然是大异其趣的。

〔注〕

① 据《晋书·张华传》：晋尚书张华见斗、牛二星间有紫气，问雷焕；曰：是宝剑之精，上彻于天。后焕为丰城令，掘地，得双剑，其夕，斗牛间气不复见焉。焕

遣使送一剑与华，一自佩。华诛，失剑所在，焕卒，其子华带剑行经延平津，剑忽于腰间跃出堕水，化为二龙。

（钱仲联）

# 鹧鸪天

原文

## 代 人 赋

陌上柔桑破嫩芽，东邻蚕种已生些。平岗细草鸣黄犊，斜日寒林点暮鸦。

山远近，路横斜，青旗沽酒有人家。城中桃李愁风雨，春在溪头荠菜花。

鉴赏

辛弃疾这首写农村风光的词，看上去好像是随意下笔，但细细体会，便觉情味盎然，意蕴深厚。词的首二句在描写桑树抽芽、蚕卵开始孵化时，用了一个“破”字就非常传神，写出桑叶在春天的催动下，逐渐萌发、膨胀，终于撑破了原来包在桑芽上的透明薄膜。“破”字不仅有动态，而且似乎能让人感到桑芽萌发的力量和速度。第三句“平岗细草鸣黄犊”，“平岗细草”和“黄犊”是相互关联的，黄犊在牛栏里关了一冬，放牧平坡，乍见春草，欢快无比。“鸣”虽写声音，但可以令人想见黄犊吃草时的得意神态。第四句中的“斜日”“寒林”“暮鸦”按说会构成一片衰飒景象，但由于用了一个动词“点”字，却使情调起了变化。“点”状乌鸦或飞或栖，有如一团墨点。这是精确的写实，早春的寒林没有树叶，乌鸦黑色，在林中历历可见，故曰“点”。这使人想到马致远《天净沙》的警句“枯藤老树昏鸦”。两相比较，给人的感受就很不相同，马致远是在低沉地哀吟，而辛弃疾却是在欣赏一幅天然的图画。

词的上片主要是写近处的自然风光，下片则将镜头拉远，并进而涉及人事。“山远近，路横斜”，一笔就将视线拉开了，这种路在山区构成村落与村落之间的联系，并构成与外间世界的联系，生活在山间的人们，时常觉得那由村落伸展出去的路，会给他们带来新的东西。所以词人对眼前蜿蜒于山间的路有一种特殊的兴味。“青旗沽酒有人家”，横斜之路，去向不止一处，但词人的注意力却集中在有青旗标志的酒家上。山村酒店，这是很有特色的一种地方风物。词人在一首《丑奴儿近》中就写过：“青旗卖酒，山那畔别有人家。只消山水光中，无事过这一夏。”只写出酒家青旗，意思便在言外。一个“有”字透露出词人的欣喜心情。眼前的农村美景使他悟出了一种道理，在末两句中翻出了新意：“城中桃李愁风雨，春在溪头荠菜花。”那散见在田野溪边的荠菜花，繁密而又显眼，像天上的群星，一朵接一朵地迎着风雨开放，生命力是那样顽强，好像春天是属于它们的，而城中的桃李则忧风愁雨，春意阑珊。这两句，上句宕开，借“城中桃李”憔悴伤残的景象为下句作衬，虽只点桃李而可以使人自然联想到城中的人事；末句则收归眼前现境，“在”字稳重而有力，显然带有强调的意味。

这首词通过写景和抒情，表现了辛弃疾罢官乡居期间对农村的欣赏流连和对城市上层社会的鄙弃，并由此把词的思想意义向着更深广处扩展。荠菜花的花瓣碎小，没有鲜艳的颜色，浓郁的香味，在城市人眼里，一般是算不得什么花的，作者却偏偏热情地赞美，他所给以注意并加以捕捉的，还有桑芽、幼蚕、细草、黄犊等等,多半是新鲜的、富有生命力的事物。这些,连同那出现在画面上山村茅店的酒旗,都体现了一种健康的审美观。词中关于“城中桃李”和“溪头荠菜花”的对比,还含有对生活的带哲理性的思考,荠菜花不怕风雨,占有春光,在它身上仿佛体现了一种人格精神。联系作者篇首自注“代人赋”,当时很可能是朋辈中有人为辛弃疾罢官后的生活担忧,因而词人便风趣地以代友人填词的方式回答对方,一方面借荠菜花的形象自我写照,一方面又隐隐流露这样的意思——不要做愁风雨的城中桃李,要做坚强的荠菜花,以此与友人共勉。这首词把深刻的思想乃至哲理,与新鲜生动的艺术形象有机地结合起来,给人多方面的感发和启迪。

词与诗在语言的运用上是有差别的。这首词大部分用对句,又很注意动词的运用和某些副词、介词的搭配,词的上片“破”“鸣”“点”以及下片“有”“在”等都是很吃紧的字,这作为诗可能有欠浑厚,但放在词里却很本色。而且由于宋词多数都写得很艳美,这首写农村的词便相对地显得浑厚朴实,从语言到意境都迥别于剪红刻翠的一路,可说是词苑里一朵鲜明素净、精神勃发的“荠菜花”了。

(余恕诚)

# 鹧鸪天

原文

游鹅湖，醉书酒家壁。

春入平原荠菜花，新耕雨后落群鸦。多情白发春无奈，晚日青帘酒易赊。

闲意态，细生涯，牛栏西畔有桑麻。青裙缟袂谁家女，去趁蚕生看外家。

鉴赏

这是一首借景抒情的小词。借的什么样的景？词人描写得很具体，很生动。抒的什么样的情？却并非字面所表示的那样简单。

“春入平原荠菜花，新耕雨后落群鸦”，两句词，把农村写得恬静而又生机勃勃。白色的荠菜花开满田野，土地耕好了，又适逢春雨，群鸦在新翻的土地上觅食。很简单的几笔，却像画一样，把乡野春色摆在了读者面前。荠菜开花，而说“春入”，对平凡微贱的荠菜花所注与的感情，似比另一首《鹧鸪天》中“春在溪头荠菜花”的“在”字更浓烈。写“群鸦”也充满生意，不是聒噪得使人讨厌的那种形象。词人注意和刻画这些细物细事，可见其意态闲适。然而，接下来两句情绪却急转直下。“多情白发春无奈，晚日青帘酒易赊”，万种愁绪染白了的头发，这样生机勃勃的春天也拿它没有办法。表面上说的是“白发”，实际上讲的是“愁绪”。“多情白发春无奈”，只好到小酒店去饮酒解愁了。“多情”二字写得诙谐，但却是一种带有苦味的诙谐。在这诙谐中，让读者深切地感受到了作者无可奈何的情绪。

词人的愁绪何在呢？这首词有一小序：“游鹅湖，醉书酒家壁。”这两句话透露了端倪。这时期，词人被罢官落职，不得不退隐田园。当时他仅仅四十二岁。以一个中年人的精力，以“季子正年少，匹马黑貂裘”(《水调歌头》)的气概，他怎能耐得了清闲无为的生活？词人游鹅湖，面对生机勃勃的春天，联想到自己的遭遇，事业无成而年齿徒增的惆怅勃然而生。春天没有自己的份，而白发却偏偏多情纷至！

词人写得很巧妙，“以乐景写哀，以哀景写乐，一倍增其哀乐”(王夫之《姜斋诗话》)。词人的心境、遭遇颇令人同情。这就是上阕的艺术手法和艺术效果。

酒能消愁吗？作者没有明写，却紧接着在下阕又写了一番农村景致：村民悠闲自在，生活过得井井有条，牛栏左右的边角空地种满了桑麻。春耕刚完，春播未始，新蚕即将出生……大忙季节就要到来了，不知谁家的年轻媳妇，穿着白衣青裙，趁着大忙前的闲暇赶着去走娘家。看，写得多么好。如果说开篇两句词写景是大处着眼，那么，这里的几句写景则是近处落笔了。一个“闲”字，一个“细”字，一个“有”字，一个“趁”字，尽写出了农村的闲适与古朴。然而词人越是写得闲适、古朴，越会让读者联想到“多情白发春无奈，晚日青帘酒易赊”所流露出来的烦闷和无可奈何的情绪。看起来作者并没有写自己，而是着力描绘了一个“无我之境”，实际上“我”尽在其中，词人烦乱复杂的失意之情被这闲适之景衬托得更加突出了。

谈到这里，读者必然会提出又一个问题：词人既然喜欢农村，喜欢农村风光，为什么还要借酒浇愁呢？应该说，词人的这种喜爱也是真情实感，但更重要的原因恐怕还是同城里相对比而言的。词人在另外一首《鹧鸪天》词中，说出了他喜爱农村的原因。他说：“城中桃李愁风雨，春在溪头荠菜花。”城里的官场中有的是尔虞我诈、争权夺利，有的是夸夸其谈，食言而肥，词人看透了，厌烦了，所以，他认为美好的春天在田野，在溪头，在那满山遍野雪白的荠菜花中。他认为农村纯洁、清新。如今，他已经置身于纯洁、清新的农村中，却还要愁苦，那是另有其原因。在写本词的前后，辛弃疾“独宿博山王氏庵”，曾写了一首《清平乐》，有句云：“布被秋宵梦觉，眼前万里江山。”这梦寐不忘的祖国万里江山，才是词人真正关心的大事业，而如今，他却被排挤到农村，过起“闲意态”的生活来，他怎能不愁苦呢？所以，他不是不喜爱农村，但农村太恬静、安闲，远离开抗金第一线；他不是不喜爱春天，但春天却不能给他的政治生活也带来勃勃生机、带来新的希望。

写到这里，可以这样说，这首词写了作者的苦闷，透过这苦闷，表现了作者的追求，这就是景中所抒之情。

（杨牧之）

# 西江月

原文

## 夜行黄沙道中

明月别枝惊鹊，清风半夜鸣蝉。稻花香里说丰年，听取蛙声一片。

七八个星天外，两三点雨山前。旧时茅店社林边，路转溪桥忽见。

鉴赏

辛弃疾是南宋杰出的豪放派词人。他的风格以沉雄激越著称，但又不拘一格，在慷慨纵横之外，还有淡泊潇洒的一面。

这首词是辛弃疾中年时代经过黄沙岭道上写的几篇作品之一。黄沙岭在江西上饶西四十里，岭高约十五丈，深而敞豁，可容百人。下有两泉，水自石中流出，可溉田十余亩（见《上饶县志》）。宋孝宗淳熙八年（1181）冬，词人被奸佞中伤、弹劾以致罢官后，就开始在上饶家居，一直住了十五年左右。这中间虽然曾短期出仕，但基本上是蹲在上饶，有机会充分领略黄沙道上的风物之胜。描写这一带风景的词，现存约五首，即：《生查子》（独游西岩）二首、《浣溪沙》（黄沙岭）一首、《鹧鸪天》（黄沙道上即事）一首，以及本阕。它们从不同角度体现了辛弃疾部分写景词中清新俊逸和绰约自然的风格。

在这五首词中，最耐人寻味的是这首《西江月》。

这首词平易中见真切，浑沦处见准确，连绵中呈陡转。眼前常景，而能别开蹊径；脱手炼词，得刻物入神之妙。

“明月别枝惊鹊，清风半夜鸣蝉。”表面看来，这里的风、月、蝉、鹊都是极其平常的景物，然而经过作者巧妙的组合，就显得不平常了。鹊儿的惊飞不定，不是盘旋在一般树头，而是飞绕在横斜突兀的枝干之上。因为月光明亮，所以鹊儿被惊醒了；而鹊儿惊飞，自然也就会引起“别枝”摇曳。知了的鸣声也是有一定时间、空间和条件的。夜间的蝉声不同于烈日炎炎下的嘶鸣，而当凉风徐徐吹拂时，往往特别感到清幽。总的说来，“惊鹊”和“鸣蝉”两句都有动中寓静之妙。它们沐浴在“半夜”“明月”的清辉中，恰如法国小说家莫泊桑说过的：被“这明空的夜色的柔和情趣所浸润”（《月色》）。

“稻花香里说丰年，听取蛙声一片。”显然，这里词人所摄取的空间是由高而低了。词的开首原只是从长空写起，然而这里却一转而为对田野的刻画，表现了词人不仅为夜间黄沙道上的“柔和情趣”所“浸润”，更值得注意的是从扑面而来的漫村遍野的稻花香气中联想到即将到来的丰年景象。此时此地，词人与人民同呼吸的欢乐，真是喷薄而出不可遏止了。稻花飘香的“香”，固然点明稻花盛开，也说明词人心头的甜蜜之感。但报说丰年的主体，写出来却是那一片蛙声，构想奇妙。在词人的感觉里，俨然听到群蛙在稻田中齐声喧嚷，争说丰年。先出“说”的内容于前，再补“声”的来源于后。鹊声报喜、蛩吟诉哀之类，诗词中常写到，但以蛙声说丰年，不能不说是稼轩词的创造。

这短短四句构成的上片，纯然是抒写当时当地夏夜山道的景物和词人的感受，然而感受的核心分明是洋溢着丰收年景的夏夜。与其说是夏景，还不如说是眼前夏景带给人的幸福。

是不是眼前夏景的描写就到此为止了呢？不然。由于上片结尾，构思和音律出现了显著的停顿，因此下片开头，就需要树立一座峭拔挺峻的奇峰，有待运用对仗手法，以加强稳定的音势。你看吧，“七八个星天外，两三点雨山前”，不都是随手拈来的吗？然而却多么洒脱，多么深稳！

“星”是寥落的疏星，“雨”是轻微的阵雨，这些都更策应着上片的清幽夜色、恬静气氛和朴野成趣的乡土气息。特别是一个“天外”，一个“山前”，本来是遥远而不可捉摸的，可是笔锋一转，小桥一过，乡村林边茅店的影子，却意想不到地出现在眼前了。这分明是远而忽近，隐而骤明，说明前此词人对黄沙道上的路径尽管很熟，可总因为醉心于倾诉丰年在望之乐的一片蛙声中，竟忘却了越过“天外”，迈过“山前”，连早已临近的那个熟而能详的社庙旁树林边的茅店，也都不知不觉了。前文“路转”，后文“忽见”，这是多么美丽的春云乍展！既衬出了词人骤然间看出了分明临近旧屋的欢欣，更表现了他由于沉浸在稻花香中以至忘记了道途远近的怡然自得的入迷程度。

一首短短的小词，它的题材内容不过是一些看来极其平凡的景物，语言没有任何雕饰，没有用上一个典故，层次安排也完全是听其自然，悠然而起，悠然而住。这样的构思和描绘，可以说是辛词平淡风格中最典型的了，但淡泊中的淳厚却更见功夫。

这渊源于词人的雄浑豪迈的气质和情真意挚的心灵两相结合的创作个性。他的一腔伤时忧国之情，在不少场合固然表现为瀑布式的奔泻，但有时却又运用旁敲侧击或烘云托月的方法，特别是选取有典型特征的景物，比兴并用，赋予景物以情感色彩和见微知著的寄托，雄浑中见其轻快。从作者的翛然心境和灵活笔调看来，却分明和他的主要风格——胸襟浩瀚与气势纵横相通，洒脱而不失其凝浑，平易而不失其精切。元好问评陶潜诗有云："一语天然万古新，豪华落尽见真淳。"（《论诗三十首》）对这首《西江月》也非常适用。

（吴调公）

# 鹊桥仙

原文

## 己酉山行书所见

松冈避暑，茅檐避雨，闲去闲来几度？醉扶怪石看飞泉，又却是、前回醒处。

东家娶妇，西家归女，灯火门前笑语。酿成千顷稻花香，夜夜费、一天风露。

鉴赏

这首词作于淳熙十六年己酉(1189)，作者五十岁，罢官后家居江西上饶。作者生平所写的词，以“壮词”为主；但他在上饶、铅山家居的时候，也写了不少意境清新的农村词，这首《鹊桥仙》就是其中之一。

辛弃疾上饶新居，筑于城西北一里许的带湖之滨，登楼可以远眺灵山一带的山冈，所以他把自己的楼屋起名为集山楼(后改名雪楼)。词的开头三句：“松冈避暑，茅檐避雨，闲去闲来几度？”总写他日常在带湖附近的山冈上游览、憩息的情况。松冈、茅檐，山上、原野各举一地作代表；避暑、避雨，晴天、雨天各举一事作代表；总之，是包括山上、山下，晴雨、昼夜、四季等各种地点和日子的。自己记不得往来多少次，要问问是“几度”，便见是经常不断了。这句总束前两句，着一“闲”字，对作者来说，是很可伤的。他不是贪“闲”而是怕“闲”的人，“闲”是被迫的，正如陆游《病起》诗所说的“志士凄凉闲处老”，他自己的《临江仙》词说的“老去浑身无着处，天教只住山林”。词的接下去两句“醉扶怪石看飞泉，又却是、前回醒处”，具体特写当天的一件事。酒醉未醒，走路时身体摇晃不支，只好扶着一块怪石，停在那里看飞泉，蒙眬中以为这是新停留的地方，稍一定神，便记起它依然是前回酒醒之处，也还是经常止息的地方。这两句特写，从怪石、飞泉表现作者的热爱自然，更主要的是表现他的醉酒。作者的“醉”和他的“闲”一样，都是被迫而致的，郑重写它，是为了表现英雄失路之痛，对朝政失望之悲。闲逸中真有无穷血泪。

作者家居心情，有悲痛的一面，也有豁达的一面，两者都是真诚的，都来自他的高尚品格。由于后者，使得他在农村中，不但有热爱自然的感情，而且也有热爱农村生活、热爱劳动农民的感情。词的下片，正是表现了这种感情。“东家娶妇，西家归女，灯火门前笑语。”写农民婚娶的欢乐、热闹情况。这和作者孤独地停留在山石旁的寂寞情况，是强烈对照，足以刺激他格外感到寂寞的。但作者的心情并非如此，他分享了农民的欢乐，冲淡了自己的感慨，使词出现了和农民感情打成一片的热闹气氛。“酿成千顷稻花香，夜夜费、一天风露。”结尾两句，更写出了为农民的稻谷丰收在望而喜慰，代农民感谢夜里风露对于稻谷的滋润。这时他已暂时忘记自己的处境，把整个心情投入对于农民的爱和关心。

这首词在描写自己的闲散生活中透露身世之痛，在描写农民的纯朴生活中，反映了作者的超旷、美好的感情；而最终，把身世之痛融解在这种美好的感情中，使词的意境显得十分的清新、旷逸。

（陈祥耀）

# 蝶恋花

原文

## 戊申元日立春席间作

谁向椒盘簪彩胜？整整韶华，争上春风鬓。往日不堪重记省，为花长把新春恨。

春未来时先借问，晚恨开迟，早又飘零近。今岁花期消息定，只愁风雨无凭准。

鉴赏

宋孝宗淳熙十五年戊申（1188）正月初一这一天，刚好是立春的日子。人们进椒盘，簪彩胜，喜气盈盈，忙着庆贺这个双喜的节日。韶华正盛的年轻人更是天真烂漫，兴高采烈，欢呼新春的及时到来。削职闲居于带湖之滨的辛弃疾，眼看着这一派歌舞升平的气象，却怎么也乐不起来。自然界的节候推移，触发了他满怀的忧国之情。这一年他已四十九岁，屈指一算，他渡江归宋已经整整二十七个年头了。二十七年来，他年年盼，日日盼，盼望恢复大业成功，可是无情的现实却使他一次又一次地失望了。于是，他在春节的宴席上挥毫写下这首小词，借春天花期没定准的自然现象，含蓄地表达了自己对国事与人生的忧虑。辛词善于以比兴之体寄托政治感慨，寄托的形式多种多样，像本阕这样的借节序以寓情的写法，就是其中很重要的一种。宋末张炎《词源》论“节序”时，举周邦彦《解语花·元宵》、史达祖《东风第一枝·立春》《喜迁莺·元夕》为标本，要求这一题材的词做到“不独措辞精粹，又且见时序风物之盛，人家宴乐之同”。这种看法，作为对题面与修辞所悬的标准，是合情合理的；但若执此一端作为衡量节序词高低的尺度，则未必全面。稼轩此词，不受正宗词派的羁勒，于“时序风物”与“人家宴乐”之中生发出题面之外的高远情怀，应该说，它的思想意义与抒情价值是远在一般节序词之上的。

词的上片，通过节日里众人热闹而自己索然无味的对比描写，展示出自己与众不同的感伤情怀。首三句“谁向椒盘簪彩胜？整整韶华，争上春风鬓”，所咏皆当时民间春节风俗。旧俗，正月初一日各家以盘盛椒进献家长，号为椒盘。彩胜，即幡胜。宋代士大夫家多于立春之日剪彩绸为春幡，或悬于家人之头，或缀于花枝之下，或剪为春蝶、春钱、春胜等以为戏。整整，稼轩所宠爱的吹笛婢，这里举以代表他家中的少男少女们。正当美好年华的整整等人，争着从椒盘中取出春幡，插上两鬓，春风吹拂着她们头上的幡胜，十分好看。这个细节渲染，与稼轩《汉宫春·立春》一阕开头的“春已归来，看美人头上，袅袅春幡”辞异而事同，都是以节日里不知忧愁为何物的年轻人的欢乐，来反衬自己“忧愁风雨”的老年怀抱。四、五两句：“往日不堪重记省，为花长把新春恨。”承上意而勾转一笔，说明自己并非不喜欢春天，不热爱生活，而是痛感无忧无虑的生活对于自己早已成为“往日”的遥远回忆。不唯如此，不堪回首往事的原因还在于：在过去的年代里，作者岁岁苦盼春来花开，可年复一年，春虽来了，“花”的开落却无凭准，这就使人常把新春怨恨，再没有春天一来就高兴的旧态了。这里一个“恨”字，暗含多少感慨，是恨自然界的春天，还是恨春天所象征的什么？作者设置悬念，自己不作答，让读者根据全篇的意象描写和感情倾向去琢磨、去领会。

词的下片，承上片末之“恨”字而来，专写作者对“花期”的担忧和不信任。字里行间，充满了怨恨之情。这种恨，是爱极盼极所生之恨。综合起来，这五句是表达如下一个连贯的思想过程：作者急切盼望春来，盼望“花”开，还在隆冬就探询“花期”；但花期总是短暂的，开晚了让人等得不耐烦，开早了又让人担心它很快凋谢；今年是元日立春，花期似乎可定，可以不像往年那样“为花常把新春恨”了，可是开春之后风风雨雨尚难预料，谁知今年的花开能否如人意？作者在这里婉转曲折地表达了对理想中的事物又盼望、又怀疑、又担忧，最终还是热切盼望的矛盾复杂心情。作者对什么样的事情才具有如此缠绵反复、坚凝执着的心理呢？当然只有抗金复国这一项大事业了！所谓“花期”者，即是作者时时盼望的南宋朝廷改变偏安政策，决定北伐中原的日期。作者写此词前两个月，太上皇赵构死了！这对于恢复大业也许是一个转机。如果宋孝宗此后善作决断，改变偏安路线，则抗金的“春天”必将到来。可是锐气已衰的孝宗此时已无心于事业，赵构刚死，他就下令皇太子赵惇“参决国事”，准备效法他老子传位于太子，自己当太上皇享清福了。由此看来，“花期”仍无定准，“风雨”也难预料。上饶离临安不远，稼轩在春节前肯定听到了这些消息。他心中的忧愁是可想而知的。当然，稼轩下笔之先，也许只是节日即兴，吟咏春事，但由于平时感情郁积很深，所以情不自禁地把自己对时局的忧虑灌注到节序描写中去，从而使得此词在客观上具备了政治象征意义。通篇比兴深婉，含而不露，将政治上的感受和个人遭遇的愁苦表达得十分深沉动人。

（刘扬忠）

# 生查子

原文

## 独游雨岩

溪边照影行，天在清溪底。天上有行云，人在行云里。

高歌谁和余？空谷清音起。非鬼亦非仙，一曲桃花水。

鉴赏

范开在《稼轩词序》中说："其间固有清而丽、婉而妩媚，此又坡词之所无，而公词之所独也。"这一阕《生查子》，正属于此类，有别于他忧时感事诸作之"淋漓慷慨"。

此词作年虽然难以确考，但毫无疑问是在投闲置散，退居带湖期间，"倦途却被行人笑，只为林泉有底忙"（《鹧鸪天》）的情况下写作的。题目中的"雨岩"，位于江西永丰县西二十里的博山脚下。韩淲《涧泉集》卷十二有题为《朱卿入雨岩，本约同游，一诗呈之》的诗说："雨岩只在博山隈，往往能令俗驾回。挈杖失从贤者去，住庵应喜谪仙来。中林卧壑先藏野，盘石鸣泉上有梅……"可以帮助我们想见其风光的清幽。稼轩流连雨岩，除为它填了这一阕《生查子》外，还填了《念奴娇》（近来何处有吾愁）、《水龙吟》(补陀大士虚空)、《山鬼谣》(问何年)和《蝶恋花》(九畹芳菲兰佩好)等四阕,足见其对此处景观的喜爱。

一般双叠的词,往往上片写景,过片后抒情,这一首却并非如此,而是上、下片皆即事叙景,寓情于事与景中。

上片前二句"溪边照影行,天在清溪底",写词人在溪边行,从溪水倒影中照出,以见溪水的清澈。溪中倒影不但有人,而且有天,天且在溪底,把清溪之"清"写尽。溪水平明如镜,人影只是水镜中一点,其背景有广阔的天空,一齐照入溪水,这正以反映溪面之大,不是小小的镜子只能照得一个人影出来。但天空本是青冥无物,照入水底如何见出?于是借"行云"来点逗。行云本附于天,如今水底的天反借行云而见,这是词人体物精到处。"天上有行云"句,如果理解为天上之天,便呆,这是说的水底之天,它承上补足"天在清溪底"句,启下引出"人在行云里"句。这个"人"是遥应首句溪水中的"照影",这才有"在(水底天的)行云里"的视觉感受。上片四句全从清溪倒影落墨,表现的是词人当时那种自觉行走于蓝天之上、白云之中的飘飘似仙的独特感受和恬静愉悦的心情。贾岛《送无可上人》诗有"独行潭底影,数息树边身"两句,与稼轩这上片有近似处。他曾在这两句后注云:"二句三年得,一吟双泪流。知音如不赏,归卧故山秋。"其实他那两句并不怎么出色,远不如稼轩这上片清新自然,而更富于韵味。原因安在呢?恐怕是在于贾岛是有意于作诗而用力太过,稼轩是"未尝有作之之意"而"得之于行乐"(范开《稼轩词序》)吧。

下片前二句"高歌谁和余?空谷清音起",更辟新境。写自己"高歌"而问"谁和余",意在殷切希望有相和者。不闻有人和,所闻者只有"空谷"中响起的"清音",意在感叹孤独。这种孤独感,恐怕不能只理解为没有旅游的伴侣，必须同词人力主抗金、和者甚寡、当时正被打击、被弃置的特定生活联系起来，看到这是词人壮志难酬的愤懑之情的有意无意的流露。后二句“非鬼亦非仙，一曲桃花水”，写得极细腻。苏轼《夜泛西湖》五绝句中，有句云：“湖光非鬼亦非仙，风恬浪静光满川。”词人在这里借用了“非鬼亦非仙”五字，表现的是他听到“空谷清音起”后的心理活动。他“高歌”之后，在这四望无人的地方，乍一听到“空谷”的“清音”，初起怀疑是鬼怪发出的，继又怀疑是神仙发出的，末了才又加以否定，得出“非鬼亦非仙”的结论。究竟是什么发出的“清音”呢？最后点明，是“一曲桃花水”。《礼记·月令》上说：“仲春之月，始雨水，桃始华。”《汉书·沟洫志》“来春桃华水盛”注引《月令》后解说：“盖桃方华时，既有雨水，川谷冰泮，众流猥集，波澜盛长，故谓之桃华水耳。”“一曲桃花水”，潺潺长流，清音流转（左思《招隐》：“非必丝与竹，山水有清音。”），以此作结，词人之情好像也恰似“一曲桃花水”，没有穷尽。

刘大櫆在《论文偶记》中说：“文者，变之谓也。”虽然是就文而言的，但亦完全适用于诗词。这一阕《生查子》，上片着重写“游”及其所见，以写形为主，客观色彩较强，笔法自然平实，而下片着重写“独”及其所闻，以写声为主，主观色彩较浓，笔法婉转曲折，不就是很富于变化的吗？

（何均地）

# 忆王孙

原文

秋江送别，集古句。

登山临水送将归。悲莫悲兮生别离。不用登临怨落晖。昔人非。惟有年年秋雁飞。

鉴赏

诗有集古人句子而成者，称集句诗，始于晋代傅咸的《七经诗·毛诗》，集《诗经》句子而成。后继起者不乏其人。宋代王安石，晚年做了许多集句诗，有达百韵者。文天祥以集杜诗著称，达二百首。这种集句诗，偶一为之，无伤大雅，连篇累牍，近乎文字游戏，实不足法。词有集句词，始于王安石。而后苏轼有《南乡子·集句》三首，且标出所集诗句的原作者。由于词是长短句，诗多五言七言的整齐句式，因此，集句词就不可能像集句诗那样泛滥开去，它的数量是有限的。这种集句词可以称为词之杂体。辛弃疾的这首《忆王孙》在辛词中也是仅有的。

“登山临水送将归”，出于宋玉《九辩》：“悲哉秋之为气也，萧瑟兮草木摇落而变衰。憭栗兮若在远行，登山临水兮送将归。”辛弃疾用它点出送别之意。自从宋玉写了《九辩》之后，悲伤的感情与萧瑟的秋景结下了不解之缘，抒写悲秋的感情，也成为骚人墨客的传统。辛词既用《九辩》成句，“多情自古伤离别，更那堪冷落清秋节”的悲伤，也就不言而喻了。“登山临水”，也有山一程、水一程依依惜别的深情。

凡是集古句而成的诗词，所用句子应兼与原诗中前后句意相关联，起丰富内容的作用。“悲莫悲兮生别离”见于屈原《九歌·少司命》，它的下句是“乐莫乐兮新相知”。由此可见，辛弃疾所送别的是刚刚结识的知心朋友，因此“悲莫悲兮”，格外悲伤。中国文学史上屈宋并称，辛弃疾将宋玉和屈原的词句组合一起，读起来分外有味，可赞为集得巧。

“不用登临怨落晖”是杜牧《九日齐山登高》中的句子，这一联为“但将酩酊酬佳节，不用登临怨落晖”。“登临”二字与“登山临水”呼应。落日斜晖，暮霭沉沉，到了分手时刻；登临送别，黯然消魂，此后天各一方。为此，人们常常怨恨落晖无情。可是，日出日落，青山绿水，岂不是大自然的本来面貌，何用怨恨？意似排遣，实为深沉的离别之恨，不是因为秋天，也不是因为落晖才有这样的离愁啊！

“昔人非”来自苏轼《陌上花》“江山犹是昔人非”的诗句。限于格律，用“昔人非”三字包含全句意思。“江山犹是”与不用怨落晖紧紧相承。“昔人非”意思非止一层，自然长存，人事迅变；世事纷纭，何能究悉；物是人非，感慨万千。结句“惟有年年秋雁飞”，补出“江山犹是”之意。这是李峤《汾阴行》中的句子。《汾阴行》以汉武帝汾阴祭后土祠的盛况反衬眼前所见的凄凉。“昔时青楼对歌舞，今日黄埃聚荆棘。山川满目泪沾衣，富贵荣华能几时。不见只今汾水上，唯有年年秋雁飞。”可见，辛弃疾由送别写起，逐步扩大到人生感慨和“风景不殊，正自有山河之异”的愤懑。南宋偏安一隅，不思恢复北方沦陷的领土，故坚决抗金的辛弃疾，借此表示痛心之情。这首词大致作于辛弃疾被弹劾落职，退居江西上饶期间，由离别之悲引起人生感叹和“山川满目泪沾衣”的心情，也是十分自然的。

集古句而成的送别词，写得如此深沉，转接自如，表现出辛弃疾词的创作的深厚功力。

（吴　锦）

# 木兰花慢

原文

中秋饮酒将旦，客谓前人诗词有赋待月，无送月者，因用《天问》体赋。

可怜今夕月，向何处、去悠悠？是别有人间，那边才见，光影东头？是天外空汗漫，但长风浩浩送中秋？飞镜无根谁系？姮娥不嫁谁留？

谓经海底问无由，恍惚使人愁。怕万里长鲸，纵横触破，玉殿琼楼。虾蟆故堪浴水，问云何玉兔解沉浮？若道都齐无恙，云何渐渐如钩？

鉴赏

词到稼轩，风格和意境两方面，都大为解放。对于他来说，无句不可入词，无事不可为词，表现了极高的文学天才。

有一个中秋夜，宴饮将旦，座中有客见月轮西沉，说起前人诗词中有写待月的，而没有写送月的。稼轩有感而发，写下这首《木兰花慢》词。

中国历史上第一位大诗人屈原曾写过一篇《天问》，全篇是对天质问，一连问了一百七十多个问题。辛弃疾使用《天问》体，从"月落"着笔，驰骋想象的翅翼，连珠炮似的对月发出一个个疑问。看他妙趣横生的发问吧：

今晚的月亮多么可爱呀，悠悠忽忽向西走，究竟要到什么地方去呢？接着又问：是另外还有一个人间，那边刚好看到你升起在东头呢？还是在那天外广阔的宇宙，空无所有，只有浩浩长风把您——这美好的中秋月送走呢？您像一面飞入天空的宝镜，却不会掉下来，难道有谁用一根无形的长绳把你系住？月宫里的嫦娥直到如今没有出嫁，不知又是谁把她留住了呢？听说月亮游过海底，可又无从查问根由，这事真是不可捉摸，而叫人发愁。我怕大海中万里长鲸横冲直撞，会触破月宫的玉殿琼楼。月从海底经过，会水的虾蟆不用担心，可是那玉兔何曾学会游泳呢？如果这一切都安然无恙，明月呵，我问你，为何逐渐变成弯钩模样？

词人想象的翅翼，一会儿飞向广阔的太空，一会儿沉入深幽的海底，对月亮问出一连串的问题，问得奇，问得妙，问得异想天开，问得饶有风趣，问得耐人寻味。词人把有关月亮的种种神话传说，巧妙地加以编织，使之成一统一的整体，创造出更富有浪漫主义色彩的神话形象。月里的玉兔、虾蟆被写得活灵活现。大概因为她"独处无郎"吧，历来诗人们都爱和嫦娥开玩笑，大诗人李白就曾把酒问月："嫦娥孤栖与谁邻？"(《把酒问月》)北宋张孝祥在一个中秋夜没有见到月亮，就想入非非，说"姮娥贪共，暮雨朝云，忘了中秋"(《诉衷情》)。现在稼轩又风趣地发问："姮娥不嫁谁留？"与前贤有异曲同工之妙。

当然，稼轩写这首词不只是驰骋艺术才思而已，词中发出一系列疑问，或许多少反映了一些他对现实政治的困惑莫解吧。

在诗词中，向月亮发问，前已有之，不算什么发明创造。如李白的“青天有月来几时，我今停杯一问之”，苏东坡的“明月几时有，把酒问青天”等，然而，稼轩问月，所显示的聪明睿智的思想光辉，却是前人所不及的。月亮绕地球旋转这个科学现象的发现，曾引起天文学界的革命。而在哥白尼前三四百年，中国宋代词人辛弃疾在观察月升月落的天象时，已经隐约猜测到这种自然现象了。无怪乎大学者王国维拍案惊奇。他在《人间词话》中说：“稼轩中秋饮酒达旦，用《天问》体作《木兰花慢》以送月曰：‘可怜今夕月，向何处，去悠悠？是别有人间，那边才见，光影东头？’词人想象，直悟月轮绕地之理，与科学家密合，可谓神悟！”

稼轩用《天问》体写词，通篇设问，一问到底，这在宋词中是一创格，表现出作者大胆创新、不拘一格的艺术气魄。在这首词的作法上，辛弃疾打破了词的上下片的界限，一口气对月发出一连串的疑问。词的用韵也完全适应豪纵激荡的感情，读起来一气贯注，势如破竹。并且多用散文化句式入词，使词这种形式更能挥洒自如地表现思想感情，给作品带来不可羁勒的磅礴气势。后世评论家尝谓辛词随所变态，不主故常，雄放恣肆，横绝古今，于这首《木兰花慢》可见一斑了。

（高　原）

# 八声甘州

原文

夜读《李广传》，不能寐。因念晁楚老、杨民瞻约同居山间，戏用李广事，赋以寄之。

故将军饮罢夜归来，长亭解雕鞍。恨灞陵醉尉，匆匆未识，桃李无言①。射虎山横一骑，裂石响惊弦。落魄封侯事，岁晚田园。

谁向桑麻杜曲，要短衣匹马，移住南山②？看风流慷慨，谈笑过残年。汉开边、功名万里，甚当时、健者也曾闲？纱窗外、斜风细雨，一阵轻寒。

〔注〕

① 桃李无言：司马迁在《李将军列传》中引用民间谚语"桃李无言，下自成蹊"称赞李广，意谓李广虽不善于言辞，但为人忠实，为天下人所共仰。

② 南山：即终南山，在陕西蓝田县南，为李广罢官时住处。

鉴赏

辛弃疾是一个“慷慨有大略”的英雄，二十二岁即起兵抗金，南归以后亦所至多有建树。但因为人刚正不阿，敢于抨击邪恶势力，遭到朝中群小的忌恨，一直未能实现恢复中原的理想，且被诬以种种罪名，在壮盛之年削除了官职。此种肝胆和遭遇，极似汉时名将李广。因此，他特别同情和思慕这位不幸的“飞将军”，多次在词中写到李广的事迹。此词即借李广功高反黜的不平遭遇，抒发自己遭谗被废的悲愤心情。题语说“夜读《李广传》，不能寐”，可见作者当时的情绪是非常激动的。后边说“戏用李广事”，则不过是寓庄于谐的说法罢了。词的作年尚无确考，但题语中有寄晁楚老、杨民瞻语，当是第一次罢官闲居上饶时作。因作者此时多有赠晁、杨词，尔后所作则无之。

上片略叙李广的事迹。《史记·李将军列传》载李广罢官闲居时“尝夜从一骑出，从人田间饮。还至霸陵亭。霸陵尉醉，呵止广。广骑曰：‘故李将军。’尉曰：‘今将军尚不得夜行，何乃故也！’止广宿亭下”。开篇至“无言”数句即写此事。特别突出“故将军”一语，以居篇首，表示对灞陵尉的愤慨。又直接把司马迁对李广的赞辞“桃李无言，下自成蹊”当作李广的代称，表示对李广朴实性格的赞赏。一褒一贬，爱憎分明。一代名将竟遭如此奚落，可见世风何等浇薄。传文又载：“广出猎，见草中石，以为虎而射之。中石，没镞。视之，石也。”“射虎”二句即写此事。单人独骑横山射虎，可见胆气之豪；弓弦惊响而矢发裂石，可见筋力之健。如此健者而被废弃，又可见君相何等昏庸。传文又载李广语云：“自汉击匈奴而广未尝不在其中，而诸部校尉以下，才能不及中人，然以击胡军功取侯者数十人，而广不为后人，然无尺寸之功以得封邑者何也？”“落魄”二句乃言此事。劳苦而不得功勋，英勇而反遭罢黜，可见朝政何等黑暗。以上三事有美有刺，蕴意很深，但叙述平淡，含而不露，可谓深得《春秋》笔法。一篇李广传长达数千字，但作者只用数十字便勾画出了人物的性格特征和生平梗概，而且写得有声有色，生动传神，真有超凡入圣的本领。

下片发抒自己的感慨。换头至“残年”数语化用杜甫《曲江三章》第三首“自断此生休问天，杜曲幸有桑麻田，故将移住南山边，短衣匹马随李广，看射猛虎终残年”诗句。题语云“晁楚老、杨民瞻约同居山间”，此处即以杜甫思慕李广之心，隐喻晁、杨亲爱自己之意，盛赞晁、杨不以穷达异交的高风，与开头所写灞陵呵夜事形成鲜明的对照。其中“看风流慷慨，谈笑过残年”一语，又上应“落魄封侯事，岁晚田园”句，表现出宠辱不惊、进退不疑、正道直行、无所悔恨的坚强自信。“汉开边”一问借汉言宋，感慨极深沉，讽刺极强烈。细绎之有多层意：其一盖谓汉时开边拓境，号召立功绝域，健如李广者本不当投闲，然竟亦投闲，可见邪曲之害公、方正之不容，乃古今一辙之通病，正不必为之怅恨；其二乃谓汉时征战不休，健如李广者尚且弃而不用，今日求和讳战，固当斥退一切勇夫，更无须为之嗟叹。以上皆反面意，其正面意则是痛恨朝政腐败，进奸佞而逐贤良，深恐国势更趋衰弱。作者遭到罢黜，乃因群小谗毁所致，故用“纱窗外、斜风细雨，一阵轻寒”之景作结，隐喻此辈之阴险和卑劣，并以点明题语所云“夜读”情事。

隐括前人诗文入词，极易流于空泛浅薄。虽是大家手笔，亦难尽善尽美。其才短气弱者，则不过缩写文辞、改换句式、调整声韵而已，更无情采可言。此词亦隐括前人诗文，却写得异常完美。不但“连缀古语，浑然天成”（冯煦《蒿庵论词》），而且蕴藉含蓄，悲壮深沉，具有强大的感染力。其所以如此，是因为作者在隐括前人辞句时加进了生动的想象，融入了深厚的情感。如上片写灞陵呵夜事，加进“长亭解雕鞍”的想象，便觉情景逼真；写出猎射虎事，加进“裂石响惊弦”的想象，更觉形神飞动。下片“汉开边、功名万里，甚当时、健者也曾闲”一问，声长情激，气劲辞婉，几经顿挫才把意思说完，寄寓无穷感慨，包含无限悲愤。赵尊岳《填词丛话》云：“词之品质，在文字谓之实，谓之泛。在内心谓之真，谓之伪。情真则自深，伪则本无所蓄，求其不泛，不可得也。”（见《词学》第三辑）情真辞实，蓄积深厚，“胸有万卷，笔无点尘”（《词苑丛谈》卷四引彭孙遹语），乃是此词卓绝的根本原因。

（罗忠族）

# 水调歌头

原文

壬子三山被召，陈端仁给事饮饯席上作。

长恨复长恨，裁作短歌行。何人为我楚舞，听我楚狂声？余既滋兰九畹，又树蕙之百亩，秋菊更餐英。门外沧浪水，可以濯吾缨。

一杯酒，问何似，身后名？人间万事，毫发常重泰山轻。悲莫悲生离别，乐莫乐新相识，儿女古今情。富贵非吾事，归与白鸥盟。

鉴赏

这是一首感时抚事的答别之作。宋光宗绍熙三年（1192）初，辛弃疾出任福建提点刑狱，是年底（1193 年 2 月），由三山（今福建福州）奉召赴临安，当时正免官家居的陈岘（字端仁）为他设宴饯行，遂慨然而赋是词。

“饮饯席上”的送别或答别之作，一忌拘泥，二忌空泛，三忌应景，四忌因袭。缘事抒感，送之以情，答之以情，推陈出新，把自己内心深处的真实感情掬示出来，才能摇动人心，臻于上乘。在古典诗词中，送答之作汗牛充栋，然而真正能流芳千古的，并不很多。辛稼轩此作，应该说还是好的。它好就好在抒写了自己的真情实感，写出了他的人格和志节，表达了他忧国忧时而又无人理解的悲愤。

上片分两层，前两韵是第一层，直接抒写诗人的“长恨”和“有恨无人省”的感慨。发端直接切入自己的感慨：“长恨复长恨，裁作短歌行。”这样发端，乍看似觉突兀；其实稍加品索，就会明白其深刻的感情背景。神州陆沉，金瓯半缺，“南共北，正分裂”（《贺新郎》），被占区人民处在金人统治之下，而偏安一隅的南宋小朝廷非但不图恢复，还对主张抗金北伐的人士进行压制，词人自己就屡屡受到打击。他那“把吴钩看了，栏杆拍遍”（《水龙吟》），随时准备奔赴抗金前线的豪情壮志，竟“无人会”——无人理解。所有这些，对一个志在恢复的爱国者来说，焉得不恨！这里重复言之，正见词人恨之深，恨之巨，恨之绵长不尽。如此“长恨”，在“饮饯席上”岂能尽言？所以词人只能用高度浓缩的语言，把它“裁作短歌行”。“短歌行”，原是古乐府《平调曲》名，多用作饮宴席上的歌辞。词人信手拈来，而又不使人疑为用事，自然而巧妙地点明了题面。“长恨”而“短歌”，不仅造成形式上的对应，更主要的是显示出那种恨不得尽言而又不能不言的情致。接下来“何人”一韵紧承首韵中的“裁作”句而来，合用了两个典故。《史记·留侯世家》载，汉高祖刘邦“欲废太子，立戚夫人子赵王如意”，由于留侯张良设谋维护太子，事不得谐，戚夫人因向刘邦哭泣，刘邦便对她说：“为我楚舞，吾为若楚歌。”歌中表达了刘邦事不从心的苦衷。又《论语·微子篇》载，楚国隐士接舆曾唱歌当面讽刺孔子迷于从政，疲于奔走，《论语》因称接舆为“楚狂”。词人巧妙地把这两个典故熔铸在一起，进一步抒发了他虽有满腔“长恨”而又无人理解的悲愤，一个“狂”字，更突出了词人不肯苟合的磊落情怀。宋亡入元不仕的大词人刘辰翁评及这一韵时说：“英雄感怆，有在常情之外，其难言者，未必区区妇人孺子间也。”正见此韵寓意高远。从遣词造句看，这一韵还妙在用“何人”呼起，以反诘语气出之，大大增强了词句的感人力量；而“为我楚舞”，“听我楚狂声”，反复咏言，又造成一唱三叹、回肠荡气的艺术效果。后两韵为上片第二层，转写词人的志节和操守。对一个志在恢复的爱国者来说，虽有壮志难酬的“长恨”，更有无人会此“长恨”的悲愤和苦恼，难道就可以心灰意懒，甚至改节易志了么？不。词人在直抒胸臆以后，紧接着就以舒缓的语气写道：“余既滋兰九畹，又树蕙之百亩，秋菊更餐英。”一韵三句，均用屈原《离骚》诗句。前两句径用屈原原句，只是“兰”字后少一“之”字，“畹”字后少一“兮”字。“餐英”句则从原句“夕餐秋菊之落英”概括而来。兰、蕙都是香草，“滋兰”“树蕙”，是以培植香草比喻培养自己美好的品德和志节。而“饮露”“餐英”，则是以饮食的芳洁比喻品节的纯洁和高尚。屈原在忠而被谤、贤而见逐的情况下，仍然坚定地持其“内美”和“修能”，执着地追求自己的理想，决不肯因为奸佞得逞、党人横行而改变自己爱国忧民的志节和情操。词人引用屈原诗句，正是以屈原的高尚情操和志节自况，表明自己决不肯随波逐流与投降派同流合污，沆瀣一气。下面歇拍一韵看似宕开，实际仍承前韵词意，从另一个角度表明自己的志节和操守。这里又用一典。《楚辞·渔父》中说，屈原被放逐，“游于江潭”，“形容枯槁”，渔父问他为什么到了这种地步，屈原说：“举世皆浊我独清，众人皆醉我独醒，是以见放。”渔父劝他“与世推移”，不要“深思高举”，自讨其苦。屈原说：“宁赴湘流，葬于江鱼之腹”，也不肯“以皓皓之白，而蒙世俗之尘埃”。渔父听后，一边摇船而去，一边唱道：“沧浪之水清兮，可以濯我缨；沧浪之水浊兮，可以濯我足。”意思是劝屈原要善于审时度势，采取从时随俗的处世态度。词人化用此典，意在表明自己的志节情操。这里所强调的是“清斯濯缨”，亦即屈原那种宁死也不肯改其志节的光明磊落精神。

词的下片在批判轻重颠倒、是非不分的社会现实的同时，进一步表明了自己决不随世浮沉的处世态度。也分两层，换头两韵为第一层，再以沉郁之笔抒写志业难酬的悲愤。换头三句遥应篇首，意在抒发自己理想无从实现的感慨，情绪又转入激昂。据《世说新语·任诞》载，西晋张翰（字季鹰），为人“纵任不拘”，有人问他：“卿乃可纵适一时，独不为身后名耶？”他说：“使我有身后名，不如即时一杯酒。”词人用张翰的典故，明明是在发牢骚。他的抗金复国理想无从实现，志业难遂，还要那“身后”的虚名干什么！此韵顿挫中饶有余韵，正是稼轩手笔。至于词人为什么会发此牢骚，直到过片后第二韵才愤然道出：“人间万事，毫发常重泰山轻。”这一韵是全词的关键所在，道出“长恨复长恨”的根本原因，就是因为南宋统治集团轻重倒置，是非不分，置危亡于不顾，而一味地苟且偷安。这是词人对南宋小朝廷的严厉指斥和批判，也是词人面对蝇营狗苟的腐败政局所发出的愤怒呼喊。最后两韵是下片第二层，通过写惜别再一次表明自己的心志，词人的情绪这时又渐渐平静下来。前三句写惜别，用屈原《九歌·少司命》“悲莫悲兮生别离，乐莫乐兮新相知”，并点明恨别乐交乃古往今来人之常情，表明词人和饯行者陈端仁的情谊深厚，彼此都不忍遽然别离。结拍一韵与上片歇拍一韵相绾合，与下片换头一韵相呼应,又一次表明自己的志节和操守,并隐然流露出还希望重返三山的意愿。陶渊明《归去来兮辞》云:“富贵非吾愿,帝乡不可期。”陶渊明生当东晋末叶,社会动乱,政治黑暗,而他本人又“质性自然”(《归去来兮辞序》),“不慕荣利”(《五柳先生传》),因有是辞。这里,词人采取了歇后语式,只用上句,表明自己此次奉召赴临安并不是追求个人荣利,并且也不想在那里久留,因为“富贵非吾事”啊! 这是先从反面表明自己的心迹。结拍“归与白鸥盟”,则从正面表明自己的心迹。据《列子·黄帝篇》载,相传海上有位喜好鸥鸟的人,每天早晨必在海上与鸥鸟相游处,后遂以与鸥鸟为友比喻浮家泛宅、出没云水间的隐居生活,如李白《赠王判官时余归隐庐山屏风叠》诗:“明朝拂衣去,永与海鸥群。”词人自己也曾以“盟鸥”为题作《水调歌头》词:“凡我同盟鸥鹭,今日既盟之后,来往莫相猜。”在这里,词人说归来与鸥鸟为友,一方面表明自己宁可退归林下也不屑与投降派为伍的高洁志节,另一方面也有慰勉陈端仁的意味,从而照应了题面。

梁代江淹在其名赋《别赋》中曾经这样写道:“是以别方不定,别理千名;有别必怨,有怨必盈。”似乎“怨”是离别者共同的、必然的心理状态。其实,这话未可视为恒言。由于离别者的襟怀、气质、心境和对周遭环境的具体感受不尽相同,所表现出来的思想感情也就各异。如王勃在其《送杜少府之任蜀川》中,王维在其《送元二使安西》中,高适在其《别董大》中,李白在其《赠汪伦》及《鲁郡东石门送杜二甫》等诗中,或写送别,或写答别,情貌虽殊,却都没有“怨”字。辛弃疾这阕《水调歌头》,也是如此,答别而不怨别,溢满全词的是他感时抚事的悲恨和忧愤,却一无凄楚或哀怨。词中的声情,时而激越,时而平静,时而急促,时而沉稳,形成一种豪放中见沉郁的艺术情致。词以赋为主，兼有比兴，正宜于表现词人复杂的思想感情。好用书卷，原是辛词的一大特点，但有时失于晦涩，遂有“掉书袋”之讥。而这首词虽然也多用典故和前人诗句（主要是屈原的诗句），却并无隐晦质实之嫌，有时还能跟比兴手法合而用之，如上片“余既滋兰”数句，就不辨是书卷还是比兴。这不仅丰富了词的含蕴，而且对展示词人的襟怀志节、精神风貌等，都具有很好的表现力。

（杨钟贤）

# 贺新郎

原文

## 别茂嘉十二弟

绿树听鹈鴂，更那堪、鹧鸪声住，杜鹃声切。啼到春归无寻处，苦恨芳菲都歇。算未抵、人间离别。马上琵琶关塞黑，更长门翠辇辞金阙。看燕燕，送归妾。

将军百战身名裂。向河梁、回头万里，故人长绝。易水萧萧西风冷，满座衣冠似雪。正壮士、悲歌未彻。啼鸟还知如许恨，料不啼清泪长啼血。谁共我，醉明月？

鉴赏

邓广铭《稼轩词编年笺注》系这首词于辛弃疾居铅山期间。茂嘉是辛弃疾堂弟，事迹未详。这首词的内容和作法都比较特别：内容方面几乎完全抛开对茂嘉的送行，而专门罗列古代的“别恨”事例，好像一篇《别赋》；形式方面，打破上下片分层的常规，事例连贯上下片，不在分片处分层。所以刘永溍《读辛稼轩送茂嘉十二弟之〈贺新郎词〉书后》说它像唐人写“赋得诗”一样,即像韦应物咏“暮雨”、高适咏“征马嘶”、李商隐咏“泪”一样,都是铺陈有关的典实而成篇的。刘说从形式上看来有点像,而作者的实际写作过程应该不是这样。“赋得诗”是先有题而后有诗,“为文而造情”的;辛氏此作,则是因平日胸中郁积事多,有触而发,非特定题目所能限制,向广泛范围尽情生发,故同类事件纷至涌集,是“为情而造文”的。把它看成“赋得”体,无疑会背离它的精神实质,降低它的真诚的艺术价值。

词的开头几句:“绿树听鹈鴂,更那堪、鹧鸪声住,杜鹃声切。啼到春归无寻处,苦恨芳菲都歇。”是“赋而兴也”。说它是“赋”,因为它写送别茂嘉,是在春去夏来的时候,可以同时听到三种鸟声,是写实。鹈鴂,一说是杜鹃,一说是伯劳,辛弃疾取伯劳之说,故在此词题下自注:“鹈鴂、杜鹃实两种,见《离骚补注》。”说它是“兴”,因为它借闻鸟声以兴起良时丧失、美人(对作者来说即是“英雄”)迟暮之感。伯劳在夏至前后出鸣,故暗用《离骚》“恐鹈鴂之先鸣兮,使夫百草为之不芳”意,以兴下文“苦恨”句。鹧鸪鸣声像“行不得也哥哥”;杜鹃传说为蜀王望帝失国后魂魄所化,常悲鸣出血,声像“不如归去”。词同时用这三种悲鸣的鸟声起兴,一起就形成浓烈的悲感气氛,并寄托了上述的作者的悲痛心情。

“算未抵、人间离别”一句,独立地作为上下文转接的关键。它把“离别”和啼鸟的悲鸣作一比较,以抑扬的手法束上开下,《艺蘅馆词选》载梁启超评这句为“全首筋节”,道理在此。有了这一句,就为下文滚滚流出的“别恨”打开闸门。“马上琵琶关塞黑,更长门翠辇辞金阙”,这两句,有认为写两事的:其一指汉元帝宫女王昭君出嫁匈奴呼韩邪单于离开汉宫的事,石崇《乐府〈王明君辞〉序》:“昔公主嫁乌孙,令琵琶马上作乐,以慰其道路之思。其送明君(即昭君),亦必尔也。”其二指汉武帝的陈皇后失宠时,辞别“汉阙”,幽闭长门宫。也有认为只写一事的,如《稼轩词编年笺注》说第二句“盖仍承上句意,谓王昭君自冷宫出而辞别汉阙也”。今从多数注释本作两件事看。“看燕燕,送归妾”,写第三件事。春秋时,卫庄公之妻庄姜,“美而无子”,庄公妾戴妫生子完,庄公死后,完继立为君。州吁作乱,完被杀,戴妫离开卫国。《诗经·邶风》的《燕燕》诗,相传为庄姜送别戴妫而作,诗有“之子于归,远送于野。瞻望弗及,泣涕如雨”等语。“将军百战身名裂。向河梁、回头万里,故人长绝”,写第四件事。汉李陵抗击匈奴,力战援绝,势穷投降,败其家声;他的友人苏武出使匈奴,被留十九年,守节不屈。后来苏武得到归汉机会,李陵送他,有“异域之人,一别长绝”之语;又世传李陵《与苏武诗》,有“携手上河梁”“长当从此别”等句。“易水萧萧西风冷,满座衣冠似雪。正壮士、悲歌未彻”,写第五件事。战国时燕太子丹在易水边送荆轲入秦行刺秦王政,送行者都穿戴白衣冠,荆轲临行歌唱:“风萧萧兮易水寒,壮士一去兮不复还。”这五件事都和远适异国,不得生还,以及身受幽禁或国破家亡之事有关,都是极悲痛的“别恨”。经过马上琵琶、河梁万里、易水风寒、边关塞黑、衣冠似雪等事物、环境的渲染,气氛比前面写啼鸟强烈;加上将军百战、壮士悲歌等事,更是慷慨激昂,悲中带壮。

“啼鸟还知如许恨,料不啼清泪长啼血。”这两句说啼鸟只解春归之恨,如果也能了解人间的这些恨事,它的悲痛一定更深,随啼声眼中滴出的不是泪而是血了。它也起承转开合的重要作用,呼应啼鸟,绾合“别恨”,把二者同时透进一层写。“谁共我,醉明月？”承上面两句转接机势，迅速地归结到送别茂嘉的事，点破题目，结束全词，把上面大片凌空驰骋的想象和描写，一下子收拢到题中来，腾挪擒纵，何等神力！有此两句，词便没有脱离本题，只是显得善于大处落墨、别开生面而已。

辛弃疾南归后无法回到北方的家乡，仕途蹭蹬，坐负英雄身手，与所写啼鸟之悲及“别恨”都有关涉。北宋亡国，不但皇帝丧身北地，有大批后妃、宫女，也离阙北去，受尽凌辱和折磨；南、北宋时，也有大批豪杰之士，或身处异邦，或在南方小朝廷中无可作为，赍志以殁。这些事件，在作者写这首词时，直接间接，有动于中。周济《宋四家词选》评此词说：“前半阕北都旧恨，后半阕南渡新恨。”前阕写三件妇女之事，遭遇接近北宋后妃；后阕写两件男性之事，遭遇接近南宋豪杰。周济之说，纵不宜死板比附，也可以从“作者不必然，读者何必不然”的角度去理解。这首词的感人力量，除感情、气氛的强烈外，还得力于音节。它押入声的曷、黠、屑、叶等韵，在“切响”与“促节”中有很强的摩擦力量，声如裂帛。总之，词借送别一事，感古伤今，感物伤己，抒积年的悲愤，身世双关，声情并至。陈廷焯《白雨斋词话》卷一评为“沈郁苍凉，跳跃动荡，古今无此笔力”，是不错的；至于说“稼轩词自以《贺新郎》一篇为冠”，则只是他个人见解，不能看作定论。

（陈祥耀）

# 贺新郎

原文

邑中园亭，仆皆为赋此词。一日，独坐停云，水声山色竞来相娱。意溪山欲援例者，遂作数语，庶几仿佛渊明思亲友之意云。

甚矣吾衰矣。怅平生、交游零落，只今余几！白发空垂三千丈，一笑人间万事。问何物、能令公喜？我见青山多妩媚，料青山见我应如是。情与貌，略相似。

一尊搔首东窗里。想渊明《停云》诗就，此时风味。江左沉酣求名者，岂识浊醪妙理？回首叫、云飞风起。不恨古人吾不见，恨古人不见吾狂耳。知我者，二三子。

鉴赏

此词作年，依邓广铭《稼轩词编年笺注》考证，约略定为宋宁宗庆元四年(1198)左右。此时辛弃疾被投闲置散又已四年。他在信州铅山(今属江西)东期思渡瓢泉旁筑了新居，建了园、亭等。

其中有“停云堂”，取陶渊明《停云》诗意命名。辛弃疾《临江仙·停云偶作》云：“偶向停云堂上坐，晓猿夜鹤惊猜”，即咏此间风物。

此词仿陶渊明《停云》“思亲友”之意，抒写了作者落职后的寂寞心情和对时局的深刻怨愤。

“甚矣吾衰矣。怅平生、交游零落，只今余几！”一开篇就引用典故。《论语·述而篇》记孔子说：“甚矣吾衰也，久矣吾不复梦见周公。”如果说，孔子慨叹的是其道不行；那么辛弃疾引用它，也就含有慨叹政治理想无法实现的意思。辛弃疾写此词时已五十九岁，又谪居多年，故交零落，因此发出这样的慨叹是很自然的。“只今余几”与结句“知我者，二三子”首尾衔接，同用来强调“零落”二字。这恰似中国武术师表演武术，往往开始从何处起手，末尾也在何处收步，给人以结构亭匀和浑然一体的感觉。

“白发空垂三千丈，一笑人间万事。问何物能令公喜？”又连用李白《秋浦歌》“白发三千丈”和《世说新语·宠礼篇》记郗超、王恂“能令公（指晋大司马桓温）喜”等典故，叙自己徒伤老大而一事无成，又找不到称心朋友；以渲染词人此时心情的孤单和对炎凉世态的喟叹。为下文移情于物作张本。

“我见青山多妩媚，料青山见我应如是”两句，是全篇警策。词人因无物（实指无人）可喜，只好将深情倾注在自然物之上，不仅觉得青山“妩媚”，而且觉得似乎青山也以词人为“妩媚”了。这跟李白《敬亭独坐》“相看两不厌”是一样的手法。这种手法，先把审美主体的感情楔入客体，然后借染有主体感情色彩的客体形象来揭示审美主体的内在感情。这样，便大大加强了作品里的主体意识，易于感染读者。

“情与貌，略相似。”情，指词人之情；貌，指青山之貌。它二者有许多相似之处，如崇高、安宁和富有青春活力等。从这二者的形象中，我们能领略到多方面的审美情趣。

词的上片，叙词人面对青山时产生的种种思绪；词的下片，则从“尚友古人”的角度，写词人由此引发的无穷愤慨。

“一尊搔首东窗里，想渊明《停云》诗就，此时风味。”陶渊明《停云》中有“良朋悠邈，搔首延伫”和“有酒有酒，闲饮东窗”等诗句，辛弃疾把它浓缩在一个句子里，用以想象陶渊明当年诗成时的风味。这表明在陶渊明与辛弃疾两位诗人之间，也有许多相似之处。如“旷而且真”和“安道苦节”（皆萧统《陶渊明集序》中语）等。这样，又大大开拓了读者们联想的天地。

“江左沉酣求名者，岂识浊醪妙理？回首叫、云飞风起。”前两句，表面似申斥南朝那些“醉中亦求名”（苏轼《和陶饮酒二十首》之三）的名士派人物；细想想，方懂得它是有为而发，目的在讽刺南宋已无陶渊明式的饮酒高士，而只有一些醉生梦死的统治者。写到这里，词人的怨愤已无法遏抑，词句便随着也大幅度地跌宕起伏了。

“不恨古人吾不见，恨古人不见吾狂耳”两句，遥应上片“我见青山”一联，表现出另一种豪视今古的气魄。“古人”，即指像陶渊明一类的人。据岳珂《桯史・卷三》记：辛弃疾每逢宴客，“必命侍姬歌其所作。特好歌《贺新郎》一词，自诵其警句曰：‘我见青山多妩媚，料青山见我应如是。’又曰：‘不恨古人吾不见，恨古人不见吾狂耳。’每至此，辄拊髀自笑，顾问坐客何如”。足见辛弃疾是以此二语自负的。岳珂批评他“警语差相似”，从句式结构看，有一定道理。但仔细加以品味，则两语的意境毕竟不同。上一语是写“物”和“我”的关系，下一语是写“古”和“今”的关系；前者为物、我交融，后者为古、今一体。前者是横向的空间联系，后者是纵向的时间联系。加上作者这样反复吟唱，读者的印象就更深刻了。难怪辛弃疾虚心听取岳珂的意见后想作改动，而终究改动不了。

"知我者，二三子。"这"二三子"为谁虽然已不可确知（也许陈亮算一个），但有一点是明晰的：即辛弃疾慨叹当时志同道合的朋友不多；这跟屈原慨叹"众人皆醉我独醒"的心情有着某种程度的类似，同出于为各自国家和民族的危亡忧虑。因此，周济《介存斋论词杂著》谓辛词"郁勃""情深"，王国维谓辛词"有性情"（《人间词话》卷上），都是很有见地的。

通观全词，典故的确用得不少，好在这些典故都用得很活，不使人生堆砌之感。前人多已指出：辛弃疾引经、史语入词，扩大了词语选择范围，对词的发展、创新是有功的。但流传到他的仿效者们的手里，却渐渐失掉了生气，变成为食古不化地炫示才学，这自然是辛弃疾始料所不及的。

（蔡厚示）

# 沁园春

原文

将止酒，戒酒杯使勿近。

杯汝来前！老子今朝，点检形骸。甚长年抱渴，咽如焦釜；于今喜睡，气似奔雷。汝说“刘伶，古今达者，醉后何妨死便埋”。浑如此，叹汝于知己，真少恩哉！

更凭歌舞为媒，算合作人间鸩毒猜。况怨无大小，生于所爱；物无美恶，过则为灾。与汝成言，勿留亟退，吾力犹能肆汝杯。杯再拜，道“麾之即去，招则须来”。

鉴赏

辛词风格极为多样，既不乏本色当行之作，亦多新变奇创之什。这一首滑稽突梯的戒酒词就是突出的一例。词作于庆元二年(1196)闲居瓢泉时。题目“将止酒，戒酒杯使勿近”就颇新颖，似乎病酒不怪自己贪杯，倒怪酒杯紧跟自己。这就将酒杯人格化，为词安排了一主（即词中的“我”）一仆（杯）两个角色。全词就是这两个角色搬演的一出喜剧，令人解颐。

“杯汝来前！”词就从主人怒气冲冲的吆喝开始，以“汝”呼杯，而自称“老子”（犹“老夫”），接着就郑重告知：今朝检查身体，发觉长年口渴，喉咙口干得似焦炙的铁釜；近来又嗜睡，睡中鼻息似雷鸣。“甚”，这是为什么。言外之意，是因酒致病，故酒杯之罪责难逃。“咽如焦釜”“气似奔雷”以夸张的比喻极写病酒反应的严重，同时也见得主人一向酗酒到何等程度。“汝说”三句是酒杯的答辩，它说：酒徒就该像刘伶那样只管有酒即醉，死后不妨埋掉了事，才算古今之达者。这是一种难任其咎的说法。不称“杯说”而称“汝说”，是主人复述杯的答话，于中流露出意外和惊讶的神情。他既惊讶于杯言的冷酷无情，又似不得不承认其中有几分道理。于是无可奈何地叹息道：汝竟然为说如此，“汝于知己，真少恩哉！”口气不但软了许多，甚而还承认了自己曾是酒杯的“知己”。

但他“将止酒”的主意已拿定，不容轻易取消，故仍坚持对杯的谴责。过片以一“更”字领起，似乎还有所升级，使已软的语气又强硬起来，便有一弛一张之致。古人设宴饮酒大多以歌舞助兴，而这种场合也最易过量伤身。古人又认为鸩鸟的羽毛置酒中可成毒酒。换头二句所以说酒杯凭歌舞等媒介使人沉醉，正该以人间鸩毒视之。这等于说酒杯惯于媚附取容，软刀子杀人。如此罪名，岂不死有余辜？然而只说“算合作人间鸩毒猜”，到底并未确认。以下“况”字领四句系退一步说：何况怨意不论大小，常由爱极而生；事物不论何等好（“美恶”偏义于“美”），过了头就会成为灾害。表面仍是振振有词，反复数落，实际上等于承认自己于酒是爱极生怨，酒于自己是美过成灾。这就为酒杯开脱不少罪责，故尔从轻发落，也就是只遣之“使勿近”。处死而陈尸示众叫“肆”，“吾力犹能肆汝杯”，话很吓人，然而“勿留亟(急)退”的处分并不重。言实相去何远！主人戒酒的决心可知矣，——虽是“与汝成言”，却早留后路，焉知其不回心转意，朝戒夕犯！杯似乎慧黠地了解这一点，亦不更为辩解，只是再拜道：“麾之即去，招则须来。”“麾之即去”没什么，“招则须来”则大可玩味。这话表面上是服从，骨子里全是自信，所以使人感到俏皮、幽默。

全词设为主人与杯的对话。通过拟人化的手法，成功地塑造了“杯”这样一个喜剧形象。它善于揣摩主人心理，能应对，知进退。在主人盛怒的情况下，它能通过辞令，化严重为轻松。当其被斥退时，还说“麾之即去，招则须来”，等于说主人还是离不开自己，自己准备随时听候召唤。其机智幽默大类古代的俳优。而主人的形象与“杯”相映成趣，他性情不免褊躁，前后态度不免矛盾；虽然气势甚盛，却不免被“杯”小小地捉弄了一番。这格局颇类唐时的“参军戏”(由一主一仆两个角色演出的小喜剧)，在宋词中实属创举。作者通过这种生动活泼的方式，风趣地表现出自己戒酒之出于不得已。作者长期壮志不展，积愤难平，故常借酒发泄。“吾力犹能肆汝杯”云者，即隐含“不向此(酒)中何处消”意，是牢骚语，反映了作者政治失意的苦闷。所以此词不得简单地视为游戏笔墨。

词中大量采取散文句法以适应表现内容的需要，此即以文为词。《沁园春》的四字句多作二二节奏，而“杯汝来前”，却作上一下三；“汝说刘伶”三句则合作一气读下。凡此，都与原有调式不同。又大量熔铸经史子集的用语，如“点检形骸”出韩愈《赠刘师服》诗"谁能检点形骸外","醉后何妨死便埋"出《晋书·刘伶传》"死便埋我","真少恩哉!"出韩愈《毛颖传》"秦真少恩哉","吾力犹能肆汝杯"出《论语·宪问》"吾力犹能肆诸市朝","麾之即去,招则须来"出《史记·汲黯传》"招之不来,麾之不去",等等散文句法和用语,丰富了词意的表现,又形成崭新的风味。词中还反复说理,具有以论为词倾向。"况怨无大小,生于所爱;物无美恶,过则为灾",就颇有辩证的理趣,为此词增添了一分特色。正因为全词既饶谐趣,又有散文化、议论化色彩,所以《七颂堂词绎》说它是宋词中之《毛颖传》。

(周啸天)

# 感皇恩

原文

读《庄子》，闻朱晦庵即世。

案上数编书，非庄即老。会说忘言始知道；万言千句，不自能忘堪笑。今朝梅雨霁，青天好。

一壑一丘，轻衫短帽。白发多时故人少。子云何在，应有玄经遗草。江河流日夜，何时了。

鉴赏

词题曰："读《庄子》，闻朱晦庵即世。"初读这首词，有点摸不着头脑，一个明显的感觉：上下片语意似乎了不相涉。作者把读《庄子》与听到朱熹去世这两件事扯在一起，有什么用意呢？

近人夏敬观在《跋毛钞本稼轩词》中说："《感皇恩》题'读《庄子》有所思'，三本皆作'读《庄子》，闻朱晦庵即世'，详此词未有追挽朱子之意，且朱子不言老庄，稼轩奈何于读《庄子》时追念朱子耶？此六字不知从何而来，亦必后人妄增。"他认为这首词纯是抒写作者读《庄子》的感想，并无追悼朱熹之意，因而认定题目中"闻朱晦庵即世"六个字是"后人妄增"的。邓广铭先生在《书诸家跋四卷本稼轩词后》批驳夏敬观的说法，认为："前片云云，自是读《庄子》之所感，后片之白发句，则明是闻故人噩耗而发者，而子云以下诸语，更为最适合于朱晦庵身份之悼语。"这就是说，前片是读《庄子》之所感，后片则是悼念朱熹；把一首词分作两截来理解。那么读《庄子》与悼念朱熹这两件事之间有什么关系呢？邓广铭认为："必是适在稼轩披读《庄子》之顷，遽得朱氏之死讯也。"那就是说仅仅出于某种偶然的巧合而已。

我以为夏敬观的说法固然显得有点武断，邓广铭的说法似乎也还没有从整体上把握到这首词的底蕴。其缺点在于仅仅着眼于上下片之间的外在联系，而没有发现其内在意脉的连贯。从题目看，作者是在读《庄子》时，听到朱熹去世的消息的；但他把这两件事写在一起，并非随手牵合，而是别有命意，巧妙地显示了两件事情所引起的主观感受之间的内在联系。"案上数编书"五句，是说自己熟读老庄之书，口头上也会说"忘言始知道"那一套玄理，但实际上却不能做到"忘言"。"万言千句，不自能忘堪笑"，作者是一位词人，平时不废吟咏，这不是与"忘言知道"产生明显的矛盾了吗？这几句表面上似乎自嘲，实际上是对老庄哲学的否定，说明作者读老庄之书乃意有所寄，而并非真的信仰老庄那一套。这是一层意思。其次就老庄本身来说，他们一面提倡什么"忘言知道"，一面却又著书立说，可见他们自己也不能做到"忘言"。这又是一个深刻的讽刺。从这两层意思中，不难体会到作者的言外微旨：老庄的"忘言知道"是虚伪的，而著书立说，却可以垂之后世而不朽。这样就跟下片追悼朱熹的正面意思挂上钩了，但话说得非常深曲。"今朝梅雨霁，青天好"两句，表面是说天气，实际上是暗示作者对老庄哲学有了真正的体会，不受其惑，仿佛雨过天晴，豁然开朗一样。这两句以景喻情，不着痕迹。过片“一壑一丘”三句，写自己放浪山林的隐退生涯，显得语淡情深，似旷达而实哀伤；尤其是“白发多时故人少”一句，感情真挚，寄慨遥深。“白发多”，是自伤岁月蹉跎，年华老大，言外有壮志消磨的隐痛；“故人少”，则见故旧凋零，健在者已经寥寥无几了。这一“多”一“少”，充分表达了作者嗟己悼人的情怀。而从“故人少”，也就很自然地过渡到对朱熹这位故人的悼念。“子云何在”四句，是以继承儒家道统的扬雄相比，称道朱熹的文章著述将传之后世，有如“不废江河万古流”。按：朱熹去世时，他的学说正被朝廷宣布为“伪学”，禁止传布，他的门生故旧因避忌而不敢去送葬。辛弃疾却毅然写了悼文去哭祭，文中有云：“所不朽者，垂万世名。孰谓公死，凛凛犹生！”（见《宋史・辛弃疾传》）这几句话正可与这首词的结语对看。

由此可见，这首词上下片貌离神合，藕断丝连，命意深曲而仍有踪迹可寻。从表面上看，正面悼念的话没有几句，反复玩味，却使人感到浑然一体，通篇都渗透着追悼之意。不论正说、反说、曲说、直说，其主旨都归结到“立言不朽”。姑不论作者对朱熹的评价是否允当，却不能不承认：这首短小的悼人词，既富有哲理意味，又显得情致深长，而且很贴合被悼者朱熹的哲学家身份，在艺术上是相当成功的。

然而，还应该看到，像这样的小词，由于命意措辞的深曲，却也不易一眼看穿。而必须细加体味，着眼于全篇的意脉，善于追索语意曲折处的内在联系，并从联系中去把握其中心趋向之所在。

九曲黄河，东流入海。只有仔细考察每段河身迂回曲折的流程之后，才能对“九万里河东入海”的全程有一个完整的印象。文艺鉴赏也是如此，刘勰就曾把它比作“沿波讨源”（《文心雕龙·知音》）。在这里，每一段局部的曲线，都必须与贯穿首尾的中轴线联结起来，眼光不能被局部的曲线所拘囿，否则就会迷失方向，徘徊在艺术的迷宫里。

（吴战垒）

# 粉蝶儿

原文

## 和晋臣赋落花

昨日春如十三女儿学绣，一枝枝不教花瘦。甚无情便下得雨僝风僽，向园林铺作地衣红绉。

而今春似轻薄荡子难久。记前时送春归后。把春波都酿作一江春酎，约清愁杨柳岸边相候。

鉴赏

“落花”，是古典诗词里一个熟题目，作者多如牛毛，但往往是涂饰许多浓艳的词藻，强作一些无病的呻吟，好的并不太多。辛弃疾这首《粉蝶儿》，不论是意境或语言风格，都能打破陈套旧框，在落花词里，可以算是一阕别开生面的绝妙好词。句逗以不依词谱，作长句读为佳，可以更好地传达出词语的情致。

《粉蝶儿》的艺术构思颇为巧妙，前后阕作了对比的描写，而在前半阕中，前二句与后二句又作了一个转折。主题是落花，却先写它未落前的秾丽。用十三岁小女儿学绣作明喻，礼赞神妙的春工，绣出像蜀锦一样绚烂的芳菲图案，“一枝枝不教花瘦”，词心真是玲珑剔透极了；突然急转直下，递入落花正面。好花的培养者是春，而摧残它的偏又是无情的春风春雨。(词中的“僝僽”，原意指恶言骂詈，这里把联绵词拆开来用，形容风雨作恶。）于是，用嗔怨的口气，向春神诘问。就在诘问的话中，烘染了一幅“残红作地衣”的着色画，用笔非常经济。下半阕“而今”一句跟上半阕“昨日”作对照，把临去的春光比之于轻薄荡子，紧跟着上句的“无情”一意而来，作者“怨春不语”的心情，也于言外传出。“记前时”三句又突作一转，转到过去送春的旧恨。这里，不仅春水绿波都成有情之物，酿成了醉人的春醪，连不可捕捉的清愁也形象化了，在换了首夏新妆的杨柳岸边等候着。正因为年年落花，年年送春，清愁也就会年年应约而来。就此煞住，不须再着悼红惜香一字，而不尽的余味，已曲包在内。

这是首白话词。用白话写词，看来容易，倒也很难。如果语言过于率直平凡，就缺乏魅人的力量；而自然的语言要配合音律谨严的词调，也是要煞费苦心的。这首《粉蝶儿》寓秾丽于自然，散句（上下阕的前二句）与整齐句（上下阕的后二句）组成“如笛声宛转”（近代词人夏敬观评语）的音节，所以不是一般的白话诗，而是白话词，通首写自然景物，用拟人化的表现手法，十分新鲜。遣词措语，更能不落庸俗。与清诗人袁枚所写“春风如贵客，一到便繁华”相较，高下立显。词笔于柔韧中见清劲，不是艺术修养达到升华火候，是不能办到的。

（钱仲联）

# 丑奴儿

原文

## 书博山道中壁

少年不识愁滋味，爱上层楼。爱上层楼，为赋新词强说愁。

而今识尽愁滋味，欲说还休。欲说还休，却道天凉好个秋。

鉴赏

这一首词，是辛弃疾被劾去职，闲居带湖时所作（1181—1192），他常闲游于博山道中，风景如画，却无心赏玩。眼看国事日非，自己无能为力，一腔愁绪无法排遣，遂在博山道中一壁上题了这首词。在这首词中作者运用对比手法，突出地渲染了一个“愁”字，以此作为贯穿全篇的线索，感情真率而又委婉，把一首短短的词，写得曲折多变，娓娓动人，高度概括了词人大半生的经历感受。

词的上片，着重描写自己的少年时代：那时风华正茂而涉世不深，乐观自信但想法单纯，对于人们常说的“愁”，还缺乏真切的体验。首句“少年不识愁滋味”之后，连用两个“爱上层楼”，这一叠句的运用，避开了一般的泛泛描述，而是有力地带起了下文。

前一个“爱上层楼”，同首句构成因果复句，意谓作者年轻时思想单纯，根本不懂什么是忧愁，所以喜欢登楼赏玩。后一个“爱上层楼”，又同下面“为赋新词强说愁”结成因果关系，意思是说，因为爱上高楼而触发诗兴，在当时“不识愁滋味”的情况下，也要勉强说些“愁闷”之类的话。这一叠句的运用，起到了“中间枢纽”的作用，由此把两个不同的层次联系起来，使只有四句话的上片，表达了一个很完整的意思。

古人登临多悲慨，如王粲《登楼赋》云：“悲旧乡之壅隔兮，涕横坠而弗禁。”杜甫《登楼》云：“花近高楼伤客心，万方多难此登临。”这些名篇都将登临与“愁”字联在一起。中年以后的辛弃疾就有“怕上层楼”之句（《祝英台近・晚春》）。而他在少年时代“爱上层楼”，是想效仿前代作家，抒发一点所谓的“愁情”。无愁而登楼觅愁，勉强诉说一通愁情，连自己也感到有点别扭。作者描述自己思想上这一矛盾现象，揭示了内心深处微妙的感情活动，非常真实地写出了他少年时代的精神面貌。

词的下片，作者处处注意同上片进行对比，表现自己随着年岁的增长，处世阅历渐深，对于这个“愁”字有了真切的体验。他一生力主抗战，恢复失土，一直为投降派所排挤，尽管“负管、乐之才”，却“不能尽展其用”，“一腔忠愤，无处发泄”，其心中的愁闷痛楚可以想见。“而今识尽愁滋味”，这里的“尽”字，是极有概括力的，它包含着作者许多复杂的感受，从而完成了整篇词作在思想感情上的一大转折。

再看下面“欲说”两句，仍然采用叠句形式，在结构用法上也与上片互为呼应。“欲说还休”，也见于李清照《凤凰台上忆吹箫》：“生怕离愁别苦，多少事欲说还休。”李词中的“欲说还休”已经是对“愁”字的一种概括，辛弃疾用它来表示自己愁闷已极，隐含着作者从“多少事”中激发起来的无限感慨，就很能反映出他饱经忧患的心理特征。同上片的叠句一样，这两句“欲说还休”也包含有两层不同的意思。前句紧承上句的“尽”字而来，人们在实际生活中，喜怒哀乐等各种情感往往相反相成，所谓忧喜相寻，乐极生悲，处在十分复杂的矛盾转化状态中。极度的高兴转而潜生悲凉，深沉的忧愁翻作自我调侃，作者过去无愁而硬要说愁，如今却愁到极点而无话可说。后一个“欲说还休”则是紧连下文。我们知道，他胸中的忧愁绝不是个人的离愁别绪，而是忧国伤时，报国无门之愁。但在当时投降派把持朝政的情况下，抒发这种忧愁是犯大忌的，因此作者在此不便直说，只得转而言天气。表面上看，愁与秋似不相关，实际上却有着内在联系。吴文英《唐多令》：“何处合成愁，离人心上秋。”秋色入心即为愁。同时，与登楼说愁一样，古人甚多悲秋之作；“悲哉，秋之为气也”（《楚辞·九辩》）。因此，“天凉好个秋”，表面形似轻脱，实则十分深沉含蓄，细细体味，真是愁绝！辛弃疾之善于抒情达意，于此亦可见出一斑。

（陈允吉　胡中行）

# 踏莎行

原文

赋稼轩，集经句。

进退存亡，行藏用舍。小人请学樊须稼。衡门之下可栖迟，日之夕矣牛羊下。

去卫灵公，遭桓司马。东西南北之人也。长沮桀溺耦而耕，丘何为是栖栖者[①]？

〔注〕

① 丘何为是栖栖者：丘，孔子名。是：此处为副词，义为“像这样”。栖栖，同“恓恓”，忙乱不安貌。者：语气词，无实义。

鉴赏

杨冠卿有一首《卜算子·秋晚集杜句吊贾傅》，全篇集用杜诗。辛弃疾此词则专集经书语句，与杨词集杜诗者不同。所谓“经”，即儒家所崇奉的经典著作。汉武帝时罢黜百家，独尊儒术，立于学官者有“五经”。至唐代先后扩大为“九经”“十二经”。宋时又增一部，定型为“十三经”，曰《易》《书》《诗》《周礼》《仪礼》《礼记》《左传》《公羊传》《穀梁传》《论语》《孝经》《尔雅》《孟子》。在时人心目中，“经”是至高无上的圣贤之教，“词”则是不登大雅之堂的“小道”“末艺”，敛经书文字为“胡夷里巷之曲”，不啻是强挽周公、孔子入赘小户人家作“倒插门女婿”，这如何使得？然而，性格豪放不羁、富于创新精神的辛弃疾，又岂是世俗的清规戒律所能牢笼的！在他的笔下，经、史、子、集，诗、文、辞赋，无不可以入词，信手拈来，即臻绝诣，嬉笑怒骂，皆成文章。本篇就是一个典型例证。

题曰“赋稼轩”，“稼轩”乃词人乡村别墅之名。宋洪迈《稼轩记》云，信州郡治（即今江西上饶）之北一里余，有空旷之地，三面附城，前枕澄湖如宝带。辛弃疾第二次出任江南西路安抚使时，在此筑室百间，置菜圃、稻田，以为日后退隐躬耕之所，故凭高作屋下临其田，名为“稼轩”。又《宋史》本传载辛弃疾尝谓人生在勤，当以力田（努力种田）为先，故命名其居所以“稼轩”。“稼”，义为种植谷物。据邓广铭先生考证，辛弃疾于孝宗淳熙八年(1181)冬十一月自江西安抚使改官浙西提点刑狱公事，旋为谏官攻罢，其后隐居上饶带湖达十年之久，此词或作于赋闲之初。（参见邓广铭著《辛稼轩年谱》及《稼轩词编年笺注》。）

就字面义而言，上阕写自己的归隐躬耕合乎圣贤之道，田园生活虽然淡泊，却恬静可喜；下阕则以毕生游说诸侯而一事无成的孔子为反面典型，申说归耕之是、从政之非。

“进退存亡”，语出《易・乾文言》：“知进退存亡而不失其正者，其惟圣人乎！”是说只有圣人才能懂得并做到该进则进，该退则退，该存则存，该亡则亡，无论是进是退、是存是亡，都合于正道。“行藏用舍”，则是对《论语·述而》载孔子语“用之则行，舍之则藏”云云的概括，意谓：倘若受到统治者的信用，就出仕；倘若为统治者所舍弃，就隐居。“小人请学樊须稼”，亦用《论语》。该书《子路》篇载孔门弟子樊须请学稼，孔子曰：“吾不如老农。”请学为圃（种菜），孔子曰：“吾不如老圃（菜农）。”樊须出，孔子曰：“小人哉，樊须也！”以上三句为一层次，词人自谓现在既不为朝廷所用，那么不妨退居田园，权且做他一回“小人”，效法樊须，学稼学圃。

“衡门”二句，改用《诗经》。上句出《陈风·衡门》：“衡门之下，可以栖迟。”“衡门”，谓横木为门，极其简陋，喻贫者所居。“栖迟”，犹言栖息、安身。此系隐居者安贫乐道之辞，词人不仅用其语，且袭其意。下句则出《王风·君子于役》：“日之夕矣，羊牛下来。”谓太阳落山，牛羊归圈。原文是思妇之辞，以日暮羊牛之归反衬征夫之未归，词人却借用来表现田园生活的牧歌情味。以上为另一层次，紧承上文，进而抒写归耕后的自适其乐。

上阕已将题面归耕之意缴足，无以复加，下阕乃转写其对立面。因前文言及“请学稼”之樊须，此处即顺手牵出那反对“学稼”的孔老夫子。

“去卫灵公”，又用《论语》。其《卫灵公》篇载灵公问阵（军队列阵之法）于孔子，孔子答曰：“俎豆（礼仪）之事，则尝闻之矣；军旅之事，未尝学也。”明日遂离卫而去。按《史记·孔子世家》，灵公问阵、孔子去卫，事在“遭桓司马”之后。惟是书记“遭桓”前三年，孔子亦曾居卫。灵公与夫人南子同车而出，招摇过市，使孔子乘副车。孔子以为丑，曰“吾未见好德如好色者也”，遂“去卫”。本篇所指，应系此事。但《史记》不属于“经”，用此与题例不合。大约词人临文时未暇深考，同是“去卫灵公”，遂牵合为一时之事。

我们似不必以文害意。“遭桓司马”，见《孟子·万章上》。“桓司马”即桓魋，时为宋国的司马，掌管军事。孔子不悦于鲁、卫，过宋时“遭宋桓司马将要（拦截）而杀之”，不得不改换服装，悄悄出境。“东西南北之人也”则为《礼记·檀弓上》所载孔子语，盖谓己周游列国，干谒诸侯，行踪不定。以上三句极力渲染孔子一意从政但却四处碰壁的狼狈境况，从而逗出结穴一问：“长沮桀溺耦而耕，丘何为是栖栖者？”——像长沮、桀溺二位隐士那样并耜（古代一种耕地翻土的农具）而耕不是很自在么？孔先生您为什么竟如此忙忙碌碌地东奔西走呢？这两句亦全用《论语》。上句见《微子》篇：“长沮、桀溺耦而耕（两人各持一耜，并肩而耕）”，孔子路过其旁，命弟子子路向他们询问渡口何在。桀溺对子路说：天下已乱，无人能够改变这种状况。你与其跟从“避人之士”（远离坏人的人，指孔子），不如跟从“避世之士”（远离社会的人，指自己和长沮）。下句则出《宪问》篇：微生亩谓孔子曰：“丘何为是栖栖者与？”合两句而观之，孔子与长沮、桀溺适成鲜明的对照。合两阕而观之，孔子与词人亦适成鲜明的对照。得孔子“累累若丧家之狗”（《史记·孔子世家》）的形象为反衬，上阕所叙词人自己陶陶然、欣欣然的归耕之乐即倍加凸出了。

粗粗一读，此词于号称“大成至圣先师”的孔老夫子颇为不敬，在当世腐儒看来，宜以“狎侮六经，亵渎圣人”论罪；倘若我们果真按照字面义去作这样的理解，不免“皮相”。其实，本篇好比一张“彩照”的底片，上面全是“负像”和“反色”，必待翻印成正片然后可观。具体来说，那执着于自己的政治信念、一生为之奔走呼号而其道不行的孔子，实是词人归耕前之自我形象的写照。讪笑孔子，正所以自嘲也。其中不知有多少对于世路艰难的叹慨，对于君心叵测的愤懑！而词中所津津乐道的归耕之娱，也统统不过是“苦恼人的笑”而已。尽管词人并不轻视稼穑，但无论如何其平生之志盖在于经纶天下，恢复神州；以“万字平戎策”换取“东家种树书”（《鹧鸪天·有客慨然谈功名因追念少年时事戏作》），乃出于被迫，非所心甘。洪迈云：“使遭事会之来，挈中原还职方氏，彼周公瑾、谢安石事业，侯（称辛弃疾）固饶为之。此志未偿，因自诡放浪林泉，从老农学稼，无亦大不可欤？”（《稼轩记》）可谓深知稼轩者。以“自诡”说读此词，个中三昧，岂不一目了然！

昔人曾以“掉书袋”讥稼轩词，殊不知其“书袋”之中，有赤子心在，非专事“獭祭鱼”者可比。晚清著名词论家况周颐曰：“吾心为主，而书卷其辅也。书卷多，吾言尤易出耳。”（《蕙风词话》）本篇的极致，当于此处求之。

集句词本即难作，而“稼轩俱集经语，尤为不易”（清沈雄《古今词话·集句》）。从集句的角度来分析，此词“东西”“长沮”二句天生七字，不劳斧削；“衡门”“日之”二句原为四言八字，各删一字，拼为七言，“丘何”句原为八字，删一语尾助辞即成七言，亦自然凑泊：一佳也。“衡门”“日之”二句，一用原作之本意，一赋原作以新意，虽皆出《诗经》而有因有变，手法并不雷同：二佳也。“东西”句尾为“也”字，“丘何”句尾为“者”字，虚字叶韵，且俱为语气助词，物稀而贵：三佳也。通篇叙事、议论，而“日之”一句景语点缀其间，万绿丛中红一点，动人春色不须多：四佳也。通篇为陈述句式，而“丘何”句以问作结，钟声已断，余韵袅袅：五佳也。至于全词杂用五经，如五金熔铸而成器，五色织锦而成文，五音扬抑而成曲，浑然不镌，佳之佳也，更不待言了。

（钟振振）

# 汉宫春

原文

## 立　春　日

春已归来，看美人头上，袅袅春幡。无端风雨，未肯收尽余寒。年时燕子，料今宵、梦到西园。浑未办、黄柑荐酒，更传青韭堆盘？

却笑东风从此，便薰梅染柳，更没些闲。闲时又来镜里，转变朱颜。清愁不断，问何人、会解连环？生怕见、花开花落，朝来塞雁先还。

鉴赏

辛稼轩是在宋高宗绍兴三十二年（1162）从金国归于南宋的，根据这首词中“年时燕子”一句，知其为南归后不久所作。南归之初，他寓居京口（镇江），可能此词即作于该地，因而此词也可能是他归于南宋后的第一首词。

此词上阕，通过立春时节景物的描绘，隐喻当时南宋不安定的政局。开头“春已归来”三句，点明立春节候。按当时风俗，立春日，妇女们多剪彩为燕形小幡，戴之头鬟。故欧阳修《春日帖子》中有“共喜钗头燕已来”之句。“无端风雨”两句，既指自然界的气候多变，也暗指南宋最高统治集团，在金兵刚从淮南撤退之后，还惊魂未安，举棋不定，宛如为余寒所笼罩。“年时燕子”三句，作者由春幡联想到这时正在北飞的燕子，可能已经把他的山东家园作为归宿了。“年时”即去年，这说明作者作此词时，离别他的家乡才只一年光景。“浑未办”三句是说作者自身新来异乡，生活尚未安定，连旨酒也备办不起，更谈不到肴馔了，意即枉自过了这一佳节。

下阕仍以情景交融之笔，进一步抒发了作者的忧国怀乡之情。“却笑东风从此”三句，作者想到立春之后，东风就会忙于吹送出柳绿花红的一派春光。此下一转，说东风还会忙里偷闲：“闲时又来镜里，转变朱颜”，语虽虚拟，实含苦心，反映出作者亟愿乘时报国，深恐年华虚度。“清愁”，实际是作者的忧国忧民的情怀。“解连环”，是用《战国策》秦昭王送玉连环给齐国王后，让她解开的故事。当时的齐王后果断机智地把玉连环椎破，使秦的狡计归于失败。但环顾当前，南宋最高统治集团中人，谁是能作出抗金的正确决策的智勇人物呢？“生怕”，即“甚怕”。“生怕见、花开花落，朝来塞雁先还。”表明了他对于恢复事业的担忧，深恐这一年的花由盛开又复败落，而失地却未能收复，有家仍难归去，徒然仰望着晨间飞过的大雁先我回到北方。

这首词虽不能确断为辛稼轩平生所写的第一首词，其必为初期之作，则可断言。在这首词中，他对于恢复大业的深切关注，他的激昂奋发的情怀，都已真切地表达出来，而他在创作方面的一些艺术特点，也可在这里窥见一斑。

顾亭林《日知录》卷十三《辛幼安》条引用稼轩的《瑞鹧鸪》中“小草旧曾呼远志，故人今有寄当归”，以为这是“幼安久宦南朝，未得大用，晚年多有沦落之感，亦廉颇思用赵人之意尔”，这就是说辛稼轩因在南宋一直“未得大用”，到晚年就想不如干脆回到金国。我认为：此说出之于富有民族气节的大思想家顾亭林之口，是很难理解的。因为稼轩一生忠义奋发，而《瑞鹧鸪》词的标题明为《京口病中起登连沧观偶成》，时为宋宁宗开禧元年(1205)，稼轩其时已六十六岁，正在镇江知府任上，招兵买马，派遣间谍去侦察金国“兵骑之数，屯戍之地，将帅之姓名，帑廪之位置等”，防乱备战，忙个不了，虽也间有失望灰心之时，不免发些“远志”“当归”之类的牢骚，也完全可以理解，但这“当归”只是指应当谢事返回瓢泉居第，而决不是要回到金人统治下的山东。他毕生矢忠矢勇，决不会于垂暮之年竟尔发生这种变节之想的，说他有北方故里之思，确实是有的，但那是在他初归南宋、还有可能打回老家去之时，如上面的释文各段所说。因顾亭林的文章传播既久且广，故特在此加以纠正。

（邓广铭　王汝澜）

# 鹧鸪天

原文

寻菊花无有，戏作。

掩鼻人间臭腐场，古今惟有酒偏香。自从来住云烟畔，直到而今歌舞忙。

呼老伴，共秋光，黄花何处避重阳？要知烂熳开时节，直待秋风一夜霜。

鉴赏

辛弃疾在被排挤出政治舞台，恢复中原的理想无法实现时，满腹愤懑。他虽然竭力用乐天知命、随遇而安的思想来控制自己，试图不使愤懑之情外露，但仍不免时有所发泄。如在带湖时，他曾浩叹、指斥道："渡江天马南来，几人真是经纶手？夷甫诸人，神州陆沉，几曾回首！"(《水龙吟·寿韩南涧尚书》)在瓢泉时，发牢骚说："却将万字平戎策，换取东家种树书！"(《鹧鸪天》)即便是那些寄情山水、流连风月的作品，往往也在不经意间流露出一股愤愤不平之气。这阕《鹧鸪天》，便是一例。

此词题为《寻菊花无有，戏作》。范成大有一首诗，题目与之相近，曰《重阳不见菊》，诗中说："节物今年事事迟，小春全未到东篱。可怜短发空欹帽，欠了黄花一两枝。"句句不离题目，符合常规。这阕词却大不一样，整个上片都未直接接触题目，只是愤世嫉俗之情的抒发；就是下片，对题目说来，也只是点到即止。为什么会如此呢？是由于愤懑之情的激荡，不吐不快，无法用"万事皆空"之类的思想来控制，于是不能不突破常规。

劈头两句："掩鼻人间臭腐场，古今惟有酒偏香。"笔落天外，精警震人，发自心灵深处，是到过了庙堂官场、都会边疆，经过了暗礁绝壁、急流险滩，亲历了许多是非颠倒、黑白混淆的怪事，目睹了无数专横奸佞、巴结钻营的嘴脸之后的十分痛苦的总结和极端厌恶的心态。稼轩历仕高、孝、光、宁四朝，当时投降派掌权，正人君子遭受打击，狗苟蝇营的小人气焰嚣张，词人斥官场为"臭腐场"，实在是再恰当不过了。"掩鼻"二字，本于《孟子·离娄下》的"西子蒙不洁，则人皆掩鼻而过之"，充分展示了词人自己品格的高洁和对丑恶的厌恶。正因为面对的是"臭腐场"，所以"惟有酒偏香"。"酒"之"偏香"，当不在于它的味，而在于它能"解忧"。"惟有酒偏香"，自然可以理解为言外之意是说除酒以外，一切都不香，但结合上句来理解，说言外之意是除酒以外，一切都是"臭腐"的，似亦无不可。前云"人间"，是就空间而言，概括的是广阔的地面；后云"古今"，是就时间而言，概括的是漫长的历史。空间与时间结合，横与纵交织，意谓不仅眼前的"人间"是"臭腐场"，"惟有酒偏香"，而且从古到今，莫不如此。这与鲁迅在《狂人日记》中，借狂人之口所指出的，"我翻开历史一查，这历史没有年代……仔细看了半夜，才从字缝里看出字来，满本都写着两个字是'吃人'！"其时限、指向和覆盖面，都是一致的。我们不能不佩服稼轩这一感慨之深和这一认识的穿透力之强。

“自从来住云烟畔，直到而今歌舞忙。”情调一转，由对“人间”深深的厌恶，变为对山林隐居生活的由衷的喜悦，前后形成了鲜明的对照。“云烟畔”，指词人闲居的铅山县期思市瓜山下别墅。这儿依山临水，云烟缥缈，远离尘嚣，俨然如世外桃源。“歌舞忙”，写词人闲适潇洒的生活和志得意满的情愫。他在闲居铅山时所作诸词，或曰“前歌后舞”，或曰“舞裙歌扇”，不只一次，可知这儿的“歌舞忙”，当是写实。

上片虽未直接接触题目，但并非同题目毫无关涉。如果未离“臭腐场”而“来住云烟畔”，那得闲心“寻菊花”呢？因此，上片的描写，无疑有为下片作铺垫的意义。

下片的“呼老伴，共秋光。黄花何处避重阳”转入正题。前两句点“寻菊花”，后一句明“不见”。“老伴”，据另一阕《鹧鸪天》（翰墨诸公久擅场）的题目可知，当为“吴子似诸友”。“共秋光”，共享秋光。“秋光”主要体现在菊花上，如杜甫《课伐木》诗说：“秋光近青岑，季月当泛菊。”张孝祥《鹧鸪天》词说：“一种浓华别样妆，流连春色到秋光。解将天上千年艳，翻作人间九月黄。”因而“共秋光”，就包含着“寻菊花”而赏之的意思。“黄花”，即菊花。“重阳”，夏历九月初九日，这一天，古有登高和赏菊的习俗。这里不直说重阳不见菊花，而将菊花拟人化，说不知它到什么地方去躲避重阳节了，比范成大诗的“欠了黄花一两枝”婉曲有味，而且增添了不少幽默感。

末两句：“要知烂熳开时节，直待秋风一夜霜。”推想、预言菊花的开放，还得等待刮一阵秋风，落一夜严霜。这是实说，却又有力地突出了菊花不趋炎附势而傲霜凌寒的品格，与首句在意义上相照应。赞美菊花的这一品格，正可见稼轩相类的人格。

就题目而言，这阕词的写法颇不符合常规，但稼轩意不在按题作文，而在借题发挥，表现他愤世的情怀和高洁的志趣。陈廷焯《白雨斋词话》中说："情有所感，不能无所寄，意有所郁，不能无所泄。古之为词者，自抒其性情，所以悦己也。"稼轩正是如此，如以题目绳墨其词，是不免"郑人买履"之讥的。

（何均地）

# 太常引

原文

建康中秋夜，为吕叔潜赋。

一轮秋影转金波，飞镜又重磨。把酒问姮娥：被白发欺人奈何？

乘风好去，长空万里，直下看山河。斫去桂婆娑，人道是清光更多。

鉴赏

根据词意推断，这首词可能是宋孝宗淳熙元年(1174)，辛弃疾在建康(今江苏南京)任江东安抚司参议官任上所作。这时作者南归已整整十二年了。为了收复中原，作者曾先后上《美芹十论》《阻江为险须藉两淮疏》《议练民兵守淮疏》《九议》，希望朝廷消除苟安思想，反对妥协投降，积极做好准备，收复中原。但弥漫着屈辱苟安空气的南宋朝廷，根本不理睬作者这些积极可行的建议。在阴暗的政治环境中，词人的一腔忠愤，只能倾泻在词里。从这首词中，我们可以清楚地听到词人的心声。

浓厚的浪漫主义色彩，是这首词艺术上最主要的特点。词人巧妙地运用神话传说构成一种超现实的艺术境界，以寄托自己的理想与情怀。作者在中秋之夜，对月抒怀，很自然地想到与月有关的神话传说：吃了不死之药飞入月宫的嫦娥，以及月中高五百丈的桂树。这两则有关月亮的神话传说，与词人高尚的理想和阴暗的政治现实所构成的矛盾有着密切的联系。辛弃疾一生以恢复中原为己任，但南归之后却遇到种种挫折，自己这种“未尝一日忘”的理想不能实现，在痛苦与愤懑之中蹉跎岁月，虚掷青春。想到功业无成、白发已多，作者满怀无法排遣的悲愤，对着皎洁的月光，想到月宫中长生不死的嫦娥，迸发出摧心裂肝的一问：“被白发欺人奈何?”王逸说屈原写《天问》是“以渫愤懑，舒泻愁思”（《天问·序》）。辛弃疾对月发问，也同样表现了内心的愤懑、愁思，展示了一个有抱负、有才干而不被重用的英雄的内心矛盾。

如果说上阕还只是词人感到年复一年，时光虚度，无可奈何而发出的人、仙对语，那么，在词的下阕，词人就鼓动自己想象的翅膀，飞驰天外，直入月宫，并幻想砍去遮住月光的桂树。这一神话传说的运用，虽然更加离奇，更加远离尘世，但却更直接、强烈地表现了词人的现实理想与为实现理想的坚强意志，更鲜明地揭示了词的主旨。有趣的是，作者在另外两首中秋赋月的《满江红》（“快上西楼”“美景良辰”）中，也表现了同样的思想，希望吹散、撕裂遮月的浮云、帷幕。这绝不是一种偶然的现象，很显然，这遮住月光的桂树、浮云、帷幕，有着深刻的象征意义。周济《宋四家词选》谓：“桂婆娑”“所指甚多，不止秦桧一人”。周济指出“桂婆娑”有象征意义，是颇有见地的，但仅指反对收复中原的投降势力，却是不够的。要知道词中的婆娑桂树，是在作者翱翔长空，“直下看山河”之后而产生斫去之想的。作者在长空俯视的山河，不仅是南宋王朝的地区，还应当包括在金人统治下的北方大片土地。作者是盼望整个大地清光照耀的。因此，这带给人民黑暗的婆娑桂影，既指南宋朝廷内外的投降势力，也包括了金人的势力。这才是符合作者的思想实际的。我们还应注意到，文艺作品的形象所展示的客观意义，往往超出作家的主观创作意图。从这一角度来说，这首词的艺术形象所展现的意义，就是扫荡黑暗，把光明带给人间。这一巨大的意义，是词人利用神话材料，借助于想象和逻辑推断所塑造的形象来实现的。在艺术效果上，它加强了“人的生活的意志，唤起他心中对于现实、对于现实的一切压迫的反抗心”（高尔基《我怎样学习写作》），激起人们改变现实世界的斗争勇气。

在结构上，词的上阕以一问紧紧收住，过片却忽发奇想，出人意表。看起来，跳跃较大，但“白发欺人奈何”之问，紧接着金波转动，时光不断流逝之后；而先有凌空下视山河，才产生斫桂之想，又层次清晰地表现了思绪的脉络。这种结构上的大开大合与思绪的贯联相结合，恰好反映了词人以超现实的艺术境界，来解决现实苦闷与实现理想的浪漫主义手法的特点。

不仅如此，词的艺术境界、气象、风格，都和运用神话传说的浪漫主义手法有着密切的关系。飞镜明丽，金波泻影，长空万里，构成了一幅瑰丽而宏大的艺术境界。把酒问姮娥，乘风凌太虚，直下看山河，斫去桂婆娑，其气象是何等磅礴，形象是何等飞动。

总之，这是一首富于浓厚浪漫主义色彩的优秀词章。

（邱俊鹏）

# 清平乐

原文

## 忆吴江赏木樨

少年痛饮，忆向吴江醒。明月团团高树影，十里水沉烟冷。

大都一点宫黄，人间直恁芬芳。怕是秋天风露，染教世界都香。

鉴赏

这首词四卷本《稼轩词》丙集题下作“谢叔良惠木樨”。叔良，即余叔良，其人情况不详。辛弃疾家居上饶，有和他唱和的词，所以这首词也当作于居上饶时。木樨，亦作木犀，桂花别名。辛弃疾《太常引·建康中秋》一词，结两句涉到桂树，是比兴体；而他专门咏木樨的，有一首《西江月》(金粟如来)，两首《清平乐》(月明秋晓)、(东园向晓)，都是一般咏物，没有寄托，这首词看来也是以赋体咏物，无寄托之意。

这首词写得比其他三首咏木樨的词更有情韵，因为它不专门扣住桂花题材，能离开桂花本身，把自己的经历结合来写，意境比较开拓，感情比较亲切。上片四句：“少年痛饮，忆向吴江醒。明月团团高树影，十里水沉烟冷。”从自己的游踪引入桂花。少年时有个秋夜，在吴江痛饮醒来，看见一轮朗月，中间映着团团的桂树影子；江边桂树，十里花香，飘散在烟波江上，倍添清冷之气：天上人间，都笼罩在桂香桂影之中。吴江即吴淞江，在今苏州南部，西接太湖，十里江波，切合濒湖之地。辛弃疾年轻时游过吴江，《水调歌头·和王正之右司吴江观雪见寄》说："老子旧游处，回首梦耶非。"对此地颇为怀念，大概吴江两岸，当时桂花颇盛，所以他咏桂花便想起吴江之游。用"团团"来写桂树，如江淹诗："苍苍山中桂，团团霜露色。"李白诗："仙人垂两足，桂树作团团。"陆游诗："丹葩绿叶郁团团，消得嫦娥种广寒。"水沉，香名，杜牧诗："桂席尘瑶珮，琼炉烬水沉。"这里用指桂花馨香。词是随手挥洒，用字都有根据。这四句借自己一次客中酒醒后看桂影、闻桂香的经历来写桂花，情调豪放，景象优美，十分动人。

下片，转到围绕桂花本身来写。"大都一点宫黄，人间直恁芬芳。怕是秋天风露，染教世界都香。"宫黄指古代宫女以黄粉涂额，是一种淡妆。此喻指桂花。四句说桂花体积小，宛如淡施宫黄，可是开在人间，竟然这样芳香。恐怕是秋天风露滋润得好，所以桂花盛开，便把整个世界都染香了。花小、色黄、香浓，正是桂花特征。这几句把桂花特征都写到，但着重写它的香味，抓住重点，和上片歇拍呼应。传说月宫中有桂树，故桂树有"天香"之称，宋之问《灵隐寺》诗："桂子月中落，天香云外飘。"与此词同样能写出桂花之神理。

这首词，咏物不粘不脱。上片展示优美意境，脱而能粘；下片刻画桂花特征，贴切而有韵味，粘而能脱。全词非寄托之作，但结句并不排斥似为作者济世怀抱的自然流露。

（陈祥耀）

# 水龙吟

原文

老来曾识渊明，梦中一见参差是。觉来幽恨，停觞不御，欲歌还止。白发西风，折腰五斗，不应堪此。问北窗高卧，东篱自醉，应别有，归来意。

须信此翁未死，到如今凛然生气。吾侪心事，古今长在，高山流水。富贵他年，直饶未免，也应无味。甚东山何事，当时也道，为苍生起。

鉴赏

辛弃疾的这阕词到底作于何年，目前尚无确凿的资料可以证明，不过，从作品所表现的思想情绪来看，断为光宗绍熙五年(1194)大致是可信的。那年辛弃疾已经五十五岁，秋天又被罢官，于是，满腹心事、一腔幽怨，一发而不可遏止，这便是本词所以诞生之由。

陶渊明是不为五斗米折腰而归隐田园的晋代高士，在士大夫的传统观念里，他是一位达观自适的隐逸。他同慷慨豪放、为恢复中原、统一祖国而奋斗一生的辛弃疾，似乎怎么也联系不起来。可词作的一开始作者就说："老来曾识渊明，梦中一见参差是。"他们已有了神交，并在梦中见过面了。这对一般读者来说，不能不感到突兀、惊诧，从而也就有可能构成一个强烈的印象，用心思去细细地体味一下作者的心境。“老来”二字是特指，说明作者驱驰战马、奔波疆场或是筹划抗金、收复故土的年轻时代，与脱离尘嚣、回归自然的陶隐士大概是无缘的，而只有在他受到压抑与排斥，壮志难酬、恢复无望、心灰意懒的老年时代，才有机会“相识渊明”，而且这个渊明竟与他原来想象中的模样那样的近似。这个开头，对读者来说虽然会造成突兀、惊诧的效果，但在作者来说，却并没有故作惊人之笔，而是轻描淡写，平静地叙述，把深沉的感情隐匿到了叙述文字的背后。接下去的“觉来”三句，方才是对心情的直接抒写。心头是“幽恨”，而且是那样地强烈和深重，竟使得作者酒也不饮，歌也不唱。那么，指什么？又为什么？对前一个问题，作者立即作了回答：一个白发老翁怎能在西风萧瑟中为五斗米折腰！对后一个问题，作者也只是摆了出来，而不作答复：陶渊明的“北窗高卧，东篱自醉”的隐居生活，应该别有原因，不单是不为五斗米折腰。

上片提出的问题，只有留待下片解决了。辛弃疾在下片中所作的回答，反复说明的只有一个意思：悔恨东山再起！先讲渊明的精神、人格和事业都是永在的，而且仍凛然有生气，和现实是相通的。这里暗用《世说新语·品藻》“廉颇、蔺相如虽千载上死人，懔懔恒如有生气”的语言以赞渊明。正是因为如此，所以作者紧跟着又用了一个典故“高山流水”，来说明他同渊明之间的灵犀相通、心心相印，是千古知音！这知音就在于对“富贵他年”所持的态度。据《世说新语·排调篇》记载：“谢安在东山居布衣时，兄弟已有富贵者，翕集家门，倾动人物。刘夫人戏谓安曰：‘大丈夫不当如此乎？’谢乃捉鼻曰：‘但恐不免耳。’”说明即使他年不免于富贵显达，也是没有意思的。结语“甚东山何事”三句用的仍然是谢安的事，同上书又记载：“谢公在东山，朝命屡降而不动。后出为桓宣武司马，将发新亭，朝士咸出瞻送。高灵时为中丞，亦往相祖。先时多少饮酒，因倚如醉，戏曰：‘卿屡违朝旨，高卧东山，诸人每相与言：安石不肯出，将如苍生何？今亦苍生将如卿何？’谢笑而不答。”很显然，由作者到陶渊明，又由陶渊明到谢安，用一根遭际、情怀、感慨的链条，完全串在一起了：富贵显达、为了苍生……一切的一切，都是没有意思的，也就没有留恋的必要！

应该说，这是一曲悲歌！是一位曾经有过崇高的理想、执着的追求、艰苦的奋斗而又招致彻底失败、破灭经历的志士才能唱出的悲歌！是一曲大英雄的悲歌！在这里，不但“要挽银河仙浪，西北洗胡沙”（《水调歌头》），“道男儿到死心如铁，看试手，补天裂”（《贺新郎》），“马作的卢飞快，弓如霹雳弦惊。了却君王天下事，赢得生前身后名”（《破阵子》）等所表现的壮志凌云、激越慷慨的感情已经丧失了，甚至连“青山遮不住，毕竟东流去”（《菩萨蛮》）的信心，和“醉里重揩西望眼，唯有孤鸿明灭。万事重教，浮云来去，枉了冲冠发”（《念奴娇》）的失望，以及“雕弓挂壁无用，照影落清杯”（《水调歌头》）的感慨，也全部消磨尽了，剩下来的，便只是这冷得彻骨的对过去一切都是应该追悔而不想追悔的幽恨悲歌。作者把一切都看得同时也写得如此的闲淡无谓，如此的不屑一顾，可它给予读者的感染却是意外的悲愤激越，因为我们理解作者当时当地的情怀，我们也应该“高山流水”，做作者的知音，懂得这阕词同他的其他词作一样，是发自一个心弦的、频率不同的奏鸣曲！

（魏同贤）

# 水调歌头

原文

赵昌父七月望日用东坡韵叙太白、东坡事见寄，过相褒借，且有秋水之约。八月十四日余卧病博山寺中，因用韵为谢，兼寄吴子似。

我志在寥阔，畴昔梦登天。摩挲素月，人世俯仰已千年。有客骖鸾并凤，云遇青山赤壁，相约上高寒。酌酒援北斗，我亦虱其间。

少歌曰："神甚放，形则眠。鸿鹄一再高举，天地睹方圆。"欲重歌兮梦觉，推枕惘然独念：人事底亏全？有美人可语，秋水隔婵娟。

鉴赏

这首词写于闲居瓢泉期间。由词前小序可知，写这首词是为了答谢赵昌父（蕃）并兼寄吴子似（绍古）的。吴子似于宁宗庆元四年（1198）至六年（1200）任铅山县尉，这首词即这期间所作。

光宗绍熙五年（1194），辛弃疾从福州知州兼福建安抚使任上被弹劾免官，回到江西铅山他的瓢泉新居，开始了长达八年的再度闲居生活。他忠君报国却为投降派所不容，屡遭冷落排挤，五十五岁再度削职闲退，自不免有“惊弦雁避，骇浪船回”的隐退思想，常常寄情山水，托兴诗酒。但是，这些都不过是他内心愤懑的曲折反映，积极用世的思想仍占主导地位。他身处江湖之远，仍不忘忧国忧民，希望能重新得到重用，得以施展自己的才智，实现收复失地统一国家的理想。这首词正是抒发词人的这种理想以及由理想与现实的矛盾引起的惆怅情绪，表现其壮志难酬的忧愤。

词的上下两片一意相连，从梦境到梦觉，依次描述，构成一个完整的过程。上片以描述梦境为主。起句采用“顿入”手法。“我志在寥阔”一句，开门见山，直抒胸怀，一语破的，表现了词人高远的志向和宽宏的气度，概括全词要旨。为有寥阔之志，自然有“梦登天”之举。“畴昔梦登天”句化用屈原《九章・惜诵》中“昔余梦登天兮，魂中道而无航”。他感到现实中空间狭窄，不足以施展他的才干；现实生活短暂，来不及实现他的理想。他要到广漠宇宙去寻找他的理想境界。“我志在寥阔，畴昔梦登天”两句在内容上照管全阕，结构上领起下文，下面便紧承“梦登天”一语，记叙梦游太空的经过，描绘出一幅幅梦境的瑰丽图画。

“摩挲素月，人世俯仰已千年”。词人在梦幻中飞上青天，尽情地赏玩明月。月亮是光明皎洁的，那传说中的广寒宫令人向往。他在这里抚摸着洁白的月亮，陶醉在神奇迷离的幻境之中，只觉得似乎仅有抬头低头的工夫，人间已历千年之久。

“有客骖鸾并凤，云遇青山赤壁，相约上高寒。”“有客”指作者的好友赵昌父。由词序可知，赵昌父曾用苏轼《水调歌头》(明月几时有)韵作词“叙太白、东坡事”寄作者，并在词中对作者大加赞美。这首词是为答谢赵昌父而作，自然应有回敬之词。回敬之意主要体现在这句上。赵昌父是江西玉山人，距铅山不远，是词人闲居瓢泉时的好友。他奉祠家居，不求仕进，饮酒作诗，气度不凡。作诗则援笔而成，平淡有趣；饮酒则浩歌长吟，心融意适。世人以为有陶靖节之风。青山、赤壁系指李白、苏轼，因为李白墓在当涂之青山西北，苏轼曾游赤壁，写过《赤壁赋》。赵昌父驾着鸾凤霞举飞升，自称与先贤李太白、苏东坡相遇，共约到天上去遨游。作者在写这首词之前曾写过一首和赵昌父的词《鹧鸪天》，词中把赵昌父与苏轼、陶渊明并提，有“三贤高会古来同”的句子。这里则是把赵昌父、李白、苏轼誉为“三贤”，所描绘的景象也是“三贤高会”。赵词既叙太白、东坡事，并对辛“过相褒借”，很可能是将他与李、苏并提，所以辛以“骖鸾并凤”云云来回敬是情理中事。作者这样写，不仅是对友人的赞誉，也有自谦的意思，下一句“我亦虱其间”就是把这层意思直接表达了出来，意思是：在您和先贤们高会的时候，我不过是滥竽充数地置身其间罢了。在高天遇贤的梦境里，流露出词人鄙弃官僚市侩、仰慕古贤先哲的清正高洁。词人感到在现实生活中很难找到志同道合的朋友，又不愿与那些投降派的官僚同流合污，所以只好到梦境中去会见他理想中的人物。“酌酒援北斗”源出屈原赋《九歌·东君》的“援北斗兮酌桂浆”，是对太阳神的礼赞，这里借以描写他与高贤们痛饮的梦境。四位诗人在高寒广漠的天宇，用北斗当酒杯痛饮着美酒，这是多么宏大的气势，多么豪放的气派！

下阕前半部分继续描写梦境，后半部分抒发“梦觉”后的感慨。词人在梦幻中无忧无虑地畅游太空，内心充满激情，不禁小声歌唱起来。“神甚放，形则眠”的字面意思是：身体虽然清静无为，好像在睡眠，但精神还是奔放旷达的。这是作者在闲居生活中积极用世的自白。他被迫再次闲居后，表面看来安静闲适，像一个隐士，但他心中燃烧着一团火，他心存报国之志，希望有一天能“了却君王天下事，赢得生前身后名”。“鸿鹄一再高举，天地睹方圆”化用贾谊《惜誓》中“黄鹄之一举兮，知山川之纡曲，再举兮睹天地之圜方”。把自己比作搏击长空、一再高举的鸿鹄，抒发其居高临下、雄视天地的豪情壮志。

词人在梦境里可以纵横驰骋，纵情游乐，可是一旦梦觉，回到现实中来，情形就完全两样了。这不能不使他感到怅惘，并产生疑问：为什么人世间有那么多不能尽如人意的事情呢？这里的“亏全”是以月亮的圆缺比喻人事的悲欢离合，主要说的是“亏”的方面。词人在这里以梦境与“梦觉”相对照，揭示了自己的远大理想同社会现实的矛盾。在这发问中表现出对现实的不满，抒发人事难全的感慨，这发问也是一个有着雄才大略、满腹经纶的老将因请缨无门、报国无路而发出的愤怒抗议。

词的结句“有美人可语，秋水隔婵娟”似乎来得有些突兀。前面说的全是梦境以及梦觉后的惆怅，可是结句却一语宕开，表现出“美人娟娟隔秋水”(杜甫《寄韩谏议》)的惋惜之情。但是经过思索，读者也不难明白，这是在前面几层意思的基础上生发出来的思想。这里的“美人”指他的好友吴子似。这一句表面看来只是对吴子似的思念，实际上主要还是抒发“谁识稼轩心事”(《水龙吟·再题瓢泉》)的苦闷心情。这样看来，这一句所表达的也是梦觉后“惘然独念”的感情之一。

词人在闲居瓢泉期间有一种深深的孤独感。他在《沁园春·

和吴子似县尉》中写道:"怅平生肝胆,都成楚越;只今胶漆,谁是陈雷?"他觉得当时的人不像古代的陈重、雷义那样重友谊,连旧日那些披肝沥胆的知心好友现在也都疏远了。这使他非常苦恼。这期间吴子似是他的知音。吴是江西鄱阳人,从庆元四年(1198)即辛弃疾闲居瓢泉之后的第四年起,曾任铅山县尉三年,与辛弃疾过从甚密,辛弃疾把他比作"娟娟美人",在《沁园春·和吴子似县尉》中写道:"我见君来,顿觉吾庐,溪山美哉"。从这些语句中可以看出他们友谊的深厚。可是他们又不能经常在一起畅叙情怀,作者常为见不到吴子似而烦躁苦闷,故在词的结尾处生发出这样一层意思。

这首词在艺术上具有明显的浪漫主义特色。理想主义是浪漫主义在思想内容上的重要特征,而以梦幻的形式表现其理想则是浪漫主义传统的创作方法。辛弃疾成功地运用这一传统手法,使其崇高理想在这首词中得到完美的体现。它大开大合,大起大落,天上人间,驰骋奔逸,狂放不羁,洋溢着豪迈的激情。它充满瑰丽丰富的想象,大胆惊人的夸张,"摩挲素月""骖鸾并凤""酌酒援北斗""天地睹方圆"等,都放射出夺目的光彩。

（王延梯　聂在富）

# 沁园春

原文

灵山齐庵赋，时筑偃湖未成。①

叠嶂西驰，万马回旋，众山欲东。正惊湍直下，跳珠倒溅；小桥横截，缺月初弓。老合投闲，天教多事，检校长身十万松。吾庐小，在龙蛇影外，风雨声中。

争先见面重重，看爽气朝来三数峰。似谢家子弟②，衣冠磊落；相如庭户，车骑雍容③。我觉其间，雄深雅健，如对文章太史公④。新堤路，问偃湖何日，烟水濛濛？

〔注〕

① 作者打算在齐庵开凿一湖，名偃湖。写此词时，尚未开成。

② 似谢家子弟：东晋著名士族谢家子弟讲究举止风度，其服饰端庄，落落大方。《世说新语·言语》记载谢安问话："子弟亦何豫人事，而正欲使其佳？"谢玄答说："譬

如芝兰玉树，欲使其生于阶庭耳。”

③ “相如”二句：《史记·司马相如列传》记载：“相如之临邛，从车骑，雍容闲雅甚都。”

④ “我觉”三句：太史公，即司马迁，字子长，任太史令。韩愈曾评论柳宗元的文章：“雄深雅健，似司马子长。”（见《新唐书·柳宗元传》）

鉴赏

稼轩在一首《贺新郎》词中说：“我见青山多妩媚，料青山见我应如是。情与貌，略相似。”的确，读这位大词人的山水词，就会发现他多么热爱祖国的山山水水，有时似乎已经进入一种“神与物游”的境界，他笔下的山水似乎和人一样，有思想，有个性，有情感，流连其间，神交默契，会心言外，别有新的天地。上面这首《沁园春》便有这种特色。

这首词大约作于宋宁宗庆元二年落职闲居之时，写的是上饶西部的灵山风景。灵山“高千有余丈，绵亘数百里”（《江西通志》），有七十二峰。“叠嶂西驰，万马回旋，众山欲东”，就是写这里千峰万壑的宏伟气象。这里的山峦或“西驰”，或东向，好像万匹骏马连续不断地回旋奔驰。在词人笔下，静止的山活起来了，动起来了！

头三句写灵山群峰，是远景。再写近景：“正惊湍直下，跳珠倒溅；小桥横截，缺月初弓。”这里有飞瀑直泻而下，倒溅起晶莹的水珠，如万斛明珠弹跳反射。还有一弯新月般的小桥，横跨在那清澈湍急的溪流上。词人犹如一位高明的画师，在莽莽苍苍丛山叠嶂的壮阔画面上，增添了几笔韶秀温馨的情韵。

连绵不断的长松茂林，是这里的又一景色。稼轩在一首《归朝欢》词序中说："灵山齐庵菖蒲港，皆长松茂林。"所以词人接着写道："老合投闲，天教多事，检校长身十万松。"稼轩面对这一望无际的高大、葱郁的松树林，不由浮想联翩：这些长得高峻的松树，多么像魁梧勇猛的战士。想自己"壮岁旌旗拥万夫"，何等英雄，如今人老了，合当过闲散的生活，可是老天爷不放我闲着，又要我来统率这支十万长松大军呢！诙谐的笑语是乐？是苦？是自我解嘲？有一种说不出的滋味儿。内心里实隐隐有一份报国无门的孤愤在。

在这种地方，词人轻轻点到即止，顺势落到自己山中结庐的事上来。齐庵，是稼轩在灵山修建的一所茅庐。他说，我这房子选的地点还是不错的，"在龙蛇影外，风雨声中。"每当月夜，可以看到状如龙蛇般盘屈的松影，又可以听到声如风雨的万壑松涛，别有天地在人间啊！

上片写灵山总体环境之美，下片则是词人抒写自己处于大自然中的感受了。稼轩处于这占尽风光的齐庵中，举目青山，仪态万方。拂晓，在清新的空气中迎接曙光，东方的几座山峰，像天真活泼的孩子，一个接着一个从晓雾中探出头来，争相同我见面，向我问好。红日升起了，山色清明，更是气象万千。你看，那边一座山峰拔地而起，峻拔而潇洒，充满灵秀之气。它那美少年的翩翩风度，不就像芝兰玉树般的东晋谢家子弟吗？再看那座巍峨壮观的大山，苍松掩映，奇石峥嵘，它那富贵高雅的意态，不就像司马相如赴临邛时那种车骑相随、华贵雍容的气派么！词人惊叹：大自然的美是掬之不尽的，置身于这千峰竞秀的大地，仿佛觉得此中给人的是雄浑、深厚、高雅、刚健等诸种美的感受，恍如在读一篇篇太史公的好文章，给人以丰富的精神享受。此中乐，乐无穷啊！

灵山结庐既然如此之好，于是词人殷切问询开筑偃湖的计划，决定在这里作长久居留了。

这首词通篇都是描写灵山的雄奇景色，在写景上颇有值得注意之处，它不同于一般模山范水之作，它极少实写山水的具体形态，而是用虚笔传神写意。如写山似奔马，松似战士，写得龙腾虎跃，生气勃勃，实是词人永不衰息的斗争性格的写照，即他词所说青山与我“情与貌，略相似”也。显然，作者写此词，力图透过山峰的外形写出其内在的精神；力图把自己所感受到的大自然的内在的美写出来。要传山水之神，光用一般写实的方法不行，于是稼轩借助于用典，出人意表地以古代人物倜傥儒雅的风采来比拟山峰健拔秀润的意态，又用太史公文章雄深雅健的风格，来刻画灵山深邃宏伟的气度。表面上看来，这两两相比的东西，似乎不伦不类，风马牛不相及，而它们在精神上却有某些相似之点，可以使人生发联想。这种奇特的比譬，真可谓超出形貌而入于神髓了！当然，为山水传神写照，是纯粹写观赏风景之人的主观感受，这种感受实际上与作者的胸襟、与作者的思想境界是分不开的。这种你中有我，我中有你的精神境界，正像稼轩自己说的：“我见青山多妩媚，料青山见我应如是。”稼轩这种传山水之神的写意笔法，在山水文学上开创了新格。

（高　原）

# 喜迁莺

原文

赵晋臣敷文赋芙蓉词见寿，用韵为谢。

暑风凉月。爱亭亭无数，绿衣持节。掩冉如羞，参差似妒，拥出芙蓉花发。步衬潘娘堪恨，貌比六郎谁洁？添白鹭，晚晴时，公子佳人并列。

休说，搴木末；当日灵均，恨与君王别。心阻媒劳，交疏怨极，恩不甚兮轻绝。千古《离骚》文字，芳至今犹未歇。都休问，但千杯快饮，露荷翻叶。

鉴赏

词约作于宋宁宗庆元六年（1200），时作者六十一岁，二次罢官家居。赵晋臣，名不迂，宋宗室，因曾任敷文阁直学士，故称敷文。庆元四年任江南西路转运使兼南昌府事，庆元六年罢职归舍后，与稼轩交游，多有唱和。是年夏，晋臣以芙蓉词为稼轩寿，稼轩作此词和韵以答。“芙蓉”，即荷花。

这是一首咏物词，构思很清晰：上片以咏荷为主，下片以抒情为主；抒情不离荷花，咏荷为抒情铺垫，和那种纯以状物工巧见长的咏物词有所不同。

上片赞赏荷花。首句点明时令,“暑风凉月”,正是荷花盛开的大好时光。以下用一“爱”字带出“亭亭”五句,正面描绘水上莲荷的美姿娇态。满池莲叶,耸出水面,中通外直,不蔓不枝,亭亭净植,似无数绿衣侍者持节而立。在这一群绿衣侍者的簇拥下,千朵荷花,竞相怒放。她们或时隐时现,如含羞少女,犹抱绿叶半遮面;或参差错落,姿态万千,似各怀妒意而争美赛妍。这是一幅多么令人心醉的水上绿叶红花图啊!“步衬潘娘堪恨,貌比六郎谁洁?”这两句用事。据《南史・齐东昏侯纪》:“凿金为莲花以帖地,令潘妃行其上,曰:‘此步步生莲花也。’”“六郎”,系指唐张昌宗。张昌宗、张易之都以姿容见幸于武后,贵震天下,时人号张易之为“五郎”,张昌宗为“六郎”。“貌比六郎”,则用杨再思语。史称杨再思“为人佞而智。……张昌宗以姿貌幸,再思每曰:‘人言六郎似莲花,非也;正谓莲花似六郎耳。’其巧谀无耻类如此”(《新唐书・杨再思传》)。以清水芙蓉之质,竟为一宠妃作衬步之具,岂不叫人痛心?以张昌宗辈无耻之尤,岂能与芙蓉相比洁白?所以,词人用“堪恨”“谁洁”两组词语,一方面表示对潘、张之流的鄙弃,一方面也就突出了荷花的质洁品高。前五句写荷花的姿态美,这两句是写荷花的品格美。潘、张之流既不足道,那么,谁有资格能和芙蓉相并共语呢?唯有白鹭。白鹭浑身皆白,象征着纯洁无邪;一生往来水上,意味着超尘忘机。谢惠连有《白鹭赋》赞曰:“表弗缁之素质,挺乐水之奇心。”又因它风度翩翩,杜牧《晚晴赋》曰:“白鹭潜来兮,邈风标之公子;窥此美人兮,如慕悦其容媚。”词中“白鹭”两句兼含二义而以后义为主。傍晚雨晴,有白鹭飞来与芙蓉为侣,犹如公子佳人双双并肩而立。白鹭入图,平添出不少生机与美趣，真是妙笔天成。

下片抒情，多半化用楚辞诗句，而又一意贯之。“休说”七句本自屈原《九歌·湘君》“采薜荔兮水中，搴芙蓉兮木末。心不同兮媒劳，恩不甚兮轻绝”和“交不忠兮怨长”等句。原意为到水中去采缘木而生的薜荔，到树梢去摘水上开花的芙蓉，岂能成功。男女心思各异，媒人奔波也徒劳；双方爱之不深，必然容易决裂。这是隐喻楚王听信谗言，亲佞远贤，使屈原有志难酬。“千古”两句化用《离骚》：“芳菲菲而难亏兮，芬至今犹未沬。”意谓屈原之世虽已去远，但其《离骚》却流传千古，至今犹自发出沁人的芳香。词人赞美屈原有荷花那种“出淤泥而不染”的崇高品质，赞美他精神不朽，流芳百世。同情他君臣异心的不幸遭遇，和赍志以殁的悲剧结局。尤其令人愤慨不已的是，这一切居然自古而然！所以词人在下片一开头就用“休说”一词表现感情上的激愤，结拍又用“都休问”一句承转跌宕：一切都休再提说了吧，“但千杯快饮，露荷翻叶”，唯求对花痛饮，一醉忘忧。殷英童《咏采莲》诗云：“藕丝牵作缕，莲叶捧成杯。”这里的“露荷翻叶”，是借喻倾杯式的豪饮。词的煞尾很是干净利索，既巧妙地紧扣咏荷题目，又将自身满腹牢骚不平之气一吐而尽。

好用事，是辛词的一大特色，人或讥其“掉书袋”，或褒其“驱使庄、骚、经、史，无一点斧凿痕，笔力甚峭”（楼敬思语，《词林纪事》引），“任古书中理语、廋语，一经运用，便得风流”（刘熙载《艺概》）。就这首词的用事来说，颇见特色。不仅多而奇，而且一意贯串，寄托遥深。上片用“步衬潘娘”“貌比六郎”两个典故；下片大量运用楚辞入词，都是用得贴切而意深。潘张以貌美而得宠于君主，屈原则以质洁而见逐于楚王，人世间竟然不公如此，叫正人君子复待何言！是以细读“堪恨”“谁洁”“休说”“休问”诸句，但觉其中激荡着一股愤郁不平之气。稼轩生平以复国自许，文才武略，集于一身，不想两次被劾落职，赋闲田园，正所谓报国有志，请缨无门。因此，当他握笔为词时，常常借古人之酒，浇自己胸中之块垒，这也正是辛词好用事的原因吧。

（朱德才）

# 永遇乐

原文

戏赋辛字，送茂嘉十二弟赴调。

烈日秋霜，忠肝义胆，千载家谱。得姓何年，细参辛字，一笑君听取。艰辛做就，悲辛滋味，总是辛酸辛苦。更十分、向人辛辣，椒桂捣残堪吐。

世间应有，芳甘浓美，不到吾家门户。比着儿曹，镆镆却有，金印光垂组。付君此事，从今直上，休忆对床风雨。但赢得、靴纹绉面，记余戏语。

鉴赏

东坡以诗为词，到了稼轩，进一步以文为词，这首《永遇乐》，可说是这方面的代表作。茂嘉，辛弃疾的族弟，因他在家中排行第十二。稼轩词中有两首送别茂嘉之作，一首《贺新郎》(绿树听鹈鴂)，作于茂嘉远谪广西之时。这首《永遇乐》是送茂嘉赴调。按宋制，地方官员任满后，赴京另予差遣，一般正常赴调，官阶将会有所升转。所以这是一件喜事，是一次愉快的分别。因为这是送同族兄弟出去做官，稼轩颇有感触，便说起他们辛家门的“千载家谱”。“戏赋辛字”，从自己姓辛这一点大发感慨与议论，以妙趣横生的戏语出之，而又意味深长。

“烈日秋霜，忠肝义胆，千载家谱”，词的一开头就掮出家谱，说辛家门先辈们都是具有忠肝义胆的人物，而且他们都禀性刚直严肃，如“烈日秋霜”，令人可畏而又可敬。“烈日秋霜”，比喻风节刚直，如《新唐书·段秀实传赞》：“虽千五百岁，其英烈言言，如严霜烈日，可畏而仰哉。”词的开头三句“自报家门”，倒不是虚夸，而是有史为证的。辛氏是一个古老家族，传说夏启封支子于莘，莘、辛声相近，后为辛氏。商有辛甲，一代名臣，屡谏纣王，直言无畏。汉有辛庆忌，一代名将，威震匈奴。成帝时，朱云以丞相张禹阿附外戚，上书请诛之，帝怒，欲杀云，辛庆忌冒死以救。后庆忌子孙亦忠耿，不附王莽，被诛。当然，写词不能像修家谱那样纪实，况且这些都是人所共知的史实，所以词人不多花笔墨，而是别出心裁地与族弟“细参辛字”来了：我们祖上从何年获得这个姓氏？又是怎样才得到这样的姓呢？我姑妄言之，你姑妄听之，以博取一笑吧。于是咬文嚼字起来，仔细体会辛字的含义，有辛苦、辛酸、辛辣等多种内涵，他发表高论了：

“艰辛做就，悲辛滋味，总是辛酸辛苦。”

我们辛家门这个“辛”字，是由“艰辛”做成，含着“悲辛”滋味，而且总是与“辛酸、辛苦”的命运结成不解之缘啊！三句话句句不离“辛”字：“艰辛”“悲辛”“辛酸”“辛苦”。写诗填词向以“同字相犯”为戒，而这里三句“辛”字四见。用得自然，增加了音调的美听，并使词情得到充分渲染。更妙的是，形式上是“细参辛字”，内容上又语意双关,含着历史的教训和现实的牢骚。不是么,上面谈到那位辛庆忌,“艰辛做就”不世的战功。可是,到了他的子孙,就尝到惨遭杀戮的“悲辛滋味”了。联系到稼轩本人,从“壮岁旌旗拥万夫”,到“却将万字平戎策,换取东家种树书”,也是够“辛酸、辛苦”的了!

总而言之,我们辛家人的命运总离不开一个“辛”字,怎么会这样的呢?原来根子还在这个“辛”字上。辛者,辣也,这是辛字的本来含意,也是我们辛家人的传统性格啊!我们辛家人生成耿介正直的性格,做人行事,刚直泼辣,就如同我们的姓氏一样,火辣辣地不招人喜爱。“更十分、向人辛辣,椒桂捣残堪吐。”这两句更就辛字“辛辣”这层含义加以发挥,借字说人。北宋曾布有《从驾》诗,押“辛”字韵,苏轼一和再和,有“最后数篇君莫厌,捣残椒桂有余辛”之句,稼轩信手拈来,用得很好。

下片接“向人辛辣”的话头继续发感慨。正因为我们这个姓,世间应有尽有的“芳甘浓美”的东西,都轮不到“吾家门户”了。眼看人家子弟腰间挂着一串串金光灿烂的金印,何等神气,我们哪儿比得上人家呢!正话反说,无限感慨,嬉笑戏语,隐含牢骚。比不上人家怎么办?争口气呗!于是话儿转到送茂嘉赴调的题目上来:“付君此事,从今直上,休忆对床风雨。但赢得、靴纹绉面,记余戏语。”谋取高官显爵、光宗耀祖之事,就交给你了。从今往后,你青云直上的时候,不必回想今天咱们兄弟之间的这场对床夜语;到了你落得个脸皮绉如靴纹的时候,一定会记起今天我说的这些玩笑话的。“对床风雨”,语出韦应物诗:“宁知风雨夜,复此对床眠。”这两句诗颇为苏轼、苏辙兄弟所欣赏,十分向往风雨之夜、兄弟两人对床共语的境界,并为此相约早日退隐,后遂成为故事。“靴纹绉面”，典出欧阳修《归田录》：北宋田元均任三司使，请托人情者不绝于门，他深为厌恶，却又只好强装笑脸，虚与应酬。曾对人说：“作三司使数年，强笑多矣，直笑得面似靴皮。”茂嘉赴调，稼轩祝贺他高升，自是送别词中应有之意。而用“靴纹绉面”之事，于祝辞里却有讽劝。实际上是说，官场有官场的一套，做大官就得扭曲辛家的刚直性格，那种逢人赔笑的日子也并不好过呢。到头来你也会后悔的。

这首词写得如哥儿俩闲话家常，气氛亲切，语言诙谐，自始至终，围绕着自家的姓“谈山海经”，明显地表现出以文为词和以议论为词的倾向，这对于传统词风来说，当然是十分“出格”的作品。然而它通篇议论“带情韵以行”，且富有理趣，无论从思想内容或艺术表现手法来说，都堪称是颇有特色的佳作。

（高　原）

# 破阵子

原文

## 为陈同甫赋壮词以寄

醉里挑灯看剑，梦回吹角连营。八百里分麾下炙，五十弦翻塞外声，沙场秋点兵。

马作的卢飞快，弓如霹雳弦惊。了却君王天下事，赢得生前身后名。可怜白发生！

鉴赏

词以两个二、二、二的对句开头，通过具体描述，表现了七八层情意。第一句，只六个字，却用三个连续的、富有特征性的动作，塑造了一个壮士的形象，让读者从那些动作中去体会人物的“潜台词”，去想象人物所处的环境。为什么要吃酒，而且吃“醉”？既“醉”之后，为什么不去睡觉，而要“挑灯”？“挑”亮了“灯”，为什么不干别的，偏偏抽出宝剑，映着灯光看了又看？……这一连串问题，只要细读全词，就可能作出应有的回答，因而不必说明。“此时无声胜有声”。用什么样的“说明”还能比这无言的动作更有力地展现人物的内心世界呢？

“挑灯”的动作又点出了夜景。那位壮士在更深人静、万籁俱寂之时，思潮汹涌，无法入睡，只好独自吃酒。吃“醉”之后，仍然不能平静，便继之以“挑灯”，又继之以“看剑”。看来看去，总算睡着了。而刚一入睡，方才所想的一切，又幻为梦境。“梦”了些什么，也没有明说，却迅速地换上新的镜头：“梦回吹角连营”。壮士好梦初醒，天已破晓，一个军营连着一个军营，响起一片号角声。这号角声，多富有鼓舞人们投入战斗的魅力。而那位壮士，也正好是统领这些军营的将军。于是，他一跃而起，全副披挂，要把他“醉里”“梦里”所想的一切统统变为现实。

三、四两句，可以不讲对仗，词人也用了偶句。偶句太多，容易显得呆板；可是在这里恰恰相反。两个对仗极工、而又极其雄健的句子，突出地表现了雄壮的军容，表现了将军及士兵们高昂的战斗情绪。“八百里分麾下炙，五十弦翻塞外声”：兵士们欢欣鼓舞，饱餐将军分给的烤牛肉；军中奏起振奋人心的战斗乐曲。牛肉一吃完，就排成整齐的队伍。将军神采奕奕，意气昂扬，“沙场秋点兵”。这个“秋”字下得多好！正当“秋高马壮”的时候，“点兵”出征，预示了战无不胜的前景。

按谱式，《破阵子》是由句法、平仄、韵脚完全相同的两“片”构成的。后片的起头，叫做“过片”，一般的写法是：既要和前片有联系，又要“换意”，从而显示出这是另一段落，形成“岭断云连”的境界。辛弃疾却往往突破这种限制，《贺新郎·别茂嘉十二弟》如此，这首《破阵子》也是如此。“沙场秋点兵”之后，大气磅礴，直贯后片。“马作的卢飞快，弓如霹雳弦惊”：将军率领铁骑，风驰电掣般奔赴前线，弓弦雷鸣，万箭齐发。虽没作更多的描写，但从“的卢马”的飞驰和“霹雳弦”的巨响中，仿佛看到若干连续出现的画面：敌人纷纷落马；残兵败将，狼狈溃退；将军身先士卒，乘胜追杀，霎时结束了战斗；凯歌入云，欢声动地，旌旗招展。

这是一场反击战。那将军是爱国的，但也是好“名”的。一战获胜，恢复功成，既“了却君王天下事”，又“赢得生前身后名”，岂不壮哉！

如果到此为止，那真够得上“壮词”。然而在那个被投降派把持朝政的时代，并没有产生真正“壮词”的土壤，以上所写，不过是词人的理想而已。词人驰骋想象，化身为词里的将军，刚攀上理想的高峰，忽然一落千丈，跌回冷酷的现实，沉痛地慨叹道：“可怜白发生！”白发已生，而收复失地的理想始终无法实现。想到自己空有凌云壮志，而“报国欲死无战场”（借用陆游《陇头水》诗句），便只能在不眠之夜吃酒，只能在“醉里挑灯看剑”，只能在“梦”中驰逐沙场，快意一时……这处境，的确是“可怜”的。然而又有谁“可怜”他呢？于是，他写了这首“壮词”，寄给处境同样“可怜”的陈同甫。

同甫是陈亮的字。学者称为龙川先生。为人才气超迈，议论纵横。自称能够“推倒一世之智勇，开拓万古之心胸”。他先后写了《中兴五论》和《上孝宗皇帝书》，积极主张抗战，因而遭到投降派的打击。宋孝宗淳熙十五年（1188）冬天，他到上饶访辛弃疾，留十日。别后辛弃疾写《贺新郎》词寄他，他和了一首；以后又用同一词牌往复唱和。这首《破阵子》大约也是这一时期写的。

全词从意义上看，前九句是一段，十分生动地描绘出一位忠勇的将军的形象，从而表现了词人的宏大抱负。末一句是一段，以沉痛的慨叹，抒发了“壮志难酬”的悲愤。壮和悲，理想和现实，形成强烈的对照。从这对照中，可以想到当时南宋朝廷的腐朽，想到人民的苦难，想到所有爱国志士报国无门的苦闷。由此可见，极其豪放的词，同时也可以写得极其含蓄，只不过和婉约派的含蓄不同罢了。

这首词在声调方面有一点值得注意。《破阵子》上下两片各有两个六字句，都是平仄互对的，即上句为“仄仄平平仄仄”，下句为“平平仄仄平平”，这就构成了和谐的、舒徐的音节。上下片各有两个七字句，却不是平仄互对，而是仄仄平平平仄仄，仄仄平平仄仄平，这就构成了拗怒的、激越的音节。和谐与拗怒，舒徐与激越，形成了矛盾统一。作者很好地运用了这种矛盾统一的声调，恰切地表现了抒情主人公复杂的心理变化和梦想中的战斗准备、战斗进行、战斗胜利等许多场面的转换，收到了绘声绘色、声情并茂的艺术效果。

这首词在布局方面也有一点值得注意。“醉里挑灯看剑”一句，突然发端，接踵而来的是闻角梦回、连营分炙、沙场点兵、克敌制胜，有如鹰隼突起，凌空直上。而当翱翔天际之时，陡然下跌，发出了“可怜白发生”的喟叹，使读者不能不为作者的壮志难酬一洒同情之泪。

这种陡然下落，同时也戛然而止的写法，如果运用得好，往往因其出人意外而扣人心弦，产生强烈的艺术效果。

李白有一首《越中览古》：“越王勾践破吴归，战士还家尽锦衣。宫女如花满春殿，只今惟有鹧鸪飞！”沈德潜指出：“三句说盛，一句说衰，其格独创。”其命意与辛词迥异，但布局却有相通之处，可以参看。

（霍松林）

# 鹧鸪天

原文

有客慨然谈功名，因追忆少年时事，戏作。

壮岁旌旗拥万夫，锦襜突骑渡江初。燕兵夜娖银胡簶，汉箭朝飞金仆姑。

追往事，叹今吾，春风不染白髭须。却将万字平戎策，换得东家种树书。

鉴赏

宋高宗绍兴三十一年（1161），金主完颜亮率大军南下，其后方比较空虚，北方被占区的人民，乘机进行起义活动。山东济南的农民耿京，领导一支起义军，人数达二十余万，声势浩大。当时年才二十二岁的辛弃疾，也组织了二千多人的起义队伍，归附耿京，为耿京部掌书记。辛弃疾建议起义军和南宋取得联系，以便配合战斗。第二年正月，耿京派他们一行十余人到建康（今江苏南京）谒见宋高宗。高宗得讯，授耿京为天平节度使，授辛弃疾承务郎。辛弃疾等回到海州，听到叛徒张安国杀了耿京，投降金人，义军溃散。他立即在海州组织五十名勇敢义兵，直趋济州（治今山东巨野）张安国驻地，要求和张会面，出其不意，把张缚置马上，再向张部宣扬民族大义，带领上万军队，马不停蹄地星夜南奔，渡过淮水才敢休息。到临安把张安国献给南宋朝廷正法。辛弃疾这种忠心为国、智勇过人的传奇般的英雄行为，在封建社会的文人中是绝无仅有、极堪惊叹的。这首词的上片写的就是上述作者这段出色的经历。“壮岁旌旗拥万夫，锦襜突骑渡江初。”上句写作者年轻时参加领导抗金义军；下句写擒获张安国带义军南下。“锦襜突骑”，即穿锦绣短衣的快速骑兵。“燕兵夜娖银胡䩮，汉箭朝飞金仆姑。”写南奔时突破金兵防线，和金兵战斗。燕兵，指金兵。“夜娖银胡䩮”，夜里提着兵器追赶。娖，通“捉”；胡䩮，箭袋。一说，枕着银胡䩮而细听之意。娖，谨慎貌；胡䩮是一种用皮制成的测听器，军士枕着它，可以测听三十里内外的人马声响，见《通典》。两说皆可通，今取前说。“汉箭”句，指义军用箭回射金人。金仆姑，箭名，见《左传·庄公十一年》。四句写义军军容之盛和南奔时的紧急战斗情况，用“拥”字“飞”字表动作，从旌旗、军装、兵器上加以烘托，写得如火如荼，有声有色，极为饱满有力。

宋高宗没有抗金的决心，又畏惧起义军。辛弃疾南归之后，义军被解散，安置在淮南各州县的流民中生活；他本人被任为江阴签判，一个地方助理小官，给他们劈头一个严重的打击，使他们大为失望。后来辛弃疾在各地做了二十多年的文武官吏，因进行练兵筹饷的活动，常被弹劾，罢官家居江西的上饶、铅山，也接近二十年。他处处受到投降派的掣肘，报效国家的壮志难酬。这首词是他晚年家居时，碰到客人和他谈起建立功名的事，引起他回想从青年到晚年的经历而作的。

下片，“追往事，叹今吾，春风不染白髭须”。上二句今昔对照，一“追”一“叹”，包含多少岁月，多少挫折；又灵活地从上片的忆旧引出下片的叙今。第三句申明“叹今吾”的主要内容。草木经春风的吹拂能重新变绿，人的须发在春风中却不能由白变黑。感叹年老不能回到青春，岁月虚度的可惜，这是一层；白髭须和上片的壮岁对照，和句中的春风对照，又各为一层；不甘心年老，言外有壮志未能抛却之意，又自为一层。一句中有多层含意，感慨极为深沉。“却将万字平戎策，换得东家种树书”，以最鲜明、最典型的形象，突出作者的理想与现实的尖锐矛盾，突出他一生的政治悲剧，把上一句的感慨引向更为深化、极端沉痛的地步。平戎策，指作者南归后向朝廷提出的《美芹十论》《九议》等在政治上、军事上都很有价值的抗金意见书。上万字的平戎策毫无用处，倒不如向人换来种树书，还有一些生产上的实用价值，这是一种什么样的政治现实？对于作者将是一种什么样的生活感受？可想而知。陆游《小园》诗：“骏马宝刀俱一梦，夕阳闲和饭牛歌”，刘克庄《满江红》词：“生怕客谈榆塞事，且教儿诵《花间集》”，和这两句意境相近，也写得很悲；但联系作者生平的文才武略、英雄事迹来看，这两句的悲慨程度还更使人扼腕不已。

这首词以短短的五十五个字，深刻地概括了一个抗金名将的悲剧遭遇。上片雄壮，气盖万夫；下片悲凉，心伤透骨。悲壮对照，悲壮结合，真如彭孙遹《金粟词话》评辛词所说的“激昂排宕，不可一世”，是作者最出色、最有分量的小令词。

（陈祥耀）

# 千年调

原文

开山径得石壁，因名曰苍壁。事出望外，意天之所赐邪，喜而赋。

左手把青霓，右手挟明月。吾使丰隆前导，叫开阊阖。周游上下，径入寥天一。览玄圃，万斛泉，千丈石。

钧天广乐，燕我瑶之席。帝饮予觞甚乐，赐汝苍壁。嶙峋突兀，正在一丘壑。余马怀，仆夫悲，下恍惚。

鉴赏

由小序“开山径得石壁”等语可知这首词创作于闲居瓢泉期间，大约在庆元六年（1200）之后。这时作者已闲居六年，年龄已过六十岁，因此，隐居避世的思想发展了，在此之前的几首词中明显地流露着这种思想。他曾叹息：“功名妙手，壮也不如人；今老矣，尚何堪？堪钓前溪月。”（《蓦山溪》）他羡慕那“终全至乐”的“醉眠陶令”（《沁园春》），对于“无穷身外事”要来个“一醉都休”（《满庭芳·和章泉赵昌父》）。可是这首《千年调》却充满积极浪漫主义精神，这在那个时期的词中是很特别的。

小序“意天之所赐邪，喜而赋”，表明了写作的原因和心情。作者自以为得了天赐石壁，精神为之一振，又看到所得的苍壁“势欲摩空”“有心雄泰华”，他似乎由此得了“天启”，积极用世的思想又在胸中激荡，追求理想的精神鼓舞他在幻想的世界里腾飞奔驰。在这样的心境下，这首词应运而生。

全词抒发词人超逸不凡的胸怀，反映他爱国怀乡的思想，表现他怀才不遇的苦闷心情。上阕写登天与周游。词人展开想象的翅膀，乘着神马飞入太空。“左手把青霓，右手挟明月”，起句很有气势，一开始就把读者带入了天马行空、纵横驰骋的神奇壮丽景象之中。接下去，化用屈原《离骚》中的诗句描绘进入天宫的情景。“叫开阊阖”一句由《离骚》“吾令帝阍开关兮，倚阊阖而望予”凝缩而来。屈原为了上下求索，曾想象飞上天空，到达天门，但当他命令守门的帝阍打开天门时却吃了闭门羹。辛弃疾在这一点上似乎比屈原幸运得多，他是承着天恩登天的，天神自然不会挡驾，他的开路先锋雷师很顺利地叫开了天门，让他进入天国。“吾使丰隆前导”脱胎于《离骚》“吾令丰隆乘云兮”。原句是描写屈原上天碰壁后准备到下界“求女”，出发时的情景，事在“令帝阍开关”而见拒之后，词人在这里重新组合，把两件事融为一体了。“周游上下，径入寥天一。览玄圃，万斛泉，千丈石。”“入于寥天一”是《庄子·大宗师》篇中语。这四句描写遨游天宇的情景。词人在天国里上下周游，直到太虚之境，在那里饱览了天上的奇景珍物，游历了神奇迷离的仙山悬圃，观赏了水源滔滔的涌泉和直立千丈的仙石。

下阕写受赐与怀乡。“钧天广乐，燕我瑶之席。帝饮予觞甚乐，赐汝苍壁。”这四句写天帝对词人的恩泽。这里化用《史记·赵世家》中赵简子梦游天国的典故。赵简子曾有疾，五日不省人事，扁鹊对赵的家臣说，昔日秦穆公也曾这样过，三天后一定会醒过来。又过了两天半果然醒来，醒后对家臣说：我到了天帝那里，玩得很快乐，我和众神在中天游玩，欣赏了天上的仙乐和仙舞，天帝很高兴，还赐我两个竹篮子。辛弃疾把这个典故借用过来，描写自己想象中受天帝款待、赏赐的情景：天帝以隆重的仪式迎接他，在瑶池设下宴席，众多乐工奏起仙乐，天帝亲自斟酒，还高兴地说：“我要将苍壁赐予你。”这是至高无上的恩遇，只有当年将成霸业的秦穆公和将要拜为正卿的赵简子才得到过。辛用此典，可见胸襟之博大与清高。天帝赐赵简子两个篮子，日后得到了应验，赵简子连克二国，扩大了奉邑，成为晋国的实权派。辛弃疾把苍壁看作“天之所赐”，与当年赵简子的受天幸相比，表现出他立功报国的勃勃雄心和暮年壮志。

“嶙峋突兀，正在一丘壑。”这两句描写苍壁的形象和位置。这苍壁形体虽小，但气势雄伟。作者在《临江仙》中说：“莫笑吾家苍壁小，棱层势欲摩空。”“一丘一壑”本指隐者的住处，这里指作者瓢泉宅第亭园的一部分，也代指他的居所。这样一块苍壁坐落在一丘一壑之间是很有象征意义的。作者这样写，大概是在表明他虽然身在一丘一壑之间，却志在千里之外，也许作者正是这样来领会天赐苍壁的用意的。

词的最后三句借用《离骚》中的“忽临睨夫旧乡；仆夫悲余马怀兮，蜷局顾而不行”，抒发怀念故土的感情。词人虽然在天宫受到盛情接待，但他仍然深情地眷恋着祖国和家乡，致使他的随从和马都悲伤起来，于是辞别天宫，恍恍惚惚地回返尘寰。这里也反映出词人当时思想的矛盾，他虽然羡慕那醉眠的陶令，却又不甘心去过那种完全超然世外的桃源生活。苍壁的出现触动了他的积极用世思想，赋苍壁寄托着远大的抱负。

丰富的想象和奇特的幻想是这首词显著的艺术特点。古代浪漫主义诗人屈原在主客观矛盾得不到解决时，常常在诗歌中以幻想的方式求得精神的寄托和解脱。辛弃疾继承了屈原的浪漫主义传统，在这首词中，通过想象，创造出神奇瑰丽的形象和理想的神仙世界。他在那里得到无限广阔的自由天地，受到礼遇和赏赐，与现实生活中的英雄无用武之地形成鲜明对照。这首词不仅表现手法像屈原的《离骚》，而且多处融进了《离骚》的句意，因此它在思想和艺术方面都与《离骚》有许多共同点。

但是，作者并没有机械地模仿《离骚》。所用《离骚》的诗句都经过了加工改造和融会创新。借用的诗句涉及《离骚》的许多情节，屈原求见天帝被拒之门外，下界求女又遭到拒绝，后来终于听了巫咸、灵氛的劝告去“周流观乎上下”，但终因“仆夫悲，余马怀”而告终。这些情节到了辛弃疾笔下，在次序上被重新组合，内容上被赋予新义，并与赵简子受天幸的典故自然地融合为一，构成另一番神游天外的意境，正适合表达他的思想感情的需要。

（王延梯　聂在富）

# 玉楼春

原文

## 戏赋云山

何人半夜推山去？四面浮云猜是汝。常时相对两三峰，走遍溪头无觅处。

西风瞥起云横度，忽见东南天一柱。老僧拍手笑相夸，且喜青山依旧住。

鉴赏

宋宁宗庆元二年(1196)，辛弃疾因为上饶(今属江西)带湖寓所毁于火，遂徙居位于铅山(今属江西)东北境的期思渡。那里有一泓清泉，其形如瓢，词人因名之为“瓢泉”。这首词即写于词人闲居瓢泉期间。内容如题，乃吟咏云山之作。不过，词人对他吟咏的对象并不作工细的描绘，而是抓住客观景物的瞬息变化，以轻松活泼的笔触抒写自己的主观感受，寓意深刻，非泛泛之咏。

开首两句点题。上句设问，下句作答，这比直说青山被浮云所遮覆，更耐人寻味。而且，由于用了拟人手法，还大大密切了物我关系，使我们仿佛看到了词人那种翘首凝望、喃喃自语的情态。起句用典，《庄子·大宗师》云：“夫藏舟于壑，藏山于泽，谓之固矣，然而夜半有力者负之而走，昧者不知也。”庄子这段话是为阐发他有藏必亡的虚无观点立论的。后来黄庭坚《次韵东坡壶中九华》诗曾用其字面，句云："有人夜半持山去，顿觉浮岚暖翠空。"以作者的词句同黄氏的诗句相比较，黄氏的"持"字径从《庄子》语中"负之而走"的"负"字而来，稍显得拘泥质实；而词人的"推"字，则显得空灵巧妙，更切合青山被浮云所笼罩的景象。可见，用典的巧拙，不在于能否师其字面，而在于能否即景会心，缘事而变化。而"四面浮云猜是汝"句，何以用"猜"而不用"知"？盖"知"字判断的意味太浓，和起句的诘问语气不相搭配，且使本句也显得板滞；而著一"猜"字，不仅和起句的诘问语气相吻合，而且还使全韵灵动活泼，声情若掬。歇拍一韵紧承前韵，通过描述自己寻觅"常时相对两三峰"的行动和"走遍溪头无觅处"的结果，进一步坐实青山被浮云所笼罩，并隐然透露出词人的遗憾心情。词人为什么如此执着地寻觅"常时相对"的青山？因为青山是他闲居瓢泉期间的知音，也是他光明磊落的人格的化身。"新葺茆檐次第成，青山恰对小窗横。"(《浣溪沙·瓢泉偶作》)"青山意气峥嵘，似为我归来妩媚生。"(《沁园春·再到期思卜筑》)"我见青山多妩媚，料青山见我应如是。情与貌，略相似。"(《贺新郎·邑中园亭……》)你看，词人对青山的感情是多么的深厚啊！难怪他要殷勤寻觅呢。

词的上片写青山被浮云遮覆的忧虑，下片则写重睹青山的喜悦。过片两句笔锋一转，景象突然一变：西风乍起，浮云飘散，忽然看见平时与之相亲相爱的青山像擎天巨柱一样，岿然耸立在东南天际。说写词人重睹青山的喜悦，可又没有直接描写，而是通过上句的"瞥起"和下句的"忽见"，来表现作者在刹那间的感情变化。如果说过片一韵着重写浮云散而青山见的自然景观须臾间的变化的话，那么结拍一韵还不该直接抒写重睹青山的喜悦心情吗？作者偏不这样，而是宕开笔墨，描写了一个老僧看到青山依然挺立东南天际时的欢快举止和情态，通过老僧之喜来暗写词人之喜。这样写不仅多一层曲折，而且还丰富了词境，说明热爱青山、关心青山是否依旧的，正大有人在，那老僧即其一例也。

这首词虽然题为“戏赋云山”，描写的不过是一种自然现象的瞬息变化，但字里行间似乎寄寓着词人这样一个信念：尽管坚持抗金北伐的力量屡屡遭到投降派的排挤和打击，但是，就像浮云毕竟遮不住青山一样，这股力量不仅不会消失，而且依然是国家的擎天柱。这首小词的格调明快疏朗，清新活泼，反映了词人罢官闲居期间积极乐观的一面。

（杨钟贤）

# 西江月

原文

## 遣　兴

醉里且贪欢笑，要愁那得工夫。近来始觉古人书，信着全无是处。

昨夜松边醉倒，问松“我醉何如”。只疑松动要来扶，以手推松曰：“去！”

鉴赏

这首小词，从表面看，只如标题所示，是一时遣兴之作。稍深一层看，则可发现词人是用诙谐之笔发泄内心的愤懑。更深一层看，我们还能察知词人因现实之昏暗而忧心如焚，一肚皮不合时宜，不便明言而又不吐不快。

“醉里且贪欢笑，要愁那得工夫。”通篇“醉”字凡三见。难道词人真成了沉湎醉乡的“高阳酒徒”么？否。盖因其力主抗金而不为南宋统治者所用，只好醉里贪欢，免得老是犯愁。说没工夫发愁，是反话，骨子里是说愁太多了，要愁也愁不完。

“近来始觉古人书，信着全无是处。”才叙饮酒，又说读书，也非醉后说话无条理。这两句是“醉话”。“醉话”不等于胡话。它是词人的愤激之言。《孟子·尽心下》：“尽信书，则不如无书。”本意是说古书上的话难免有与事实不符的地方，未可全信。辛弃疾翻用此语，话中含有另一层意思：古书上尽管有许多“至理名言”，现在却行不通，因此信它不如不信。

以上种种，如直说出来，则不过慨叹“世道日非”而已。但词人曲笔达意，正话反说，便有咀嚼不尽之味。

下片写出了一个戏剧性的场面。词人“昨夜松边醉倒”，居然跟松树说起话来。他问松树：“我醉得怎样了？”看见松枝摇动，只当是松树要扶他起来，便用手推开松树，并厉声喝道：“去！”醉憨神态，活灵活现。词人性格之倔强，亦表露无遗。在当时的现实生活里，醉昏了头的不是词人，而是南宋小朝廷中那些纸醉金迷的昏君佞臣。哪怕词人真醉倒了，也仍然挣扎着自己站起来，相形之下，小朝廷的那些软骨病患者们是多么可鄙！

苏轼曾说过：“味摩诘（王维）之诗，诗中有画；味摩诘之画，画中有诗。”（《东坡题跋》卷五）读此词，似乎可以说：“味稼轩之词，词中有戏。”虽然引戏剧性场面入词不始于辛弃疾，但是在辛词中较常见。这和辛弃疾引散文句式入词，如本篇末仿《汉书·龚胜传》记胜“以手推（夏侯）常曰：‘去！’”，同属于创造性的探索，应该予以肯定。

（蔡厚示）

# 生查子

原文

## 独游西岩

青山招不来，偃蹇谁怜汝？岁晚太寒生，劝我溪边住。

山头明月来，本在天高处。夜夜入青溪，听读《离骚》去。

鉴赏

古代纪游诗词中，标明“独游”的为数不多。独游者，意味着寂寞无伴，且又往往郁闷在胸。辛弃疾就是这样。淳熙八年(1181)冬，他被诬陷罢官，长期闲居于上饶城北的带湖之畔。西岩就在上饶城南，风景优美。这首词是他闲居期间的纪游之作。

开头“青山”两句，写出了词人对青山的一片痴情。他似乎想把巍然独立的青山招到近旁，可青山却无动于衷，于是便发出善意的埋怨：青山啊，你那么高傲，有谁会喜欢你呢？“偃蹇”，有高耸、傲慢之意。青山屹立不移，不随人俯仰，这或许就是词人想象中的高人逸士的性格吧！苏轼诗云：“青山偃蹇如高人，常时不肯入官府。”(《越州张中舍寿乐堂》)看来，巍巍青山绝不同于热衷功名利禄之辈。在辛弃疾的笔下，青山也总是被写得气象不凡、知晓人情的。比如他写:“我见青山多妩媚,料青山见我应如是”(《贺新郎》)。“青山欲共高人语,联翩万马来无数”(《菩萨蛮·金陵赏心亭为叶丞相赋》)。“青山意气峥嵘,似为我归来妩媚生”(《沁园春·再到期思卜筑》)。作者同青山之间,“情与貌,略相似”,真可谓彼此仰慕,心心相印了。

“岁晚”两句写貌似傲岸的青山对词人充满了情意。岁暮寒冬,青山劝词人到山中溪边来住,相互为伴,以御寒风。可见,作者“独游西岩”是在冬天。但更深一层揣摩,似乎应该把自然界的寒,理解为政治上的寒。作者正是在恶劣的政治气候逼迫下,闲居山野,得到青山深切关怀的。

下片着重写山中明月,既承接上片“劝我溪边住”,又另辟新的境界,展示明月与词人的情谊。“山头明月来,本在天高处”,人在山中,见不到地平线上升起的明月;当月露山头,已是高悬中天了。这两句写出了山中望月的特点。那一轮素月,是悄悄爬上山头,关切地探望可敬的词人呢,还是高高地亮起一盏天灯,遍洒银辉,和青山、溪水一起形成一种令人沉醉的意境,给词人带来不尽的遐想?

结尾两句,由抬头望空中明月到低头见溪中月影,好似明月由“天高处”进入溪水中来了。词人身只影单,住在山中溪畔,唯有流水中浮动着的月影相陪,这是多么难得的伴侣,多么难得的友情!“夜夜”句还表明,这次游山逗留了不止一日。明月不仅有形有影,而且有意有情,你看它默默地听着词人读《离骚》呢。从明月由“来”到“去”,说明词人深夜未眠,可见其忧愤之至。

这首词语言简洁,内容深曲含蓄。初读全词,似乎作者寄情山水,与青山明月相交游,心情轻松愉快。细加品味则不然。词中描写的是：岁暮天寒，素月清辉与澄澈的溪水相映，词人孑然一身居于山中溪畔，长夜无眠，独咏《离骚》。这是一幅多么凄清、幽独而又含有晶莹色泽的图画！这图画中的主人公，不正是有志难伸、忧国忧民的作者本人吗？

词中的青山和明月，是作者想象中的理想人格的化身，没有世俗的偏见，高尚、正直而又纯洁。当作者罢官之际，被"严寒"所逼之时，与他相伴的，只有它们——青山和明月。在章法上，上片不说自己游山，而说青山"劝我溪边住"；下片不说自己月夜读《离骚》，而说明月听《离骚》。以客写主，不仅含蓄蕴藉，情趣横生，而且有力地衬托出作者的高洁品格。尽管他为世所弃，无从施展自己的政治抱负，却仍然保持着"一片冰心在玉壶"的美好情操。

听读《离骚》，从"读"这个行动来说，是写实，但其中另有寓意。《离骚》抒发了屈原"信而见疑，忠而被谤"的郁愤不平之情。辛弃疾一生渴望收复中原，却屡遭投降派打击，不为朝廷所用，不得已闲居乡里，"却将万字平戎策，换得东家种树书"，这满腔忧愤之气，很难用一两句话表达出来，借用屈原的《离骚》，恰好充分地表现了作者的心情。看似信手拈来，不着痕迹，却显出作者的非凡功力。轻轻一笔，就起到了开拓和深化主题的重要作用。

（董扶其）

# 卜算子

原文

## 漫　兴

千古李将军，夺得胡儿马。李蔡为人在下中，却是封侯者。

芸草去陈根，笕竹添新瓦。万一朝家举力田，舍我其谁也？

鉴赏

邓广铭《稼轩词编年笺注》编此词于光宗绍熙五年（1194）至宁宗嘉泰二年（1202）间，其时辛弃疾因遭谏官攻击，被罢去知福州兼福建安抚使的差遣，隐居在江西铅山县期思渡附近的瓢泉别墅。

题曰“漫兴”，是罢官归田园居后的自我解嘲之作，看似漫不经心，肆口而成，实则胸中有郁积，腹中有学养，一触即发，一发便妙，不可以寻常率笔目之。

此词通篇都是在发政治牢骚，但上下两阕的表现形式互不相同。

上阕用典，全从《史记·李将军列传》化出，借古人之酒杯，浇自己胸中之块垒。

“千古李将军，夺得胡儿马。”西汉名将李广四十余年中与匈奴大小七十余战，英名远播，被匈奴人称为“飞将军”。小令篇制有限，不可能悉数罗列这位英雄的传奇故事，因此词人只剪取了史传中最精彩的一个断片：汉武帝元光六年(前129)，李广以卫尉为将军，出雁门击匈奴。匈奴兵多，广军败被擒。匈奴人见广伤病，遂于两马间设绳网，使广卧网中。行十余里，广佯死，窥见其旁有一胡儿(匈奴少年)骑的是快马，乃腾跃而上，推堕胡儿，取其弓，鞭马南驰数十里归汉。匈奴数百骑追之，广引弓射杀追骑若干，终于脱险。斯人于败军之际尚且神勇如此，当其大捷之时，英武又该如何？司马迁将此事写入史传，可谓善传英雄之神。词人独取此事入词，亦称得上会抢特写镜头。

“李蔡为人在下中，却是封侯者。”《史记》叙李广事，曾以其堂弟李蔡作为反衬。词人即不假外求，一并拈来。蔡起初与广俱事汉文帝。景帝时，蔡积功劳官至二千石(郡守)。武帝时，官至代国相。元朔五年(前124)为轻车将军，从大将军卫青击匈奴右贤王，有功封乐安侯。元狩二年为丞相。他人材平庸，属于下等里的中等，名声远在广之下，但却封列侯，位至三公。词人这里特别强调李蔡的“为人在下中”“却是封侯者”，一“却”字尤值得玩味，上文略去了的重要内容——李广为人在上上，却终生不得封侯，全由此反跌出来，笔墨十分经济。

四句只推出李广、李蔡两个人物形象，无须辞费，“蝉翼为重，千钧为轻；黄钟毁弃，瓦釜雷鸣”(《楚辞·卜居》)的慨叹已然溢出言表了。按词人年轻时投身于耿京所领导的北方抗金义军，在耿京遇害、义军瓦解的危难之际，他亲率数十骑突入驻扎着五万金兵的大营，生擒叛徒张安国，渡淮南归，献俘行在，其勇武本不在李广之下；南归后又献《十论》《九议》，屡陈北伐中原的方针大计，表现出管仲、乐毅、诸葛武侯之才，其韬略又非李广所能及。然而，“古来材大难为用”（杜甫《古柏行》），如此文武双全的将相之具，竟备受嫌猜，迭遭贬谪，时被投闲置散。这怎不令人寒心！因此，词中的李广，实际上是词人的自我写照；为李广鸣不平只是表面文章，真正的矛头是冲着那妍媸不分的南宋统治集团来的。

下阕写实，就目前的田园生活抒发感慨，一肚皮不合时宜，都托之于诙谐。

“芸草去陈根，笕竹添新瓦。”二句对仗，工整清新。上下文皆散句，于此安排一双俪句，其精彩如宝带在腰。“芸”，通“耘”。“笕”，本为屋檐上承接雨水的竹管，此处用作动词，谓截断竹管，剖作屋瓦。既根除园中杂草，又修葺乡间住宅，词人似乎准备长期在此经营农庄，做“粮食生产专业户”了。于是乃逗出结二句：“万一朝家举力田，舍我其谁也?”“朝家”，一作“朝廷”。“力田”，乡官名，掌管农事。两汉时行推荐制，凡努力耕作、成绩显著者，可由地方官推举担任“力田”之职。二句言：有朝一日恢复汉代官制，选举“力田”，看来是非我莫属了！话说得极风趣，不愧幽默大师，然而明眼人一望即知，这是含着泪的微笑，其骨子里正不知有多少辛酸苦辣。“舍我”句本出《孟子·公孙丑下》。孟子曰：“如欲平治天下，当今之世，舍我其谁也?”虽大言不惭，却充满着高度的政治自信心和历史责任感，何其壮也！到得词人手中，一经抽换前提，自负也就变成了自嘲。尽管词人曾说过“人生在勤，当以力田为先”（见《宋史·辛弃疾传》）的话，并不以稼穑为耻，但他平生之志，毕竟还在做一番轰轰烈烈的大事业，旌旗万夫，挥师北伐，“了却君王天下事，赢得生前身后名”（《破阵子·为陈同甫赋壮词以寄》）呵！岂仅仅满足于做一“农业劳动模范”呢？读到这最后两句，我们真不禁要替词人发出“骥垂两耳服盐车”（汉贾谊《吊屈原赋》）的叹息了。南宋萎靡不振，始困于金，终亡于元，非时无英雄能挽狂澜于既倒，实皆埋没蒿莱之中，不能尽骋其长才。千载下每思及此，辄令人扼腕。惟一切封建王朝，莫不如此，盛衰异时，程度不同而已。观稼轩此词，其认识价值就在这一方面。

本篇的写作特色是，上阕使事，就技法而言为曲笔，但从语意上来看则是正面文章；下阕直寻，就技法而言为正笔，但从语意上来看却是在说反话。一为“曲中直”，一为“直中曲”，对映成趣，相得益彰。又上阕“李蔡为人在下中”、下阕“舍我其谁也”，皆整用古文成句（前句，《史记》原文为“蔡为人在下中”，词人仅增一原文承前省略了的“李”字），一出于史，一出于经，都恰到好处，后句与“万一朝家举力田”这样的荒诞语相搭配，尤谑而妙不可言。格律派词人视“经、史中生硬字面”为词中大忌（见沈义父《乐府指迷·清真词所以冠绝》），殊不知艺术中自有辩证法在，腐朽可化神奇，只要用得其所，经、史中文句不但可以入词，甚且可以作到全词即赖此生辉。本篇就是一个雄辩的例证。

此前词人隐居江西上饶带湖之时，也曾作过一篇与此内容大致相同的《八声甘州·夜读〈李广传〉》。该词为长调，末云：“汉开边、功名万里，甚当时健者也曾闲？纱窗外，斜风细雨，一阵轻寒。”风格颇见苍凉。本篇则为小令，心境之悲慨不殊，却呈现出旷达乃至玩世不恭的外观。这充分说明，艺术大匠在构思和创作同题材作品时，非特耻于蹈袭前人，并且不屑重复自己，无怪乎他们的笔下总是充满着五光十色。

（钟振振）

# 满江红

原文

点火樱桃，照一架、荼蘼如雪。春正好，见龙孙[1]穿破，紫苔苍壁。乳燕引雏飞力弱，流莺唤友娇声怯。问春归、不肯带愁归，肠千结。

层楼望，春山叠；家何在？烟波隔。把古今遗恨，向他谁说？蝴蝶不传千里梦，子规叫断三更月。听声声、枕上劝人归，归难得。

〔注〕

① 龙孙：竹笋的俗称，邓广铭《稼轩词编年笺注》引《笋谱杂说篇》："俗间呼笋为龙孙。"

鉴赏

辛弃疾的政治抒情词，就表达方式而论，可分为直抒与曲达二类。直抒者，矢口直陈，议论滔滔，悲壮之怀，慷慨之志，和盘托出，绝无隐蓄，并不假借外物，无关乎比兴寄托。曲达者，心有难言之隐，鉴于作者自己的险恶处境和当时的社会条件，不愿将心事直接剖露，而借山水花鸟以发骚人墨客之怨，托恋情闺思以寓孤臣逐子之感。本阕即属后一类。全篇的中心，是写词人因春归而思家的哀怨情绪。词的写作年代已不可考，也无其他背景材料可参，但细玩其语意，似是稼轩中年政治失意、厌倦宦游生涯后的思归之作。

上片即景伤春。词人的艺术触觉是十分敏锐的：他既欣赏江南之春的美好，又痛惜江南之春的不久长。在他的笔下，暮春的景致是何等地迷人眼目！“点火樱桃，照一架、荼蘼如雪”二句，犹如彩色影片的特写镜头，园林之中灿烂的春色被推到读者的眼前。一株株樱桃，果实累累，红得像着了火；一架荼蘼正盛开着白雪般的花朵，与火焰般的樱桃相映衬，整个园林红装素裹，分外娇艳。“春正好”是一句简洁深情的赞语。春天好，好就好在生机勃勃。春笋穿破了长满青苔的土阶，蓬勃地向上生长；春燕引领着幼雏，在缓缓地飞翔；流莺呼朋唤友，娇音恰恰，就像奏响了一首首春之抒情曲……可是好景不长，恰如前人的名句“开到荼蘼花事了”所标示的，高潮一过，春姑娘就要归去了，留也没法留住。也许正是因为预感到春之短暂，乳燕才飞得没有兴致，其翱翔之力“弱”了下来；那些自在的流莺，也因此而歌声不畅，它们的啼音竟然使人有“怯”的感觉。燕之“弱”，莺之“怯”，其实都是词人伤春心理的外化。读者切莫责怪这位曾经叱咤风云的英雄人物怎么会沾染上小儿女的伤春感怀，辛稼轩这里别有满腹心事。对于一个政治理想落空、在现实生活中屡受挫折的人来说，春归岂不是象征着希望破灭！自然景观的变化和季节的无情推移，牵动了词人满怀的愁恨，于是他向春天发出了怨愤之语：“问春归、不肯带愁归，肠千结。”这三句与作者的名篇《祝英台近·晚春》的结拍“是他春带愁来，春归何处，却不解、带将愁去”，用语和含义都很相似，只是这里语调更为急促，意思更为直截一些。作者似在对空呼喊道：千愁万恨，都是你春天给引出来的；如今你自个儿走得利索，却把愁留给人不管了，你可知我已经愁肠千结，无法开解！这一串怨春之语，无理之极，然而有情之极，“肠千结”三字，尤能夸张地表达出词人抑郁不堪的繁乱心绪。

词的下片，具体而细致地抒写这被春天触动的愁和恨。换头的四个三字句：“层楼望，春山叠；家何在？烟波隔。”承“肠千结”一句而来，点明词人内心所郁积的，并不是春花秋月的闲愁，而是怀念家山的深沉悲痛。词人登高楼而远望家乡，无奈千重万叠的春山遮断了望眼，茫茫无边的烟波阻隔了归路。这春山、这烟波，象征祖国的分裂，象征政局的险恶，象征词人执着追求的抗金恢复大业所遇到的重重困难！接下来“把古今遗恨，向他谁说”二句，愁怀浩渺，语意悲怆，英雄的孤独感拂拂生于纸面。所谓“古今遗恨”，按字面之义自然是指从古至今的恨事，但怀古是为了伤今，因而这里的“古今”，偏重于指“今”。今之恨，莫过于中原失陷、祖国分裂之恨。由此可见，这两句是向人们说明：词人之“恨”的内容，决非一般文人士大夫风花雪月的小恨，而是深沉悲痛的家国大恨；而词人为雪此大恨而奋斗，知音稀少，此恨几乎无处可以倾诉，这又是自己满腔愁恨之更深一层者！紧接“蝴蝶”二句，化用唐人崔涂的“蝴蝶梦中家万里，子规枝上月三更”一联而变其意。《庄子》上说，庄周梦见自己化为蝴蝶。后来文人就将做梦称为“蝴蝶梦”。千里梦，指自己的思乡梦。子规的叫声像是在说“不如归去”。这两句，是就情造境的哀婉之笔，以深夜不寐的痛苦情景，来将上文所抒写的内容进一步向广阔的时空延伸。一个“不传”，一个“叫断”，是点铁成金之语，使得这两句比崔涂原诗更为凄切地传达出思家念远之悲。还须指出的是,从作者的生平、思想及上文的"古今遗恨"等来综合判断,这里的所谓思家,不是思念其江南地区的寓所,而是思念远在北方金人统治之下的山东济南老家。全阕的结拍云:"听声声、枕上劝人归,归难得。""声声",承"子规叫断"而来,可谓善于呼应,构锁严密。"劝人归,归难得"二语,修辞学上称为"顶真格",其用在于文气贯通地倾泻自己的苦痛之怀。这里以情语结束,但由于与前面的形象描写相联系,并且语意真挚感人,所以这个结尾仍然富有韵味,令人对这位爱国志士有家难归的痛楚油然而生共鸣之感。

此词以春景为触媒,充分融进了身世家国之悲,是一首有政治内容的抒情佳作。它之所以能打动人,不仅在于饱含真情,还在于作者避免了干巴巴、直通通的诉说,而在生动鲜明的意象描写中创造了幽远深邃的抒情境界。作者尤善选取富有象征意义的事物和画面来进行渲染描绘,使自己的深曲细腻之情从这种渲染描绘中自然地流露出来。在成功地抒发政治情怀这一点上,稼轩词中这一类以清丽幽婉见长的篇什,和他那些以雄豪壮阔取胜的代表作,颇有异曲同工之妙。

(刘扬忠)

# 满江红

原文

游清风峡，和赵晋臣敷文韵。

两峡崭岩，问谁占、清风旧筑？更满眼、云来鸟去，涧红山绿。世上无人供笑傲，门前有客休迎肃。怕凄凉、无物伴君时，多栽竹。

风采妙，凝冰玉。诗句好，余膏馥。叹只今人物，一夔应足。人似秋鸿无定住，事如飞弹须圆熟。笑君侯，陪酒又陪歌，《阳春曲》。

鉴赏

据《铅山县志·选举志》记载：赵晋臣，名不迂，绍兴二十四年(1154)进士，官中奉大夫，直敷文阁学士。清风峡在铅山(今属江西)，峡东清风洞，是欧阳修录取的状元刘煇早年读书的地方。辛弃疾的这首《满江红》，以"游清风峡，和赵晋臣敷文韵"为题，主要写赵晋臣，说清风峡的词句，也是从属于人物描写的。

起句写清风峡形势，接着即将笔锋转向赵晋臣。"清风旧筑"，指刘煇曾经读书其中的清风洞；如今归谁占领呢？不用说是和他同游的赵晋臣占领的。住在清风洞，既可眺望“两峡崭岩”，又可欣赏“云来鸟去，涧红山绿”。但这里人迹罕至，岂不孤寂？以下数句，即回答这个问题。“世上无人供笑傲”，还不如住在这里领略自然风光，这是第一层。即使“门前有客”来访，也大抵是些俗物，还是“休迎肃”为好，这是第二层。如果因无人做伴而感到凄凉，也不必“怕”，多栽些竹子就是了。这是第三层。层层逼进，把赵晋臣超尘拔俗、不肯同流合污的高洁品格，表现得淋漓尽致。

下片的“风采妙，凝冰玉”，颂扬赵晋臣冰清玉洁，乃是对上片的总括。“诗句好，余膏馥”，则由颂扬人格进而赞美文采。《新唐书·杜甫传赞》云：“他人不足，甫乃厌余，残膏剩馥，沾丐后人。”赵晋臣的诗“余膏馥”，那也是可以“沾丐后人”的。进而用《韩非子·外储说》“如夔者一而足矣”的典故，把赵晋臣推崇到无以复加的地步，不须再说什么了。于是换笔换意，由感慨人、事归到流连诗、酒。人，像秋天的鸿雁，今天落到这里，明天飞向那里，哪有固定的住处？我和你都是一样。事，像飞出的弹丸，应该圆熟些，处事何必那么固执。这次同游，你既陪酒，又陪歌，真是难得的会合啊！以“阳春曲”收尾，紧承“陪歌”，指赵晋臣的原唱，自然也带出自己的和章。宋玉《对楚王问》云：“客有歌于郢中者，其始曰《下里巴人》，国中属而和者数千人。……其为《阳春白雪》，国中属而和者不过数十人。……是其曲弥高，其和弥寡。”岑参《和贾至早朝大明宫诗》结尾云：“独有凤凰池上客，阳春一曲和皆难。”辛弃疾的这首《满江红》，是和赵晋臣的原唱的，赞原唱为《阳春曲》，则对自己的和词已含自谦之意，可谓“一石二鸟”。恰当地运用典故，收到极佳的艺术效果。

这首词用“只今人物，一夔应足”评价赵晋臣，未免过分夸张，但从全篇的艺术构思看，这却是完全必要的。其人既如此杰出，就应该得到重用，却为什么闲居深峡古洞，徒然消磨壮志呢？按辛弃疾于绍熙五年(1194)自福建安抚使任罢官，退隐铅山瓢泉，达十年之久。赵晋臣自江西漕使任罢官归铅山，约当庆元六年(1200)。辛弃疾此时尚在铅山，遭遇相似，心有灵犀，因而他笔下的赵晋臣，在很大程度上是他自己的投影。结合时代背景和辛弃疾的抱负、经历来读，就会感知词中蕴含的忧愤十分深广；如果看作一般的应酬之作，就未免辜负作者的苦心了。

（霍松林）

# 永遇乐

原文

## 京口北固亭怀古

千古江山，英雄无觅，孙仲谋处。舞榭歌台，风流总被，雨打风吹去。斜阳草树，寻常巷陌，人道寄奴曾住。想当年，金戈铁马，气吞万里如虎。

元嘉草草，封狼居胥，赢得仓皇北顾。四十三年，望中犹记，烽火扬州路。可堪回首，佛狸祠下，一片神鸦社鼓。凭谁问：廉颇老矣，尚能饭否？

鉴赏

此词作于开禧元年(1205)。当时，韩侂胄正准备北伐。闲废已久的辛弃疾于前一年被起用为浙东安抚使，这年春初，又受命知镇江府，出镇江防要地京口(今江苏镇江)。从表面看来，朝廷对他似乎很重视，然而实际上只不过是利用他那主战派元老的招牌作为号召而已。辛弃疾到任后，一方面积极布置军事进攻的准备工作；但另一方面，他又清楚地意识到政治斗争的险恶，自身处境的孤危，深感很难有所作为。一片紧锣密鼓的北伐声，当然能唤起他恢复中原的豪情壮志，但是他对独揽朝政的韩侂胄轻敌冒进，又感到忧心忡忡。这种老成谋国，忧深思远的矛盾交织的心理状态，在这首篇幅不大的作品里充分地表现出来，使之成为传诵千古的名篇，而被后人推为压卷之作。这当然首先决定于作品深厚的思想内容，但同时也因为它代表辛词在语言艺术上特殊的成就，特别是典故运用得非常成功；通过一连串典故的暗示和启发，丰富了作品的形象，深化了作品的主题思想。

词以“京口北固亭怀古”为题。京口是三国时吴大帝孙权设置的重镇，并一度为都城，也是南朝宋武帝刘裕生长的地方。面对雄伟江山，缅怀历史上的英雄人物，正是像辛弃疾这样的英雄志士应有之情，题中应有之意，词正是从这里着笔的。

孙权以区区江东之地，抗衡曹魏，拓宇开疆，造成了三国鼎峙的局面。尽管物换星移，沧桑屡变，歌台舞榭，遗迹沦湮，然而他的英雄业绩则是和千古江山相辉映的。刘裕崛起孤寒，以京口为基地，削平了内乱，取代了东晋政权。他曾两度挥戈北伐，收复了黄河以南大片故土。这些振奋人心的历史事实，被形象地概括在“想当年，金戈铁马，气吞万里如虎”三句话里。英雄人物留给后人的印象是深刻的，因而“斜阳草树，寻常巷陌”，传说中他的故居遗迹，还能引起人们的瞻慕追怀。在这里，作者发的是思古之幽情，写的是现实的感慨。无论是孙权或刘裕，都是从百战中开创基业，建国东南的。这和南宋统治者偷安江左、忍耻忘仇的怯懦表现，是多么鲜明的对照！

如果说，词的上片借古意以抒今情，还比较轩豁呈露，那么，在下片里，作者通过典故所揭示的历史意义和现实感慨，却意深而味隐了。

下片共十二句，有三层意思。层层转折，愈转愈深。被组织在词中的历史人物和事件，血脉动荡，和词人的思想感情融成一片，赋予作品沉郁顿挫的风格，深宏博大的意境。

“元嘉草草”三句，用古事影射现实，尖锐地提出一个历史教训。这是第一层。

史称南朝宋文帝刘义隆“自践位以来，有恢复河南之志”（见《资治通鉴・宋纪》）。他曾三次北伐，都没有成功，特别是元嘉二十七年（450）那最后一次，失败得更惨。用兵之前，他听取彭城太守王玄谟陈北伐之策，非常激动，说：“闻玄谟陈说，使人有封狼居胥意。”（见《宋书・王玄谟传》）《史记・卫将军骠骑列传》载，卫青、霍去病各统大军分道出塞与匈奴战，皆大胜，霍去病于是“封狼居胥山，禅于姑衍”。封、禅，谓积土为坛于山上，祭天曰封，祭地曰禅，报天地之功，为战胜也。“有封狼居胥意”谓有北伐必胜的信心。当时占据北中国的北魏，并非无隙可乘；南北军事实力的对比，北方也并不占优势。倘能妥为筹划，谋而后动，虽未必能成混一之功，然而收复一部分河南旧地，则是完全可能的。无如宋文帝急于事功，头脑发热，听不进老臣宿将的意见，轻启兵端。结果不仅没有得到预期的胜利，反而招致北魏拓跋焘大举南侵，弄得两淮残破，胡马饮江，国势一蹶而不振了[①]。这一事件，对当时现实所提供的历史鉴戒，是发人深省的。稼轩是在语重心长地告诫南宋朝廷：要慎重啊！你看，元嘉北伐，由于草草从事，“封狼居胥”的壮举，只落得“仓皇北顾”的哀愁。

想到这里，稼轩不禁抚今追昔，感慨系之。随着作者思绪的剧烈波动，词意不断深化，而转入了第二层。

稼轩是四十三年前，即绍兴三十二年（1162）率众南归的。正如他在《鹧鸪天》一词中所说的那样：“壮岁旌旗拥万夫，锦襜突骑渡江初。燕兵夜娖银胡𩨦，汉箭朝飞金仆姑。”那沸腾的战斗岁月，是他英雄事业的发轫之始。当时，宋军在采石矶击破南犯的金兵，完颜亮为部下所杀，人心振奋，北方义军纷起，动摇了女真贵族在中原的统治，形势是大有可为的。刚即位的宋孝宗也颇有恢复之志，起用主战派首领张浚，积极进行北伐。可是符离溃退后，他就坚持不下去了，于是主和派重新得势，再一次与金国通使议和。从此，南北分裂就进入了一个相对稳定的状态，而稼轩的生平抱负也就无从施展，“却将万字平戎策，换得东家种树书”（同上词）了。时机是难得而易失的。四十三年后，重新经营恢复中原的事业，民心士气，都和四十三年前有所不同，当然要困难得多。“烽火扬州”和“佛狸祠下”的今昔对照所展示的历史图景，正唱出了稼轩四顾苍茫，百端交集，不堪回首忆当年的感慨心声。

“佛狸祠下，一片神鸦社鼓”两句用意是什么呢？佛狸祠在长江北岸今江苏南京市六合区东南的瓜步山上。永嘉二十七年，北魏太武帝拓跋焘南侵时，曾在瓜步山上建行宫，后来成为一座庙宇。拓跋焘小字佛狸，当时流传有“虏马饮江水，佛狸明年死”的童谣，所以民间把它叫做佛狸祠。这所庙宇，南宋时犹存。词中提到佛狸祠，似乎和北魏南侵有关，所以引起了理解上的种种歧异。其实这里的“神鸦社鼓”，也就是东坡《浣溪沙》词里所描绘的“老幼扶携收麦社，乌鸢翔舞赛神村”的情景，是一幅迎神赛会的生活画面。在古代，迎神赛会，是普遍流行的民间风俗，和农村生产劳动是紧密联系着的。在终年辛勤劳动中，农民祈晴祈雨，以及种种生活愿望的祈祷，都离不开神。利用社日的迎神赛会，歌舞作乐，一方面酬神娱神，一方面大家欢聚一番。在农民看来，只要是神，就会管生产和生活中的事，就会给他们以福佑。有庙宇的地方，就会有“神鸦社鼓”的祭祀活动。至于这一座庙宇供奉的是什么神，对农民说来，是无关宏旨的。佛狸祠下迎神赛会的人们也是一样，他们只把佛狸当作一位神祇来奉祀，而决不会审查这神的来历，更不会把七百多年前的北魏入侵者和金人联系起来。因而，“神鸦社鼓”所揭示的客观意义，只不过是农村生活的一种环境气氛而已，正不必凿之使深。然而稼轩在词里摄取佛狸祠这一特写镜头，则是有其深刻寓意；它和上文的“烽火扬州”有着内在的联系，都是从“可堪回首”这句话里生发出来的。四十三年前，完颜亮发动南侵，曾以扬州作为渡江基地，而且也曾驻扎在佛狸祠所在的瓜步山上，严督金兵抢渡长江。以古喻今，佛狸很自然地就成了完颜亮的影子。稼轩曾不止一次地以佛狸影射完颜亮。例如在《水调歌头》词中说：“落日塞尘起，胡骑猎清秋。汉家组练十万，列舰耸层楼。谁道投鞭飞渡，忆昔鸣髇血污，风雨佛狸愁。”词中的佛狸，就是指完颜亮，正好作为此词的注脚。佛狸祠在这里是象征南侵者所留下的痕迹。四十三年过去了，当年扬州一带烽火漫天，瓜步山也留下了南侵者的足迹，这一切记忆犹新，而今佛狸祠下却是神鸦社鼓，一片和平景象，全无战斗气氛。稼轩感到不堪回首的是，隆兴和议以来，朝廷苟且偷安，放弃了多少北伐抗金的好时机，使得自己南归四十多年，而恢复中原的壮志无从实现。在这里，深沉的时代悲哀和个人身世的感慨交织在一起。

那么，稼轩是不是认为时机已失，事情就不可为呢？当然不是这样。对于这次北伐，他是赞成的，但认为必须做好准备工作；而准备是否充分，关键在于举措是否得宜，在于任用什么样的人主持其事。他曾向朝廷建议，应当把用兵大计委托给元老重臣，隐然以此自任，准备以垂暮之年，挑起这副重担；然而事情并不是他所想象的那样，于是他就发出“凭谁问：廉颇老矣，尚能饭否”的慨叹，词意转入了最后一层。

只要读过《史记·廉颇蔺相如列传》的人，都会很自然地把“一饭斗米，肉十斤，披甲上马”的老将廉颇，和“精神此老健如虎，红颊白须双眼青”（刘过《呈稼轩》诗中语）的辛稼轩联系起来，感到他借古人为自己写照，形象是多么饱满、鲜明，比拟是多么贴切、逼真！不仅如此，稼轩选用这一典故还有更深刻的用意，这就是他把个人的政治遭遇放在当时宋金民族矛盾以及南宋统治集团的内部矛盾的焦点上来抒写自己的感慨，赋予词中的形象以更丰富的内涵，从而深化了词的主题。这可以从下列两方面来体会。

首先，廉颇在赵国，不仅是一位“以勇气闻于诸侯”的猛将，而且在秦赵长期相持的斗争中，是一位能攻能守，勇猛而不孟浪，持重而非畏缩，为秦国所惧服的老臣宿将。赵王之所以“思复得廉颇”，也是因为“数困于秦兵”。因而廉颇的用舍行藏，关系到赵秦抗争的局势、赵国国运的兴衰，而不仅仅是廉颇个人升沉得失的问题。其次，廉颇之所以终于没有被赵王起用，则是由于他的仇人郭开搞阴谋诡计，蒙蔽了赵王。廉颇个人的遭遇，正反映了当时赵国统治集团内部的矛盾和斗争。从这一故事所揭示的历史意义，结合稼轩四十三年来的身世遭遇，特别是从不久后他又被韩侂胄一脚踢开，罢官南归时所发出的“郑贾正应求死鼠，叶公岂是好真龙”（《瑞鹧鸪·乙丑奉祠舟次余杭作》）的慨叹，再回过头来体会他作此词时的处境和心情，我们就会更深刻地理解他的忧愤之深广，也会惊叹于他用典的出神入化了。

岳珂在《桯史·稼轩论词》条说：他提出《永遇乐》一词“觉用事多”之后，稼轩大喜，“酌酒而谓坐中曰：‘夫君实中余痼。’乃味改其语，日数十易，累月犹未竟。”人们往往从这一段记载引出这样一条结论：稼轩词用典多，是个缺点，但他能虚心听取别人意见，创作态度可谓严肃认真。而这则材料所透露的另一条重要信息却为人们所忽视：以稼轩这样一位语言艺术大师，为什么会“味改其语，日数十易，累月犹未竟”，想改而终于改动不了呢？这不恰恰说明，这首词用典虽多，然而却用得天造地设，它们所起的作用，在语言艺术上的能量，不是直接叙述和描写所能代替的。就这首词而论，用典多并不是稼轩的缺点，而正体现了他在语言艺术上的特殊成就。

〔注〕

① 史称当时拓跋焘在瓜步“坏民庐舍，伐苇为筏，声言欲渡江”。“建康（宋的首都，今南京市）震惧，内外戒严”。沿江数百里仓卒布防，“王公以下子弟皆从役”。宋文帝登石头城北望，告诉江湛说：“檀道济若在，岂使胡至此！”（见《通鉴·宋纪》元嘉二十七年）“仓皇北顾”，就是上述历史事实的形象概括。历来注家往往因“北顾”的字面，遂援引宋文帝元嘉八年所作“北顾涕交流”诗句来注此词，其实这里说的有其特定的具体历史内容，是不容拉沙抵水的。

（马　群）

# 汉宫春

原文

## 会稽蓬莱阁观雨

秦望山头，看乱云急雨，倒立江湖。不知云者为雨，雨者云乎。长空万里，被西风、变灭须臾。回首听、月明天籁，人间万窍号呼。

谁向若耶溪上，倩美人西去，麋鹿姑苏？至今故国人望，一舸归欤。岁云暮矣，问何不鼓瑟吹竽。君不见、王亭谢馆，冷烟寒树啼乌。

鉴赏

这首词的题目，原作“会稽蓬莱阁怀古”。同调另有“亭上秋风”一首，题作“会稽秋风亭观雨”。唐圭璋先生谓，“秋风亭观雨”词中无雨中景象，而“蓬莱阁怀古”一首上片正写雨中景象，词题“观雨”与“怀古”前后颠倒，当系错简。说见《词学论丛·读词续记》。今据以订正词题。

宋宁宗嘉泰三年(1203)，辛弃疾被重新起用，任命为知绍兴府兼浙东安抚使。据《宝庆会稽续志》，为六月十一日到任，同年十二月二十八日即奉召赴临安，次年春改知镇江府，故知登蓬莱阁之举，必在嘉泰三年的下半年，另据词中“西风”“冷烟寒树”等语，可断定是作于晚秋。

清人沈祥龙《论词随笔》云：“词贵意藏于内，而迷离其言以出之。”为此，词家多刻意求其含蓄，而以词意太浅太露为大忌。这首词以自然喻人世，以历史比现实，托物言志，寄慨遥深。

词的上片，看似纯系写景，实则借景抒情。它不是为写景而写景，而是景中有情，寓情于景。词人所登的蓬莱阁在浙江绍兴（即会稽），秦望山，一名会稽山，在会稽东南四十里处。他为何望此山？因为这里曾是秦始皇南巡时望大海、祭大禹之处。登此阁望此山，不禁会想起统一六国的秦始皇和治水除患的大禹。这片词先以“看”领起，尽写秦望山头云雨苍茫的景象和乍雨还晴的自然变化。以“倒立江湖”喻风狂雨急之貌，鲜明形象，盖从苏轼《有美堂暴雨》诗“天外黑风吹海立”脱胎。“不知云者为雨，雨者云乎”，语出于《庄子·天运》：“云者为雨乎？雨者为云乎？”“为”字读去声。云层是为了降雨吗？降雨是为了云层吗？庄子设此一问，下文自作回答，说这是自然之理，云、雨两者，谁也不为了谁，各自这样运动着罢了，也没有别的意志力量施加影响要这样做。作者说“不知”，也的确是不知，不必多追究。“长空万里，被西风、变灭须臾。”天色急转，词笔也急转，这是说云。苏轼《念奴娇·中秋》词：“凭高眺远，见长空万里，云无留迹。”《维摩经》：“是身如浮云，须臾变灭。”云散了，雨当然也就收了。“回首听、月明天籁，人间万窍号呼。”这里又用《庄子》语。《齐物论》：“夫大块噫气，其名为风。是唯无作，作则万窍怒呺。”这就是“天籁”，自然界的音响。从乱云急雨到云散雨收，月明风起，词人在大自然急遽的变化中似乎悟出一个哲理：事物都处在不断变化中，阴晦可以转为晴明，晴明又含着风起云涌的因素；失败可以转为胜利，胜利了又会起风波。上片对自然景象的描写，为下片追怀以弱胜强、转败为胜、又功成身退的范蠡作了有力的烘托、铺垫。语言运用上，熔裁诸家，如自己出，这是辛词的长技。

下片怀古抒情，说古以道今，影射现实，借古人之酒杯浇自己胸中之块垒。作者首先以反问的语气讲述了一段富有传奇色彩的历史故事：当年是谁到若耶溪上请西施西去吴国而导致吴国灭亡呢？越地的人们至今还盼望着他能乘船归来呢！这当然是说范蠡，可是作者并不直说，而是说“谁倩”。这样写更含蓄而且具有启发性。据史书记载，春秋末年越王勾践曾被吴国打败，蒙受奇耻大辱。谋臣范蠡苦身戮力，协助勾践复兴越国，“十年生聚，十年教训”，并将西施进献吴王，行美人计。吴王果贪于女色，荒废朝政。吴国谋臣伍子胥曾劝谏说：“臣今见麋鹿游姑苏之台。”后来越国终于灭了吴国。越国胜利后，范蠡认为“勾践为人，可与共患难，不可与共乐”，于是泛舟五湖而去。发人深思的是，词人面对秦望山、大禹陵和会稽古城怀念古人，占据他心灵的不是秦皇、大禹，也不是越王勾践，而竟是范蠡。这是因为范蠡忠心耿耿，具有文韬武略，曾提出许多报仇雪耻之策，同词人的思想感情息息相通。李心传《建炎以来朝野杂记乙集》卷十八记载：辛弃疾至临安见宋宁宗，“言金国必乱必亡，愿付之元老大臣，务为仓猝可以应变之计，(韩)侂胄大喜。”《庆元党禁》亦言“嘉泰四年春正月，辛弃疾入见，陈用兵之利，乞付之元老大臣”，另据程珌《丙子轮对札子》记辛弃疾这几年来屡次派遣谍报人员到金境侦察金兵虚实并欲在沿边界地区招募军士，可见作者这时正跃跃欲试，力图恢复中原以雪靖康之耻，范蠡正是他仰慕和效法的榜样。表面看来，“故国人望”的是范蠡，其实，何尝不可以说也指他辛弃疾。在他晚年，经常怀念"壮岁旌旗拥万夫"的战斗生涯，北方抗金义军也时时盼望他的归来。谢枋得在《祭辛稼轩先生墓记》中记载："公没，西北忠义始绝望。"这一部分用典，不是仅仅说出某事，而是铺衍为数句，叙述出主要的情节，以表达思想感情，这是其用典的一个显著特点。

"岁云暮矣，问何不鼓瑟吹竽？"在词的收尾部分，作者首先以设问的语气提出问题：一年将尽了，为什么不鼓瑟吹竽欢乐一番呢？《诗经》的《小雅·鹿鸣》："我有嘉宾，鼓瑟吹笙。"又《唐风·山有枢》："子有酒食，何不日鼓瑟？且以喜乐，且以永日。"作者引《诗》说出了岁晚当及时行乐的意思，接着又以反问的语气作了回答："君不见、王亭谢馆，冷烟寒树啼乌。"旧时王、谢的亭馆已经荒芜，已无可行乐之处了。东晋时的王、谢与会稽的关系也很密切，"王亭"，指王羲之修禊所在的会稽山阴之兰亭；谢安曾隐居会稽东山，有别墅。这些旧迹，现在是只有"冷烟寒树啼乌"点缀其间了。

从怀念范蠡到怀念王、谢，感情上是一个很大的转折。怀念范蠡抒发了报国雪耻的积极思想；怀念王、谢不仅流露出对现实的不满，而且明显地表现出消极悲观的情绪。作者面对自然的晴雨变化和历史的巨变，所激起的不仅是要效法古人、及时立功的慷慨壮怀，同时也有人世匆匆的暮年伤感。辛弃疾此时已经是六十四岁了。当作者想到那些曾经称雄一方、显赫一时的风流人物无不成为历史陈迹的时候，内心充满了人生须臾、功名如浮云流水的悲叹。这末一韵就意境来说不是仅对王亭谢馆而发，而是关涉全篇，点明全词要旨。词人在这些历史人物事迹中寄托的不同感情，同他当时思想的矛盾是完全吻合的。

（王延梯　聂在富）

# 千年调

原文

蔗庵小阁名曰“卮言”，作此词以嘲之。

卮酒向人时，和气先倾倒。最要然然可可，万事称好。滑稽坐上，更对鸱夷笑。寒与热，总随人，甘国老。

少年使酒，出口人嫌拗。此个和合道理，近日方晓。学人言语，未会十分巧。看他们，得人怜，秦吉了。

鉴赏

据邓广铭《稼轩词编年笺注》考证，这首词是南宋孝宗淳熙十二年(1185)，辛弃疾第一次落职在江西上饶乡居时，因其友人郑汝谐(字舜举)居第蔗庵有阁名“卮言”，有感而作。

在词史上，这首词无论从内容还是艺术上来看，都是一首值得称道的佳作。在此之前，词这种文学体裁大都不出抒情言志的范围，很少有作者用幽默、讽刺的笔调，来揭露、抨击丑恶的社会现象的。辛弃疾的这首词，用三种盛酒的器具、一种药材与鸟，形象、幽默而又辛辣地揭露、讽刺了当时朝廷中那些随人俯仰、趋炎附势、不以国事为重的官僚们的丑态。在南宋朝廷苟且偷安的空气下，辛弃疾从自己亲身经历中，深深感受到，在当时的官场与社会上，正直与阿谀、真诚与虚伪、有为与无能的斗争中，往往是那些唯上命是从，唯潮流是顺之徒，极尽阿谀逢迎、虚与委蛇之能事，反而攫取得一己之私利，欣然自得，了无愧色；正直、真诚、有为之士，却往往因坚持理想、节操，而受到排挤、打击。因此，他见友人第宅中有阁名“卮言”，便借题发挥，写成这篇绝妙文字。

“卮言”，出自《庄子·寓言》：“卮言日出，和以天倪。”卮是古时盛酒的器皿。陆德明释文(引王叔之)：“卮器满则倾，空则仰，随物而变，非执一守故者也。施之于言，而随人从变，已无常主者也。”词即借卮这一形象，来比喻那些没有固定信仰和主见，而俯仰随人、应声附和的人。接着以“然然可可，万事称好”补明前面的描写，活画出一个笑容可掬，随着权势者的话语，点头哈腰，连称“是、是，对、对，好、好”的可笑可憎的形象。“滑稽坐上，更对鸱夷笑。”“滑稽”和“鸱夷”是两种酒器。“滑稽”，为流酒器，能转注吐酒，终日不已。“鸱夷”，一种皮制的酒袋，容量大，可随意伸缩、卷折。它们成天在酒席上忙乎不停，倒完酒又灌满，灌满又倒完，圆转灵活。这使人自然地联想起那些善于应酬，花言巧语之徒。“滑稽坐上”，即“坐(同座)上滑稽”，“更对鸱夷笑”，一个“笑”字，将物写活了，把那些如“滑稽”一般圆通自如而得意洋洋的小人的丑态，勾画了出来。“寒与热，总随人，甘国老。”仍然是以物喻人。“甘国老”，即中药甘草，其味甘平，能够调和众药，医治寒、热引起的多种疾病，故有“国老”之名。词人正是以此讽刺那些不讲是非原则，专和稀泥，欺世盗名的乡愿。

换头忽插入词人自己，与上阕描述的丑类形成鲜明的对比。“少年使酒”，乃是一种愤激之语，无非是说自己年少气盛，借酒骂坐，不会察言观色，总是直来直去，不懂逢迎拍马，所以不讨人喜欢。“此个和合道理，近日方晓。”这是词人在说反话，意思说，如今我才懂这个做人要随和合俗的道理，也想来学习这一套了，但毕竟又不是此中人，故而“未会十分巧”，始终学不到家。什么人才学得会呢？只有那些像学舌鸟一样专在附和权要上下工夫的人，才能精通此道呢。“看他们，得人怜，秦吉了！”“秦吉了”，一种能学人言语的鸟，又名鹩哥、八哥。此正是词人用以痛骂鹦鹉学舌小人的又一比喻。

这首词最大的艺术特点，就是选取某些特征相似的事物，来尽情描绘，多方比喻，冷嘲热讽，鞭挞世俗，达到了淋漓尽致的境地。词人于讽刺中又表现自己的节操和态度，故它不仅仅止于讽刺，自己的形象也站了进去，起到了对比作用。这首词由于比喻贴切，不仅增加了词的含蓄性，给人更多的联想，而且也增强了词的形象性与幽默性，于幽默、嘲讽之中，透露出作者的愤激之情与鄙夷之色。

（邱俊鹏）

# 踏莎行

原文

## 庚戌中秋后二夕带湖篆冈小酌

夜月楼台，秋香院宇。笑吟吟地人来去。是谁秋到便凄凉？当年宋玉悲如许。

随分杯盘，等闲歌舞。问他有甚堪悲处？思量却也有悲时，重阳节近多风雨。

鉴赏

这首词和前两年所写的《蝶恋花·戊申元日立春席间作》，都是借咏节序来寄寓对现实生活的深沉感慨，但二作的风格、章法与写作技巧迥然而异。前一篇悲怆凄婉，这一篇气度从容；前一篇伤春，这一篇悲秋；前一篇入手擒题，直言伤感之意，一气贯注，不作层折；这一篇却欲擒故纵，章法曲折，采用了反跌之法；前一篇羌无故实，语言明白；这一篇则巧妙融化前人诗句，辞意更为含蓄。但它们同为以比兴之体寄托政治情怀的佳作，在稼轩咏节序的短章中堪称同工异曲的双璧。

词作于绍熙元年庚戌（1190）八月十七日夜。篆冈，是稼轩在上饶的带湖别墅中的一个地名。小酌，便宴。词就是在这次吟赏秋月的便宴上即兴写成的。上片写带湖秋夜的幽美景色，见出秋色之可爱，说明古人悲秋没有多少理由。“夜月楼台，秋香院宇”二句对起，以工整清丽的句式描绘出迷人的夜景：在清凉幽静的篆冈，秋月映照着树木荫蔽的楼台，秋花在庭院里散发着扑鼻的幽香。第三句“笑吟吟地人来去”，转写景中之人，十分自然圆到。这七字除了一个名词“人”之外，全用动词与副词，衬以一个结构助词“地”，使得人物动态毕现，欢乐之状栩栩如生。秋景是如此令词人和他的宾客们赏心悦目，他不禁要想，为什么自古以来总有些人，一到秋天就悲悲戚戚呢？当年宋玉大发悲秋之情，究竟为的什么？上片末二句“是谁秋到便凄凉？当年宋玉悲如许”，用设问的方式否定了一般文人见秋即悲的脆弱之情。宋玉的名作《九辩》中颇多悲秋的句子，如“悲哉秋之为气也，萧瑟兮草木摇落而变衰”，等等。稼轩这两句，对此加以否定。应该说，当年宋玉之悲秋，是有一定缘由的，稼轩这里不过是聊将宋玉代指历来悲秋的文人，以助自己抒情的笔势，这是对古事的活用。由这两句的语意看来，悲秋似是“大可不必”的，只有放开胸怀，纵情吟赏秋色才是通达的啰！每个读者初读到此，自然都会产生这样的联想，而顺着作者这个表面的语调和逻辑继续阅读下去，思考下去。

然而作者的本意竟不在此！读了词的下片我们才知，稼轩最终是要肯定悲秋之有理。只不过，他之所谓悲“秋”，已不同于传统文人的纯粹感叹时序之变迁与个人身世之没落，而暗含了政治寄托的深意。上片那些欲擒故纵的抒写，乃是一种高明的蓄势反跌之法。换头三句“随分杯盘，等闲歌舞，问他有甚堪悲处？”仍故意延伸上片否定悲秋的意脉，把秋天写得更使人留恋。你看：秋夜不但有优美的自然景色，而且还有赏心乐事，可以随意小酌，可以随便地欣赏歌舞，还有什么值得悲伤的事呢？就这样，在上片

“是谁秋到便凄凉”一个问句之后，作者又在下片着力地加上了一个意思更明显的反问，把自己本欲肯定的东西故意推到了否定的边缘。末二句突然作了一个笔力千钧的反跌：“思量却也有悲时，重阳节近多风雨。”这一反跌，跌出了本词悲秋的主题思想，把上面大部分篇幅所极力渲染的“不必悲”“有甚悲”等意思全盘推翻了。到此人们方知，一代豪杰辛稼轩也是在暗中悲秋的。他悲秋的缘由是，重阳节快来了，那凄冷的风风雨雨将会破坏人们的幸福和安宁。“重阳节近多风雨”一句，化用北宋诗人潘大临咏重阳的名句“满城风雨近重阳”，这正是王国维《人间词话》所说的“借古人之境界为我之境界”。稼轩之所谓“风雨”，一语双关，既指自然气候，也暗喻政治形势之险恶。稼轩作此词时，国势极弱，而向来北兵也习惯于在秋高马肥时对南朝用兵，远的不说，绍兴三十一年(1161)金主完颜亮率三十二路军攻宋之役，就是在九月份发动的。稼轩《水调歌头》(落日塞尘起)一阕就有“胡骑猎清秋”的警句。鉴于历史的教训，闲居带湖的辛弃疾在密切注视政坛“风雨”时，不会不想到边塞的“风雨”。此词实际上表达了作者对当时政局的忧虑之情。

（刘扬忠）

# 南乡子

原文

## 登京口北固亭有怀

何处望神州？满眼风光北固楼。千古兴亡多少事？悠悠，不尽长江滚滚流！

年少万兜鍪①，坐断东南战未休。天下英雄谁敌手？曹刘。生子当如孙仲谋！

〔注〕

① 兜鍪：俗语叫头盔，词中借指兵士。

鉴赏

稼轩在宋宁宗嘉泰三年（1203）六月被起用为知绍兴府兼浙东安抚使。嘉泰四年三月，改派到镇江去做知府。镇江，在历史上曾是英雄用武和建功立业之地，此时成了与金人对垒的第二道防线。每当他登临京口（即镇江）北固亭时，触景生情，不胜感慨系之。

“何处望神州？满眼风光北固楼。”举目远望，我们的中原故土在哪里呢？哪里能够看到，收入眼底的只有北固楼周遭一片美好的风光了！此时南宋与金以淮河分界，稼轩站在长江之滨的北固楼上，翘首遥望江北金兵占领区，大有风景不殊、山河改异之感。望神州何处？弦外之音是中原已非我有了！开篇这突如其来的呵天一问，声可裂云。

收回遥望的视线，看这北固楼近处的风物："千古江山，英雄无觅，孙仲谋处。舞榭歌台，风流总被，雨打风吹去。"(《永遇乐》)想当年，这里金戈铁马，曾演出多少轰轰烈烈的历史戏剧啊！北固楼的"满眼风光"，那壮丽的自然山水里似乎隐隐弥漫着历史的烟云，这不禁引起了词人千古兴亡之感。

因此，词人接下来再问一句："千古兴亡多少事？"世人们可知道，千年来在这块土地上经历了多少朝代的兴亡事变？这句问语纵观千古成败，意味深长。然而，往事悠悠，英雄往矣，只有这无尽的江水依旧滚滚东流。"悠悠，不尽长江滚滚流！""悠悠"者，兼指时间之漫长久远，和词人思绪之无穷也。"不尽长江滚滚流"，借用杜甫《登高》诗句："无边落木萧萧下，不尽长江滚滚来。"千古兴亡多少事，逝者如斯乎？而词人胸中翻滚的不尽愁思和感慨，又何尝不似这长流不息的江水呢！

"大江东去，浪淘尽、千古风流人物"，想当年，在这江防战略要地，多少英雄"金戈铁马，气吞万里如虎"。三国时代的孙权就是其中最杰出的一位。"年少万兜鍪，坐断东南战未休。"他年纪轻轻就统率千军万马，雄据东南一方，奋发自强，战斗不息，何等英雄气概！据历史记载：孙权十九岁继父兄之业统治江东，西征黄祖，北拒曹操，独据一方。赤壁之战大破曹兵，年方二十七岁。因此可以说，上面这两句是实写史事，因为它是千真万确的历史，因而更具有说服力。作者在这里一是突出了孙权的年少有为，"年少"而敢于与雄才大略、兵多将广的强敌曹操较量，这就需要非凡的胆识。二是突出了孙权的盖世武功，他不断征战，不断壮大。而他之“坐断东南”，形势与南宋政权相似。显然，稼轩热情歌颂孙权的不畏强敌，坚决抵抗，并战而胜之，正是反衬当朝文武的庸碌无能、怯懦苟安。

下面，稼轩为了把这层意思进一步发挥，不惜以夸张之笔极力渲染孙权不可一世的英姿。他异乎寻常地第三次发问，以提请人们注意：“天下英雄谁敌手？”若问天下英雄谁配称他的敌手呢？作者自问又自答曰：“曹刘”，唯曹操与刘备耳！据《三国志·蜀书·先主传》记载：曹操曾对刘备说：“今天下英雄，惟使君（刘备）与操耳。”稼轩便借用这段故事，把曹操和刘备请来给孙权当配角，说天下英雄只有曹操、刘备才堪与孙权争胜。我们知道，曹、刘、孙三人，论智勇才略，孙权未必在曹刘之上。稼轩在《美芹十论》中对孙权的评价也并不太高，然而，在这首词里，词人却把孙权作为三国时代第一流叱咤风云的英雄来颂扬，其所以如此用笔，实借凭吊千古英雄之名，慨叹当今南宋无大智大勇之人执掌乾坤也！这种用心，更于篇末见意。

《三国志·吴书·吴主传》注引《吴历》说：曹操有一次与孙权对垒，见吴军乘着战船，军容整肃，孙权仪表堂堂，威风凛凛，乃喟然叹曰：“生子当如孙仲谋，刘景升（刘表）儿子若豚犬耳！”一世之雄如曹操，对敢于与自己抗衡的强者，投以敬佩的目光，而对于那种不战而请降的懦夫，若刘景升儿子刘琮则鄙夷之至，斥为任人宰割的猪狗。把大好江山拱手奉献敌人，还要为敌人耻笑辱骂，这不就是历史上所有屈膝乞和、靦颜事仇的软骨头们共同的可悲命运吗！

曹操所一褒一贬的两种人，形成了极其鲜明、强烈的对照，在南宋风雨飘摇的政局中，不也有着主战与主和两种人吗？这当然不便明言，只好由读者自己去联想了。聪明的词人只做正面文章，对刘景升儿子这个反面角色，便不指名道姓以示众了。然而妙就妙在纵然作者不予道破，而又能使人感到不言而喻。因为上述曹操这段话众所周知，虽然稼轩只说了前一句赞语，人们马上就会联想起后面那句骂人的话，从而使人意识到稼轩的潜台词：可笑当朝主和议的衮衮诸公，不都是刘景升儿子之类的猪狗吗！词人此种别开生面的表现手法，颇类似歇后语的作用，是十分巧妙的。而且在写法上这一句与上两句意脉不断，衔接得很自然。上两句说，天下英雄中只有曹操、刘备配称孙权的对手。你不信么？连曹操都这样说，生儿子要像孙权这个样呢！真是曲尽其妙，而又意在言外，令人叫绝！

再从"生子当如孙仲谋"这句话的蕴含和思想深度来说，南宋时代人，如此艳羡孙权，实是那个时代特有的社会心理的反映。因为南宋朝廷实在太萎靡庸碌了，在历史上，孙权能称雄江东于一时，而南宋经过了好几代皇帝，竟没有出一个像孙权一样的人！所以，"生子当如孙仲谋"这句话，本是曹操的语言，现在由辛弃疾口中说出，却是代表了南宋人民要求奋发图强的时代的呼声。

这首词通篇三问三答，互相呼应，感怆雄壮，意境高远。它与稼轩同时期所作的另一首登北固亭词《永遇乐》相比，一风格明快，一沉郁顿挫，同是怀古伤今，写法大异其趣，而都不失为千古绝唱，亦可见稼轩五光十色之大手笔也。

（高　原）

辛弃疾词

鉴赏辞典

# 诗

shi

# 送湖南部曲[①]

原文

青衫[②]匹马万人呼，幕府当年急急符[③]。

愧我明珠成薏苡[④]，负君赤手缚於菟[⑤]。

观书老眼明如镜，论事惊人胆满躯。

万里云霄送君去，不妨风雨破吾庐[⑥]。

〔注〕

① 部曲：部属。古代大将军营，设有各司其事的属官，称部曲。（见《后汉书・百官志》）

② 青衫：唐时为从九品小官的官服，其色青，称青衫。

③ 幕府：古代大将行军，在帐幕中办公，称幕府。后来地方军政长官的官衙，也称幕府。急急符：紧急命令，也称“急急如律令”。

④ 明珠成薏苡：《后汉书・马援传》：“初，援在交趾，常饵薏苡实，用能轻身省欲，以胜瘴气。南方薏苡实大，援欲以为种，军还，载之一车……及卒后，有上书谮之者，以为前所载还，皆明珠文犀。”后世用薏苡明珠这个典故，指因涉嫌而受诬谤的人。薏苡实，即薏米。

⑤ 於菟：楚人称虎叫於菟，见《左传》。

⑥ 风雨破吾庐：杜甫《茅屋为秋风所破歌》：“吾庐独破受冻死亦足。”

鉴赏

辛弃疾是南宋最杰出的爱国词人，但他的诗篇却很少为人所知。这首《送湖南部曲》作于宋孝宗淳熙七年(1180)冬季，其时作者正由湖南安抚使调职江西，一位部属小官前来告别，他赠送了这首律诗。全诗字里行间跳荡着热爱部属的激奋心情，展现出作者为人光明磊落的英雄本色。诗中虽然用了一些典故，但表达得极其自然，既寄寓了自己壮志未酬遭谗受谤的一腔忠愤，又显示出热情鼓励武勇有为的后进，使之为国效忠的胸怀。

从诗的内容来看，作者所送的部属，是位勇猛的壮士。诗的开头两句，气势突兀高昂，如疾风破空而来，军府下达了紧急的命令，这位壮士接下军令，身穿青色制服，跨上骏马，在万众欢呼声中腾跃向前，表现出惊人的勇敢。首句“青衫匹马万人呼”，乃化用杜甫《送蔡希曾都尉还陇右》诗句：“身轻一鸟过，枪急万人呼”而浑然无迹。这位壮士完成了怎样的军务，这里却含而未发，以便开展下文。第三四两句：“愧我明珠成薏苡，负君赤手缚於菟”，承前而来，也只从侧面回答，引人思考。据刘克庄《后村诗话》记这首诗的本事说：“辛稼轩帅湖南，有小官，山前宣劳，既上功级，未报而辛去，赏格未下。其人来访，辛有诗别之云云。”联系诗句，原来这位壮士赤手缚虎(楚地方言称虎叫“於菟”)，立了功劳，但作者此时却受谗去职，以致没有得到应得的赏赐。第三句用“薏苡明珠”这个典故，表明自己的去职，是因为遭受别人的诬谤，正像东汉马援当年南征交趾归来，载回一车薏米种子，被人诬枉成带回一车明珠一样。作者在湖南安抚使任中，当时只有两年，不仅建成一支湖南飞虎军，成为铁马金甲一应俱全的劲旅；而且还动用官仓储粮，以工代赈，浚筑陂塘，使农田收到灌溉之利。明明是在推行利国便民的善政，却因此受到权贵的诬控和排挤，那么

"愧"从何来？可见作者所"愧"的，是自己部属有功未能把奖赏落实，不是在政治军事措施上有了差错。第四句"负君赤手缚於菟"，正是点明了"愧"的原因。从诗的一"愧"一"负"当中，可以看出作者关怀部属而不计较个人荣辱的高尚风格。

第五六两句是作者"素负志节"的自白。"观书老眼明如镜，论事惊人胆满躯"，表明自己惯于观书的老眼，明如宝镜，有知人之明。自己在论事方面，有胆有识，敢于挺身而出，仗义执言，不像他人那样畏首畏尾，顾虑重重。作者赤心为国，始终抱着恢复中原抗金必胜的信念，在孝宗乾道元年(1165)，他上过《美芹十论》，就宋金双方和与战的形势作具体分析，指出对金的斗争应积极争取主动，不要让"和战之权常出于敌"。他痛斥秦桧媚敌求和所起的摧抑民心、销沮士气的极坏作用。在乾道六年又对当时较有作为的宰相虞允文献过《九议》，指出抗击金人恢复国土，是关系国家和生民的大业，不是属于皇帝或宰相的私事。他的议论，英伟磊落，在当时主和派当权的时代是颇为惊人的。即使在淳熙七年他创建湖南飞虎营的时候，也曾经受中枢多次的阻挠和指责，甚至诬为"聚敛扰民"，但他敢于顶住这股压力，为了忠于国家，根本不顾个人的利害。诗中的"胆满躯"三字，正表明他之所以受谗被谤的原因。

诗的结尾两句，着重点明送别之情，第七句重点在被送者，祝愿对方鹏程万里，直上青云。第八句写自己送人的心情，只要被送的壮士有广阔的前途，到后来能为国家效忠宣劳，即使自己遭受政治上的挫折，在风雨交加的日子里，忍受"吾庐独破"的困厄生活也心甘情愿。这句用杜甫诗"吾庐独破受冻死亦足"句意，"不妨"两字，展示诗人先公后私、先人后己的优秀品质，表现一位久经沙场锻炼的大将热爱部属的可贵精神。

全诗脉络井然，中间四句意在笔先，力透纸背，第六句和第三句相应，第五句和第四句相应。诗中充满豪宕不平之气，显得悲壮而苍凉，雄健而沉郁。

（马祖熙）

# 文

wen

# 跋绍兴辛巳亲征诏草

原文

使此诏出于绍兴之初，可以无事仇之大耻。使此诏行于隆兴之后，可以卒不世之大功。今此诏与此虏犹俱存也，悲夫！

嘉泰四年三月门生弃疾[1]拜手谨书。

〔注〕

① 门生：作者表明和“亲征诏草”代拟者陈康伯有师生关系。《宋史·高宗纪》：绍兴三十一年十月丁巳(十八日)，“召杨存中同宰执议于内殿，陈康伯赞帝定议亲征”。

鉴赏

我们先简略介绍一下与本文有关的事实。“绍兴辛巳亲征诏草”为陈康伯代拟，而洪迈《容斋三笔·吾家四六》亦节录此诏，或为洪迈所拟。《容斋三笔》节录曰：“惟天惟祖宗，方共扶于基绪；有民有社稷，敢自佚于宴安。”“岁星临于吴分，定成淝水之勋；斗士倍于晋师，可决韩原之胜。”不管为何人所拟，这份诏书是要求朝野上下，中原军民，同仇敌忾，抗金收复失地的动员令。“辛巳”

指宋高宗绍兴三十一年,即公元1161年;“隆兴”是宋孝宗年号;“嘉泰”是宋宁宗年号,“嘉泰四年”即公元1204年,是辛弃疾写此跋的时间。在诏草上题跋的还有何澹、谢深甫、陈说、叶適等。

这篇短跋仅由四句话构成,第四句话是交代写作时间,为此类跋文的通行格式;其余三句,每句构成一个单独的意思,字少情浓,寄慨遥深。

这篇跋文的特点何在呢?特点就在于独特地抓住了“时间”——三个不同的历史时期:绍兴之初,隆兴之后,嘉泰四年。

首句“使此诏出于绍兴之初,可以无事仇之大耻”,如果在绍兴初年实行这份诏书的战略方策,就不致会有对敌称臣纳贡的奇耻大辱。次句“使此诏行于隆兴之后,可以卒不世之大功”,如果在隆兴之后,实行这份诏书的战略方策,就可以建立历史上少有的大功,报仇雪恨,收复失地。隆兴间,因完颜亮被部下所杀,金国内乱,宋趁机收复一些失地,如两淮州郡,却因张浚草率失利,宋孝宗仍行媾和,山河破碎局面一如既往。第三句“今此诏与此虏犹俱存也”,今天——嘉泰四年,诏书犹存,国耻尚在,敌人依然气焰熏天,铁骑蹂躏着大好河山。作者抓住三个历史时期,根据诏书在三个历史时期的不同历史效果,加以尖锐的对比,指出了南宋朝廷如何地坐失了大好战机,导致丧权辱国的重大历史教训。作者在这里不是信笔写来,也没有繁文缛词,仅仅用三两句话,就概述了南宋国策失误的历史过程,也将国家兴亡的沉痛教训,揭示了出来。这样的语言,字凝句炼,无法再简,而其中概括的历史内容却异常深邃,胜过万语千言。

这篇文章是述事,但述中有慨。开始两句,乍读似无感情,细加品味,却饱含浓烈情感,在语言的对比中包含着对南宋小朝廷的指责。这种感情随着语言的变化而加深加浓。往事辛酸，不堪回首，战机坐失，徒唤奈何！当作者回顾往昔时，已是字字血泪，一旦触及今事，“诏”“虏”俱存，他胸间蕴蓄的感情潮水，终于喷发而出，喟然长叹，仰天一声：“悲夫！”这喟叹如巨浪排空，有无限的悲愤。炽烈的民族情感，如一股热流，猛烈地冲击着读者的心扉。

（吴功正　陆志平）

辛 弃 疾 词

鉴 赏 辞 典

# 附录

FULU

# 辛弃疾生平与文学创作年表

| 纪年 | 年岁 | 生平经历 | 主要作品 | 相关大事 |
| --- | --- | --- | --- | --- |
| 宋高宗绍兴十年(1140)庚申 | 1 | 五月十一日(公历五月十八日)卯时,生于历城(今山东济南)四风闸。 | | 高祖名师古,为儒林郎;曾祖名寂,为宁州司户参军;祖父名赞,为朝散大夫,陇西郡开国男,亳州谯县令,知开封府,赠朝请大夫;父名文郁,赠中散大夫。母孙氏。洪迈十八岁;陆游十六岁;范成大十五岁;朱熹十一岁;党怀英七岁;吕祖谦四岁;楼钥四岁;陆九渊二岁。次年,宋金达成合议。岳飞下狱被杀。 |
| 绍兴十九年(1149)己巳 | 10 | 师从蔡松年,与党怀英为同学,号“辛党”。 | | 完颜亮杀金熙宗。 |
| 绍兴二十二年(1152)壬申 | 13 | 祖父赞每退食,辄登高望远,指画山河,思投衅而起,以纾君父不共戴天之愤。公其后南归盖秉祖训。 | | 韩侂胄生。 |

续表

| 纪 年 | 年岁 | 生平经历 | 主要作品 | 相关大事 |
|---|---|---|---|---|
| 绍兴二十三年(1153)癸酉 | 14 | 领乡举。 | | |
| 绍兴二十四年(1154)甲戌 | 15 | 奉祖父赞之命,随计吏抵燕山,谛观形势。 | | 刘过生。 |
| 绍兴二十七年(1157)丁丑 | 18 | 再抵燕山。 | | |
| 绍兴二十九年(1159)己卯 | 20 | 祖父赞卒。 | | 蔡松年卒。 |
| 绍兴三十一年(1161)辛巳 | 22 | 率众举义,决意南归。 | | 完颜亮大举攻宋。中原豪杰并起,耿京聚兵山东,称天平节度使,公聚众二千,共图恢复。金蔡州新息县(今河南息县西南)令范邦彦以其县归宋。完颜雍于东京辽阳府(今辽宁辽阳)即帝位,改元大定,废完颜亮为海陵王。 |

续表

| 纪　年 | 年岁 | 生平经历 | 主要作品 | 相关大事 |
|---|---|---|---|---|
| 绍兴三十二年(1162)壬午 | 23 | 正月十八日,奉耿京之命,奉表南归,至建康(今南京),蒙召见,授右承务郎。闰二月,张安国等攻杀耿京,公缚安国,献俘行在,改差江阴签判。定居京口(今江苏镇江),与范邦彦之女成婚。 | 赋《汉宫春·立春日》。 | 高宗禅位。嗣子眘即位,为孝宗。 |
| 宋孝宗隆兴元年(1163)癸未 | 24 | 在江阴签判任。 | | 宋孝宗命李显宗、邵宏渊率师渡淮,主动出击金军,初战告捷,后金军援兵至,败宋军于符离(今安徽宿州)。 |
| 隆兴二年(1164)甲申 | 25 | 江阴签判任满,改广德军通判。 | 赋《满江红》"家住江南"。 | 张浚卒。宋金重订和议。 |
| 乾道元年(1165)乙酉 | 26 | 在广德军通判任。 | 作《美芹十论》,反对因一败而议和。 | 宋魏杞至金,成"隆兴和议"。 |
| 乾道二年(1166)丙戌 | 27 | 在广德军通判任。 | | |
| 乾道三年(1167)丁亥 | 28 | 广德军通判任满,改建康府通判。 | | 州县不许民户用会子输纳,致民间会子壅滞不行,价格甚低。 |

续表

| 纪　年 | 年岁 | 生平经历 | 主要作品 | 相关大事 |
|---|---|---|---|---|
| 乾道四年(1168)戊子 | 29 | 在建康府通判任。与叶衡情谊始笃,过从甚密。 | 赋《念奴娇》(登建康赏心亭,呈史留守致道)。 | 以蒋芾、陈俊卿为左、右相。 |
| 乾道五年(1169)己丑 | 30 | 在建康府通判任。 | | 以陈俊卿、虞允文为左、右相。 |
| 乾道六年(1170)庚寅 | 31 | 孝宗召对延和殿,论南北形势及三国、晋、汉人才,上《阻江为险,须藉两淮》《请练民兵守淮》两疏。作《九议》,上虞允文,陈恢复之计。以讲和方定,议不行,迁司农主簿。 | | 范成大使金,求陵寝地,无成。张孝祥卒。辛次膺卒。 |
| 乾道七年(1171)辛卯 | 32 | 在司农主簿任。 | | 王十朋卒。 |
| 乾道八年(1172)壬辰 | 33 | 知滁州。 | 赋《木兰花慢·滁州送范倅》。跋《太宗皇帝赐王嵒帖》。 | 范邦彦卒。 |
| 淳熙元年(1174)甲午 | 35 | 辟江东安抚司参议官,留守叶衡雅重之。后叶衡入相,荐之以慷慨有大略。召见,迁仓部郎官。 | 赋《菩萨蛮·金陵赏心亭为叶丞相赋》《太常引·建康中秋夜为吕叔潜赋》。 | 湖北茶商赖文政起事,一度入湖南境。虞允文卒。 |

续表

| 纪 年 | 年岁 | 生平经历 | 主要作品 | 相关大事 |
| --- | --- | --- | --- | --- |
| 淳熙二年(1175)乙未 | 36 | 出为江西提点刑狱,节制诸军,击败茶商军,杀赖文政。加秘阁修撰。 | | 吕祖谦约陆九龄、陆九渊与朱熹会于信州(今江西上饶)鹅湖寺,欲调和朱陆两家学术思想,无果。 |
| 淳熙三年(1176)丙申 | 37 | 调京西转运判官。 | | 汤邦彦使金求陵寝地,未果。 |
| 淳熙四年(1177)丁酉 | 38 | 差知江陵府,兼湖北安抚使。又徙知隆兴府,兼任江西安抚使。范成大过江陵,与游。 | | 宋令禁止两税浮收及预催夏税,时民间所输,常增一倍。 |
| 淳熙五年(1178)戊戌 | 39 | 召为大理寺卿,后出为湖北转运副使。 | 赋《水调歌头·舟次扬州,和杨济翁、周显先韵》。 | 以朱熹知南康军。朱熹奏请修复白鹿洞书院。赐岳飞谥武穆。 |
| 淳熙六年(1179)己亥 | 40 | 改湖南转运副使,后又改为知潭州,兼湖南安抚使。 | 赋《摸鱼儿·淳熙己亥》。 | 吕祖谦《宋文鉴》成书。 |
| 淳熙七年(1180)庚子 | 41 | 创置湖南飞虎军。始自号稼轩居士。加右文殿修撰,差知隆兴府兼江西安抚使。 | 赋诗《送湖南部曲》。 | 黄河决于卫州及延津,失故道。 |
| 淳熙八年(1181)辛丑 | 42 | 转奉议郎。后为监察御史王蔺所劾,落职退居于上饶带湖。 | 赋《沁园春·带湖新居将成》。 | 吕祖谦卒。 |

续表

| 纪　年 | 年岁 | 生平经历 | 主要作品 | 相关大事 |
|---|---|---|---|---|
| 淳熙九年(1182)壬寅 | 43 | 上饶家居。 | 赋《水调歌头·盟鸥》。 | 周必大知枢密院事。 |
| 淳熙十年(1183)癸卯 | 44 | 上饶家居。 | | 监察御史陈贾攻击道学。岳珂生。 |
| 淳熙十一年(1184)甲辰 | 45 | 上饶家居。赋《水龙吟》贺韩元吉寿。 | | 李焘卒。<br>洪适卒。 |
| 淳熙十二年(1185)乙丑 | 46 | 上饶家居。与郑汝谐酬唱甚多。 | 赋《千年调·蔗庵小阁名曰"卮言",作此词以嘲之》。 | 王称《东都事略》成书。 |
| 淳熙十三年(1186)丙午 | 47 | 上饶家居。 | | 金世宗命宰臣重视练兵。 |
| 淳熙十四年(1187)丁未 | 48 | 上饶家居。主管冲佑观。 | | 周必大为右丞相。施师点知枢密院事。太上皇(高宗)崩。韩元吉卒。金世宗禁女真人改汉姓,并禁学南人衣装。 |
| 淳熙十五年(1188)戊申 | 49 | 上饶家居。陈亮自浙江东阳赴上饶访辛弃疾,共商恢复大计。 | 赋《蝶恋花·戊申元日立春席见作》《贺新郎·陈同甫自东阳来过余》。 | |
| 淳熙十六年(1189)己酉 | 50 | 上饶家居。杜斿自浙江金华至上饶访辛弃疾。<br>与夫人范氏同庆五十寿。 | 赋《贺新郎·用前韵送杜叔高》《破阵子·为陈同甫赋壮词以寄》《鹊桥仙·己酉山行书所见》。 | 宋孝宗禅位于光宗。 |

续表

| 纪　年 | 年岁 | 生平经历 | 主要作品 | 相关大事 |
|---|---|---|---|---|
| 宋光宗绍熙元年(1190)庚戌 | 51 | 上饶家居。 | 赋《踏莎行·庚戌中秋后二夕带湖篆冈小酌》。 | |
| 绍熙二年(1191)辛亥 | 52 | 上饶家居。与信州知州王自中相过从。 | | 知漳州朱熹奏经界为民间莫大之利。诏福建提点刑狱陈公亮与朱熹推行漳、泉、汀三州经界。 |
| 绍熙三年(1192)壬子 | 53 | 任福建提点刑狱。路经崇安(今福建武夷山市)时,至武夷精舍,与朱熹相会,其后过从甚密。<br>被召赴行在,奉旨即行,途中度岁。 | 赋《水调歌头·壬子三山被召》。 | 陆九渊卒。 |
| 绍熙四年(1193)癸丑 | 54 | 建阳访朱熹,劝起赴广西,就任经略安抚使。<br>光宗召见于便殿,奏论荆襄上流为东南重地。<br>迁太府卿。后加集英殿修撰,知福州,兼福建安抚使。 | | 范成大卒。 |

续表

| 纪年 | 年岁 | 生平经历 | 主要作品 | 相关大事 |
|---|---|---|---|---|
| 绍熙五年(1194)甲寅 | 55 | 置备安库。修建福州郡学。又因左司谏黄艾论列，罢帅任，主管建宁府武夷山冲佑观。以御史中丞谢深甫论列，降充秘阁修撰。 | 赋《最高楼·吾拟乞归，犬子以田产未置止我，赋此骂之》。 | 宋寿皇(孝宗)崩。光宗不问丧事。赵汝愚以太皇太后吴氏(高宗后)旨，立太子扩，是为宁宗，尊光宗为太上皇帝。赵汝愚为右丞相，擢用朱熹等人，后朱熹因上疏忤韩侂胄罢侍讲。赵汝愚擢用人物陆续被贬黜。陈亮卒。 |
| 宋宁宗庆元元年(1195)乙卯 | 56 | 因御史中丞何澹奏劾落职。 | | 韩侂胄斥“道学”为“伪学”。 |
| 庆元二年(1196)丙辰 | 57 | 以言官论列，罢宫觏。 | 赋《沁园春·将止酒，戒酒杯使勿近》。 | 余端礼任左丞相，京镗任右丞相，郑侨知枢密院事，御史中丞何澹同知枢密院事。后以纠集党徒罪名，再罢斥朱熹及其门徒。赵汝愚卒。 |
| 庆元三年(1197)丁巳 | 58 | 铅山家居。 | | 郑侨罢。以谢深甫兼知枢密院事。籍“伪学”赵汝愚、朱熹、吕祖泰、蔡元定等五十九人。陈居仁卒。 |
| 庆元四年(1198)戊午 | 59 | 铅山家居。官复集英殿修撰，主管建宁府武夷山冲佑观。 | 赋《贺新郎·邑中园亭，仆皆为赋此词》。 | 加韩侂胄少傅，赐玉带。 |

续表

| 纪　年 | 年岁 | 生平经历 | 主要作品 | 相关大事 |
|---|---|---|---|---|
| 庆元五年(1199)己未 | 60 | 铅山家居。朱熹来书,以克己复礼相勉。 | | 京镗、何澹知韩侂胄厌学禁,使言官上疏,给“伪学之徒”能悔改者以祠禄,自此党禁渐弛。 |
| 庆元六年(1200)庚申 | 61 | 铅山家居。朱熹卒,为文往哭之。 | 赋《感皇恩·读〈庄子〉,闻朱晦庵即世》。 | 太上皇(光宗)崩。加韩侂胄太傅。 |
| 嘉泰元年(1201)辛酉 | 62 | 铅山家居。 | | 临安大火四日,焚毁民房五万三千余家。 |
| 嘉泰二年(1202)壬戌 | 63 | 铅山家居。 | | 加韩侂胄太师。韩侂胄多擢用主张恢复之士。洪迈卒。 |
| 嘉泰三年(1203)癸亥 | 64 | 起知绍兴府兼浙东安抚使。召刘过、赵汝鐩至幕府。 | 赋《汉宫春·会稽蓬莱阁观雨》。 | |
| 嘉泰四年(1204)甲子 | 65 | 召见,言盐法,并认为金国必灭必亡,愿属元老大臣预为应变计。加宝谟阁待制,提举佑神观,奉朝请。差知镇江府,赐金带。数年来屡次遣间谍至金,侦察其兵骑之数、屯戍之地、将帅之姓名、帑廪之位置等,并欲于沿边招募土丁以应敌。 | 跋《绍兴辛巳亲征诏草》。 | 韩侂胄发动对金战争。<br>周必大卒。 |

续表

| 纪 年 | 年岁 | 生平经历 | 主要作品 | 相关大事 |
|---|---|---|---|---|
| 开禧元年(1205)乙丑 | 66 | 以通直郎张谟不法,坐谬举之责,降两官。刘过至京口访晤。改知隆兴府,旋以言者论列,与宫觏。 | 赋《永遇乐·京口北固亭怀古》。 | 宋廷下诏加强战备。袁枢卒。 |
| 开禧二年(1206)丙寅 | 67 | 差知绍兴府、两浙东路安抚使,辞免。进宝文阁待制。又进龙图阁待制,知江陵府。令赴行在奏事。 | | 宋下诏伐金。金仆散揆退屯下蔡(今安徽凤台),遣使与宋议和。刘过卒。杨万里卒。 |
| 开禧三年(1207)丁卯 | 68 | 试兵部侍郎,辞免。归铅山,八月得疾。进枢密都承旨,令疾赴行在奏事。未受命,并上章陈乞致仕。九月初十日卒。特赠四官。葬铅山县南十五里阳原山中。 | | 礼部侍郎史弥远与杨后谋,杀韩侂胄向金求和。 |

(北 渚)

**图书在版编目(CIP)数据**

辛弃疾词鉴赏辞典 / 上海辞书出版社文学鉴赏辞典编纂中心编. —上海: 上海辞书出版社,2024

ISBN 978-7-5326-6120-6

Ⅰ. ①辛… Ⅱ. ①上… Ⅲ. ①辛弃疾(1140-1207)-宋词-诗歌欣赏-词典 Ⅳ. ①I207.23-61

中国国家版本馆 CIP 数据核字(2023)第 170792 号

# 辛弃疾词鉴赏辞典

**上海辞书出版社文学鉴赏辞典编纂中心　编**

**责任编辑** 吕荣莉
**装帧设计** 姜　明
**责任印制** 楼微雯

**出版发行** 上海世纪出版集团
上海辞书出版社®(www.cishu.com.cn)
**地　　址** 上海市闵行区号景路 159 弄 B 座(邮政编码: 201101)
**印　　刷** 山东韵杰文化科技有限公司
**开　　本** 635 毫米×965 毫米　1/16
**印　　张** 20.5
**字　　数** 230 000
**版　　次** 2024 年 1 月第 1 版　2024 年 1 月第 1 次印刷
**书　　号** ISBN 978-7-5326-6120-6/I·558
**定　　价** 45.00 元